Coûte que coûte

HBC Éditeur
109 Montagne de Saint Job, 1180 Bruxelles

Couverture
Maquette: Harry Bleiberg et Annick Biard
Photographie: Harry Bleiberg, juin1984

Cet ouvrage a été enregistré auprès de 'La Maison des Auteurs',
87 rue du Prince Royal, 1050 Bruxelles, sous le n° 002829

ISBN 978-2-9601823-0-9

Harry Bleiberg

Coûte que coûte

ROMAN

HBC

Ce livre inspiré de faits réels comporte des personnages, des lieux et des circonstances qui relèvent, totalement ou en partie, de la fiction.

À mes enfants

1

Novembre 1983, La Louvière, l'hôpital

L'hôpital déployait ses deux ailes autour d'un axe central qui comprenait l'entrée principale et les colonnes d'ascenseurs desservant de part et d'autre les six étages. Ilya restait pensif au pied du bâtiment. Il franchit les quelques marches et le palier qui conduisaient à la double porte d'entrée. Le sol était jonché de mégots de cigarettes et il se dégageait des bas-côtés des escaliers des effluves de vieux tabac et de transpiration. Assis sur les marches, quelques malades, en pyjama et peignoir flottant sur leurs corps amaigris, fumaient en discutant de la défaite de l'équipe belge de football, 1-3, contre la Suisse au Championnat d'Europe des Nations. Certains étaient sous perfusion, une aiguille fichée dans l'avant-bras et reliée par une tubulure à un flacon accroché à un pied à perfusion mobile. D'autres étaient affublés de lunettes nasales dont l'extrémité distale n'était raccordée à aucune source d'oxygène. Tous fumaient avec délectation et on pouvait imaginer le tabac diffusant dans la moindre parcelle de leur corps.

L'employée de l'accueil le reçut avec indifférence et vérifia ses papiers d'identité.

— Ha, vous êtes le fils de madame Descamps, dit-elle sur un ton qui marquait un regain d'intérêt.

Ilya hocha la tête sans un mot. L'employée sourit et agrafa d'un geste sec tous les documents.

— Voilà, dit-elle en lui tendant les feuillets, on vous attend au sixième étage, aile est. Les ascenseurs sont derrière vous, à droite.

— Est-il possible d'emprunter les escaliers ? demanda Ilya.

Elle le regarda, un peu surprise par la demande, mais ne fit aucune remarque.

— La double porte à droite des ascenseurs, dit-elle en lui faisant un signe de la tête pour confirmer la direction.

Il monta les escaliers en courant. Son sac ne contenait que quelques objets de toilette et des sous-vêtements. Il voulait se prouver que son corps fonctionnait bien et que la drogue ne l'avait pas affecté. Il avait toujours été attentif à sa forme physique.

Il arriva à peine essoufflé au sixième étage. Il dut repousser les seaux, les serpillères et les produits d'entretien que le service de nettoyage avait stockés devant la porte qui donnait accès au service de psychiatrie.

— Votre maman vous a obtenu une chambre individuelle, dit l'infirmière responsable, vous serez chambre 12. Le docteur Collignon viendra vous voir dès qu'il aura terminé ses consultations.

La chambre était meublée simplement: un lit métallique, une table et deux chaises contre le mur près de la fenêtre, un fauteuil relax dans le coin gauche. À droite une porte donnait sur une mini salle de bain comportant une toilette à chasse d'eau et un évier surmonté d'un miroir. Au plafond, dans le coin gauche du côté du mur extérieur, une tache sombre d'humidité s'élargissait vers le centre de la pièce. — *Mieux que la prison*, se disait-il, — *mais à peine*. La fenêtre donnait sur le cimetière et le centre hospitalier de Jolimont, les toits des maisons et, au loin, des champs et des terrains cultivés jusqu'à la ligne d'horizon.

Il avait froid. Le manque d'héroïne se faisait sentir.

Il était loin le temps où il pensait que rien ne pouvait lui arriver, le temps où il se sentait fort, invincible, capable de mener de front des études de médecine et les sorties avec les copains, les nuits sans dormir, les concerts et les filles. Il était entré dans la vie avec passion et avec le sentiment que rien ne pourrait l'arrêter. Il se souvenait de ses rires avec Thomas quand, un peu soûl, il s'était levé d'un air théâtral du fauteuil et, bras levé, proclamait — *Je suis le maître du monde!* La phrase était devenue un cri de ralliement.

La porte s'ouvrit. Un médecin entra.

— Bonjour Ilya, je suis le docteur Collignon, dit-il d'un ton affable, je suis psychiatre et je m'occupe de toxicomanie. Ta maman m'a dit que tu souhaitais arrêter la consommation d'héroïne.

Ilya hocha la tête, attentif, essayant de surmonter la sensation de froid qui s'accentuait et l'apparition d'une douleur au mollet droit.

Le docteur Collignon s'assit sur une des chaises, Ilya resta assis sur le bord du lit.

— Depuis quand consommes-tu de l'héroïne? demanda le médecin.

— Deux ou trois ans, répondit Ilya d'une voix à peine audible.

— Combien?

Ilya hésita, il était de moins en moins capable de se concentrer. Il avait de plus en plus froid et des nausées montaient par vagues.

— Environ deux à trois doses par jour, dit-il sur un ton de plus en plus faible, parfois plus.

— Pas d'autres drogues? demanda-t-il encore.

— De la coke, souvent avec l'héroïne.

— Du cannabis?

— Surtout avec les copains, rarement quand je suis seul.

— Tu te considères comme très accroc?

Ilya hésita, il ne savait que dire. Il avait toujours considéré qu'il n'était pas vraiment dépendant, qu'il pourrait s'arrêter quand il le déciderait.

— Pas très, dit-il faiblement.

— Ta maman m'a dit que tu voulais t'arrêter sans produit de substitution, c'est bien cela?

Ilya hocha la tête affirmativement.

— Cela peut être très pénible…, le risque de rechute est important. Tu sais que la méthadone peut t'aider?

Mais oui, il le savait. Il ne voulait pas de cette saloperie. Il ne voulait pas remplacer une addiction par une autre. Il devait s'arrêter. Stop! Plus rien! C'était établi dans sa tête depuis le début. Il s'arrêterait quand il le déciderait. Sa volonté l'emporterait. Il avait essayé seul, mais après plusieurs tentatives il avait dû se résigner à demander l'aide de sa mère.

Sa décision de décrocher n'était pas que le fruit de sa volonté. Sur le terrain la situation s'était profondément dégradée au cours des dernières semaines. La dépendance était devenue de plus en plus forte. Trouver de l'héroïne était compliqué, la filière amstellodamoise avait été démantelée par la police. Léonard, André, Philippe…, les frères Vestibule avaient été arrêtés pour la énième fois et finalement jugés et condamnés. Une grande partie de la bande était en prison. Étrangement le commissaire Ferremans l'avait laissé libre.

— Tu ne fais pas partie de ceux-là, avait-il dit. Eux, c'est de la graine de délinquant. Ils n'ont rien à quoi se raccrocher. Ils se retrouveront en prison. Pour toi, je pense que ce n'était qu'une péripétie, un moment de curiosité. Tu dois passer à autre chose.

Il lui avait remis une série de dates et d'heures auxquelles il devrait se représenter au commissariat et l'avait laissé partir.

Il avait raison, le flic. Cela avait juste été une façon de se tester. Sa vie lui paraissait trop lisse. Comment exister si le monde ne favorisait pas le cran et la bravoure? Sa grand-mère avait été courrière dans la Résistance pendant la guerre. Son père avait vécu l'exode de mai 1940, il avait dû se cacher, échapper aux Allemands, ne plus voir ses parents. Lui, il n'avait que les vacances au Club Med pour stimuler sa vie. Il avait voulu de l'aventure, du risque, le grand frisson.

Les vagues de nausées se succédaient à un rythme croissant. Ses mains tremblaient.

— Aidez-moi, dit-il sur un ton agressif, je n'ai plus rien pris depuis ce matin. Vous devez cesser de me poser des questions idiotes et m'aider, me donner quelque chose.

Il reprit, mal à l'aise:

— … je suis désolé, je m'énerve… balbutia-t-il.

Il se sentait de plus en plus mal, son énergie le quittait au fur et à mesure que le malaise l'envahissait. Chaque mouvement devenait pénible, plus fatigant et plus douloureux, il était submergé par des bâillements et des éternuements irrépressibles. Puis il y eut encore cette sensation de froid, en profondeur, jusque dans les os.

Il entendit une voix dire:

— On ne peut pas le laisser comme cela, appelez l'anesthésiste.

— Écoute-moi Ilya, tu m'entends? demanda le docteur Collignon.

Ilya était plié en deux, concentré sur la douleur, presque totalement fermé au monde extérieur, ne pensant qu'à une dose de came. Maintenant. Tout de suite. S'il vous plaît.

— Je vais devoir t'anesthésier. Ilya, tu m'entends?

Le médecin le secoua, lui prit la tête entre les mains pour l'obliger à le regarder et lui dit:

— J'ai besoin que tu m'aides… M'entends-tu?… Regarde-moi… Je vais t'administrer un antagoniste de la morphine. Il faut empêcher la morphine de se fixer, empêcher son effet euphorisant. Mais pour cela je dois t'anesthésier, t'endormir sinon les effets du manque seront terribles. Tu dois me dire si tu es d'accord. C'est la méthode la plus rapide.

Il parlait, conscient que tout ce qu'il disait n'était peut-être pas compris. Il attendit un instant sa réponse, et répéta la question:

— Ilya, es-tu d'accord pour qu'on t'anesthésie? … Sinon il faudra passer à la méthadone. Cela va être plus long et plus pénible… J'ai besoin d'une réponse… Maintenant.

Il sentait qu'on lui tapotait la joue, qu'on le secouait. Il s'extirpa un instant de son monde d'inconfort et de douleur et tourna la tête vers le médecin.

— D'accord, dit-il dans un murmure… surtout pas de méthadone… endormez-moi.

Le lit s'était mis à rouler, il se trouvait dans un ascenseur, on roulait encore, et puis des portes battantes qui se fermaient dans un souffle, une odeur de désinfectant, une lumière vive, une piqûre dans le bras, on cherchait une veine. Son corps ne répondit plus.

2

1975, Koekelberg

Il savait qu'elle l'aimait, comme un enfant peut savoir, entre instinct et espoir, que sa mère l'aime. Il lui semblait que c'était dans l'ordre des choses. C'était le premier visage qu'il avait vu et, comme les oies de Lorenz, elle aurait dû être son guide, son Dieu, son espérance. Mais non. Elle arrivait à le réduire à rien, à un sous-produit de son passé d'étudiante, un accident… Il sentait qu'il déconnait… Il devait y avoir de l'amour, quelque part, sous une certaine forme… enfin… il le pensait. Ce qui l'énervait le plus c'était ses affirmations péremptoires, à l'emporte-pièce, qui ne lui laissaient aucune chance d'exister. *Tu es trop bruyant… laisse ton frère tranquille… tu es le fils de ton père…* Elle devait penser: *Raphaël, lui, est mon fils.* Les derniers jours avant qu'il ne quitte la maison, ils n'arrivaient pas à se parler plus de trente secondes. Il avait souhaité sa mort.

Après leur séparation, son père s'était installé dans une grande maison à l'orée d'un bois avec Hélène. Elle était biologiste, petite, blonde, cheveux courts, mince. Sympa. Sous des dehors décontractés et un sourire permanent, il la sentait toujours un peu crispée. Elle amenait dans ses bagages deux filles: Cécile et Virginie.

Cécile le mit, pour la première fois de sa vie, les sens dessus dessous. Au début elle le regardait à peine. Il avait quatorze ans et elle quinze, mais cette année de différence équivalait à un écart d'une génération. Elle était inaccessible. Virginie avait sept ans et vivait, pour l'essentiel du temps, chez son père.

Cécile se promenait dans la maison comme en territoire conquis, bien droite, les seins en avant, ouvrant dix fois par jour la porte du frigo à la recherche d'une douceur, hurlant sur sa mère quand elle lui faisait une remarque. C'était à la fois intenable et totalement craquant. Elle ne lui manifestait aucun intérêt, mais il se demandait pourquoi il ne pourrait pas prendre la place de l'ami, du confident, du frère.

Cela avait démarré un soir où leurs parents n'étaient pas là. Elle se déplaçait inlassablement entre sa cave aménagée et la cuisine, en tee-shirt — elle ne portait probablement pas de soutien-gorge — et short moulant assez court. Elle paraissait folle de rage. Il était assis à la table de la cuisine. On était en fin de journée, entre chien et loup, les hêtres centenaires à l'arrière de la maison créaient une atmosphère — *on est seuls au monde, ne t'en fais pas, je suis là*. Il avait attaqué au hasard.

— C'est ton petit copain Jean qui te met dans un tel état ? avait-il dit sur le ton le plus neutre possible.

Il se doutait bien que ses résultats scolaires n'étaient pas responsables de son agitation.

Elle fut surprise, lui jeta un regard, le jaugea, hésita, et puis s'affalant sur la chaise en face de lui, elle lui lâcha comme si elle crachait :

— Les mecs sont des salauds.

— Ah oui, répondit-il de sa voix la plus doucereuse.

Elle démarra sans plus s'arrêter. Elle lui raconta tout, son petit ami Jean, sa mère, son père, sa sœur Doris, morte écrasée par une voiture. Le silence des parents qui se comportaient comme si rien ne s'était passé, sa sœur Virginie qui était née plus tard, son père qui trompait sa mère, et toujours la langue de bois, chacun enfermé dans sa douleur.

Si elle freinait, il suffisait d'émettre un — *Ho, ho*, ou un — *Eh bien*, ou un — *Waw* sonore pour marquer son intérêt, qui était réel, et sous une impulsion nouvelle, elle repartait pour un nouvel épisode. Ils avaient discuté jusqu'à trois heures du matin.

Ce soir-là elle était réellement devenue son amie, un refuge, une complice.

3

Novembre 1983, La Louvière, l'hôpital

Ilya regardait les gouttes tomber régulièrement dans la chambre compte-gouttes. Il se sentait étonnamment calme. Il y avait eu ce trou au fond duquel il s'était débattu, luttant contre la douleur dans les reins, les crampes, les chauds et froids. Il y avait eu cet appel lancinant de la came, et puis plus rien. Il ne se souvenait pas de ce qui s'était passé.

Un infirmier poussa la porte. Un ange passait dans la lumière vive du plafonnier : chemise blanche à manches courtes, pantalon blanc, sabots blancs, un stéthoscope autour du cou.

— Ha! s'écria-t-il surpris, vous voilà réveillé. Je suis l'infirmier de nuit, l'anesthésiste vient tout juste de nous quitter. Comment vous sentez-vous?

— Quel jour sommes-nous? murmura Ilya.

Il se rappela soudain où il se trouvait.

— Que s'est-il passé? Suis-je resté longtemps inconscient?

L'infirmier sourit.

— On est mercredi. Vous êtes arrivé hier. Vous vous souvenez? On a dû vous anesthésier, vous étiez tellement mal.

— Je ne me souviens de rien. C'est comme si j'étais passé sous un camion.

Il lui fit avaler des comprimés et lui administra un produit dans la perfusion.

— Je pense que cela devrait vous aider pour les heures à venir. Les effets du manque devraient être fort atténués et s'estomper rapidement. L'anesthésie vous a aidé à passer le cap le plus aigu.

Sa mémoire semblait lui jouer des tours. Le temps qui se déroulait habituellement comme une bande d'autoroute semblait hoqueter. Des failles s'ouvraient, il sombrait dans des trous noirs. Il en revenait indécis, angoissé, incertain quant à son existence même. Il émergeait de-ci de-là, disait quelques mots à la personne qui se trouvait là, une infirmière, sa mère. Il lui avait même semblé reconnaître le visage de Franzisca. Il n'arrivait plus à se concentrer, ses pensées avaient perdu toute cohérence. À chaque fois qu'on lui administrait un médicament, il replongeait dans un trou noir. Au plafond les taches d'humidité évoquaient des animaux archaïques. On marchait dans le couloir, le bruit le réveilla, il ouvrit les yeux. La fenêtre n'était pas occultée. Il faisait nuit. La pleine lune brillait comme un soleil fatigué.

La porte s'ouvrit brusquement et une jeune infirmière entra, portant à bouts de bras un plateau avec le petit déjeuner: deux tartines de pain blanc emballées dans un papier cellophane, un fromage *La vache qui rit*, un yaourt aux fraises Danone et une orange.

— Ha, vous voilà réveillé, dit-elle d'un ton enjoué. Vous voulez déjeuner?

Il lui fallut à nouveau quelques secondes pour se souvenir de l'endroit où il se trouvait. L'hôpital… il était en cure de désintoxication. Il ne ressentait plus le manque d'héroïne. Une vague de joie l'envahit: il était libre! Il était content d'avoir tenu. Il était fier. — *Je l'ai fait*, se disait-il… — *Je savais que j'y arriverais.*

Il se découvrit une faim de loup.

— Depuis combien de temps suis-je ici? demanda-t-il à l'infirmière.

— Trois jours, répondit-elle.

— Trois jours!

Il paraissait à ce point étonné que l'infirmière enchaîna:

— Le docteur Collignon vous a fait anesthésier, tant vous étiez agité.

— Oui, je me souviens vaguement, répondit-il, il ne m'a pas administré de la méthadone?

— Non, uniquement de la naloxone. Le docteur passera vous expliquer la suite du traitement et la surveillance.

Il s'assit au bord du lit, s'étira, jeta un coup d'œil par la fenêtre. Le ciel était vide. Un bruit sourd montait de la rue et s'infiltrait dans la chambre par la fenêtre entrouverte. Tout lui paraissait encore irréel. Il se palpa le corps comme pour le redécouvrir.

— J'ai bien perdu quatre kilos, dit-il à l'infirmière.

Elle lui sourit et lui lança d'une voix enjouée:

— Je parie que dans deux jours il n'y paraîtra plus, vous aurez récupéré votre poids normal.

— Je peux entrer? demanda une tête qui se pointait à la porte.

C'était sa mère, cheveux courts, blouse blanche à manches courtes, jupe droite et talons hauts. Elle sortait de son cabinet dentaire. Elle souriait.

— Ha! Tu vas mieux, dit-elle en entrant dans la pièce. Il était temps! Ça fait trois jours que tu gémissais en t'agitant.

Il l'observa sans répondre immédiatement. Il était content de la voir. Leurs relations n'avaient jamais été bonnes, mais quand il avait eu besoin d'aide pour sa désintoxication, c'est à elle qu'il s'était adressé. Elle n'avait pas eu un mot de reproche. Elle ne l'avait pas jugé. Il n'avait pas eu envie d'entendre, les — *je te l'avais bien dit*, de son père, les — *nous en avions pourtant parlé…*

— J'avais demandé à la chef de salle de me prévenir quand tu serais réveillé, reprit-elle pour meubler la conversation.

Elle s'installa avec aplomb sur l'appui de la fenêtre, sortit un paquet de cigarettes de son fourre-tout, en alluma une et aspira profondément. Elle s'était tournée vers l'espace entrouvert de la fenêtre pour exhaler la fumée. Ilya regardait son profil se découpant dans la lumière blafarde d'automne.

Il avait toujours eu l'impression qu'elle ne l'aimait pas. Lui, il l'avait aimée désespérément. Elle lui avait donné son amour par à-coups, sous condition, toujours un fragment de ce qu'elle donnait à Raphaël. Comme si son stock d'amour était limité. Alors il s'était tourné vers son père. Lui, il les aimait tous les deux sans compter, sans limite, infiniment. Il rigolait des obsessions et des manies de leur mère qui fragmentait le monde en — *j'aime* et — *je n'aime pas*, qu'elle déterminait à l'instinct, à l'intuition. Quand ils s'étaient séparés, il avait rejoint rapidement son père et les relations avec sa mère étaient devenues rares, saturées de haine et souvent violentes.

— Comment te sens-tu? demanda-t-elle à brûle-pourpoint.

Il fut surpris. Parler relevait d'une intimité qu'il avait perdue avec elle. — *C'est ma mère*, se dit-il, — *elle a le droit de savoir…* mais il ne dit rien. Pourquoi était-ce auprès d'elle qu'il était venu chercher de l'aide?

Sans bouger de l'appui de fenêtre, elle le regarda intensément.

— Tu veux que nous rejouions nos vieilles scènes de dispute?

— Non, répondit-il finalement, je suis encore dans le brouillard.

Elle hocha la tête en signe de compréhension.

Après un bref coup d'appel sur la porte, l'arrivée du docteur Collignon mit fin à une conversation qu'il n'arrivait pas à nourrir. Il devait remettre de l'ordre dans ses idées, réfléchir à cette nouvelle donnée d'une vie sans héroïne. C'était sa seule certitude aujourd'hui. La drogue c'était fini.

— He bien, bravo! dit le docteur Collignon sur un ton enjoué.

C'était un homme grand, mince, d'allure sportive, qu'Ilya avait à peine entrevu le jour de son arrivée. Il avait l'air étonnamment jeune, un sourire d'une franchise irrésistible.

— Je suis heureux de te voir réveillé.

Il sourit en tournant son regard vers sa mère.

— Il me paraît bien, dit-il, on voit déjà les effets de la désintoxication. Administrer de la naloxone sous anesthésie générale est une technique tout à fait récente. Ici notre expérience est encore limitée, mais je suis heureux d'avoir pris la décision de tenter le coup avec toi. Tu gagnes du temps et c'est moins pénible.

Puis prenant un air plus sérieux, il ajouta:

— La suite va dépendre de toi. Tu fais médecine, non? Tu vas facilement comprendre, dit-il comme s'il parlait à un confrère. La naloxone bloque les récepteurs opioïdes μ sur lesquels se fixe l'héroïne. En gros, lorsque la naloxone est injectée chez une personne ayant reçu de la morphine ou de l'héroïne, elle en antagonise les effets. Mais des symptômes de manque intenses, se manifestent. Avec l'anesthésie et des doses élevées de naloxone, nous pouvons réduire le temps de sevrage et gagner près de deux semaines par rapport à un sevrage classique. L'intensité des symptômes serait intolérable pour un patient non anesthésié.

— Cela veut-il dire que je n'aurai plus de sensation de manque? demanda Ilya.

— Non, pendant un certain temps le manque peut se manifester et nous couvrons cette période, qui est de deux à trois mois, par une *naloxone* par voie orale, la naltrexone, qui a une longue durée d'action. Même si les symptômes de sevrage restaient présents, l'envie de consommer serait faible. Le traitement va t'aider. Tu comprends l'action des récepteurs?

Il s'assura d'un regard qu'Ilya et sa mère le suivaient bien:

— Au bout d'un certain temps, si tu ne prends pas ton comprimé de naltrexone, le récepteur sera à nouveau libre, tu seras tenté de combler le manque par une dose d'héroïne et là, boum! ... tu repartirais à la consommation. Tout dépend de toi. Comprends-tu?

— Je veux arrêter, dit Ilya d'un ton ferme, je comprends que cela n'est pas un médicament de substitution et qu'à un moment donné je pourrai m'arrêter sans plus avoir besoin de quoi que ce soit. Je serai libre.

Ilya regardait intensément le psychiatre comme s'il voulait sonder sa sincérité. Il se méfiait des médecins qui avaient une tendance à utiliser la langue de bois. Parler, convaincre, assumer ce qui pourrait mal tourner prenait du temps3 et les médecins n'en avaient pas beaucoup.

Mais le docteur Collignon reprit calmement:

— Oui, en principe d'ici quinze jours les réactions de manque auront disparu. Chez certains cela peut durer trois mois, mais lorsque tu arrêteras tu seras libre. Libre d'arrêter, mais aussi libre de recommencer... À toi de voir... Nous pouvons t'aider par un soutien psychologique le temps qu'il faudra.

— Non, je pense que cela devrait aller. Je sais que c'est terminé. Je n'arrivais pas à arrêter seul, mais maintenant c'est fini.

4

Octobre 1975, Uccle, avenue des Hospices

Il ne savait trop où se mettre. L'odeur dans la cave était forte. Mélange de salpêtre et de tabac auquel se mêlait l'odeur pimentée, exotique du haschich et celle écœurante de l'encens qui brûlait sur une table basse au milieu de la pièce. Ils étaient allongés sur des coussins et des matelas alignés autour de la pièce. Quelqu'un remettait pour la troisième fois So Long de ABBA sur la platine. Le disque grinçait.

— Non, plus doux, demanda Cécile, mets-nous *Just me and you* de Gainsbourg, il est tout en bas dans la pile.

Ils reprirent tous en chœur: *It would be just me… and you… It would be just you and me…, the hell with everyone*. Ilya se sentait de plus en plus mal. Quelque chose qu'il identifiait comme de la jalousie.

— Si on fumait un joint? dit Julie. Je nous en roule un?

Julie, cheveux mi-longs raides, la peau un peu terne, cinquante kilos dont dix pour toutes les loques indiennes avec lesquelles elle s'habillait. La meilleure copine de Cécile. Ou peut-être était-ce Agnès? Elles ne le quittaient pas des yeux. Lui n'en avait que pour Cécile. Trop belle pour lui. Trop feu et flammes, trop tempête. Non pas que cela lui déplût, mais il avait peur de s'y perdre. Enfin! Envie et pas envie. De toute façon elle ne le voyait que comme ami. Elle n'avait d'yeux que pour Jean. Grand, mince, cheveux châtain clair descendant dans le cou, fils de médecin, arrogant de toute la confiance qu'il dégageait. Et il pelotait Cécile.

Ilya but une gorgée de Martini. La pénombre s'installait, la musique était douce, l'alcool agissait vite. Il se laissa aller.

— Tire un coup, reprit Julie en lui tendant un joint dont l'extrémité rougeoyait dans l'obscurité.

— Merci, je ne fume pas.

Il n'avait jamais fumé. L'idée même le mettait mal à l'aise. Un vide au creux de l'estomac. Que dirait son père ?

— Tu penses à ton père, devina Julie. Les médecins parlent souvent sans connaître le problème. Tu dois grandir. Les temps ont changé, nous sommes la nouvelle génération. Le monde moderne est en marche. N'écoute pas les vieux cons. Allez ! Vas-y ! Tire un coup ! Il ne t'arrivera rien ! Tu peux me croire.

Il avait envie de lui faire confiance, mais il restait sous l'influence de ce que disait son père. Celui-ci lui avait raconté que lorsqu'il travaillait dans une unité de réanimation, il voyait mourir des hommes jeunes du fait de la cigarette. Il y a n'avait jamais osé y toucher. Sa mère continuait de fumer. C'était une raison de plus pour ne pas y toucher.

— Merde Ilya, tu prends ou tu ne prends pas ! Si tu n'essayes pas, tu ne sauras jamais ! Qu'est-ce que tu risques ?

Ilya aspira une bouffée de fumée. Sa gorge s'enflamma comme si on lui avait brûlé les bronches au lance-flammes. Il fut pris d'une toux effroyable. Il n'arrivait plus à respirer et chaque inspiration aggravait la situation. *Je me sens comme un con*, pensa-t-il entre deux ahanements. Cécile s'approcha et le prit dans ses bras en lui tapotant le dos.

— Sois calme, respire tout doucement, à petits coups. Concentre-toi, ne pense qu'à ta respiration.

Ilya était toujours paniqué à l'idée de suffoquer.

— Tout doux, dit-elle, la prochaine fois, inspire lentement, une petite bouffée, et garde-la en bouche, elle va descendre toute seule, diffuser. Ça ne doit être que du plaisir. Prends ton temps.

Il ne s'était plus rien passé. Ni joyeux ni triste, il avait juste le sentiment, agréable, de faire partie d'une communauté, d'avoir des copains et, peut-être aussi, l'impression que son père n'était pas omniscient.

5

Novembre 1983, La Louvière, l'hôpital

Le docteur Collignon était sorti après un au revoir plein de promesses. Sa mère quitta, comme à regret, l'appui de fenêtre et sa cigarette, et vint s'asseoir sur le bord du lit. Ilya eut un mouvement de recul qu'il essaya pourtant de réprimer. — *Merde, c'est ta mère, reste calme, ménage-la*, pensa-t-il. Il ne comprenait pas ses réactions de rejet. Tout indiquait qu'elle l'aimait… à sa façon… mais elle l'aimait, elle faisait ce qu'elle pouvait.

— Te voilà rassuré? demanda-t-elle.

— Oui, pour moi l'essentiel est de sortir de cet état, je ne veux plus y toucher.

— Tout le monde dit cela, rétorqua-t-elle.

— Pas moi, répondit-il immédiatement, déjà irrité de se sentir confondu avec *tout le monde*. Tu ne sais rien de moi…, tu ne me connais pas.

— D'accord, c'est vrai, répondit-elle penaude, voulant éviter tout conflit.

Elle devait changer de sujet:

— Quels sont tes projets? demanda-t-elle sur le ton le plus neutre possible, tu vas reprendre tes études?

— Oui… je pense… oui, répéta-t-il comme s'il était surpris par la question.

Il aurait voulu qu'elle s'en aille. Il ne voulait pas réfléchir aux problèmes de demain. C'était trop tôt. Il se sentait encore sous le choc de la désintoxication. Il ne savait pas où il en était. Les études…, Franzisca…, l'avenir. Quel avenir? Il ne voulait pas en parler, ni y penser. Il se rendait compte que la drogue avait eu un effet déstructurant qu'il n'avait pas imaginé. Lui si fort, si confiant en ses capacités intellectuelles, physiques, se sentait incapable d'agir, incapable de se projeter dans l'avenir...

— Mais pourquoi n'as-tu pas demandé à ton père de s'occuper de toi, d'organiser ta cure de désintoxication? lâcha-t-elle les lèvres pincées.

Ilya resta sans voix. Comment aurait-il pu en parler à son père après ce qui s'était passé? Il venait d'être opéré de la hanche. Cette intervention l'avait immobilisé dans un lit installé au rez-de-chaussée de la maison, l'obligeant à utiliser un WC chimique à proximité du lit et un urinal. Il ne pouvait s'en sortir seul. Il se souvenait encore des cris au moment où il avait annoncé qu'il quittait la maison. Il se souvenait de son père sautillant sur une jambe, hurlant et brandissant une béquille vers le ciel. Il l'avait abandonné. Il devait partir, vivre sa vie, s'éclater, rien n'aurait pu le retenir.

— Nos relations n'étaient pas très bonnes ces dernières années, finit-il par dire.

Et puis il ajouta sans bien comprendre pourquoi:

— J'avais besoin que ce soit toi qui m'aides.

— Je suis heureuse d'avoir pu le faire, répondit-elle, ravie que son fils se soit finalement tourné vers elle plutôt que vers son père, pour lui demander de l'aide.

Ilya la regarda et fut envahi par une vague d'affection qu'il ne se connaissait pas.

6

1977, Uccle, avenue des Hospices

Il faisait nuit, le vent hululait et les hêtres du bois voisin se balançaient rageusement. Une branche heurtait obstinément la corniche.

Thomas était allongé sur le sofa de cuir noir du salon. Il avait vidé la moitié d'une bouteille de vodka Zubrowska parfumée à l'herbe de bison et gardait un œil fixé obstinément sur un coin du plafond, hilare, les yeux pétillants de joie en réaction à des images qui lui passaient par la tête.

— Tu penses que le goût de l'herbe de bison vient de la pisse et de la merde des bisons? dit-il en s'esclaffant.

Il enchaîna:

— Tu ne trouves pas que je ressemble à Serge Ginsburg dans *Trop jolies pour être honnêtes*?

Il avait pris un ton aviné qui ne correspondait pas à la quantité d'alcool qu'il avait bue, comme s'il surjouait l'ébriété.

— Qui ça? je ne connais pas.

— Gainsbourg, dit-il en insistant sur la première syllabe, Serge Gainsbourg, il s'appelait Lucien Ginsburg, son père était un immigré juif de Russie. Comme nos vieux quoi! Comme nous!

Il se promenait maintenant dans la pièce, le regard au plafond, la main tenant une cigarette allumée près du visage, il inspirait la fumée qu'il rejetait en volutes fragiles.

— Est-ce que je ne ressemble pas à Gainsbourg? Je suis son sosie. Je pourrais être son fils. Non?

Il jetait un regard implorant comme s'il attendait une confirmation de son allégation.

Thomas était un jouisseur. Chaque instant devait lui faire éprouver une sensation agréable. Tout devait contribuer à son bien-être: nourriture, alcool, drogue, sexe. Il n'avait aucune limite. Il touchait le sein d'une fille et s'esclaffait si elle s'effarouchait. Il volait, mentait sans vergogne pour accéder à ce qu'il voulait. Il n'accumulait rien, ne prévoyait rien. Sa vie était un concentré de présent. Le danger, la mort, l'angoisse ne faisaient pas partie du programme. Obtenir tout, instantanément. Pour le reste on verrait plus tard. Un soir, après une bagarre au cours de laquelle il avait été roué de coups, on l'avait récupéré, les lèvres tuméfiées, les articulations des doigts en sang et une épaule démise. Il riait étrangement de sa douleur. Non pas par dérision ni pour montrer sa force, mais comme si, réellement, la sensation douloureuse générait une sensation de plaisir. C'était un vrai masochiste, un alchimiste du plaisir, capable de transmuter le plomb de la douleur en or de la jouissance. Les sensations devaient s'enchaîner les unes aux autres en un flux continu le plus intense possible.

— Tu te rends compte? je bois de la pisse de bison, dit-il hilare, et il répéta encore… de la pisse de bison.

Son fou rire était irrésistible et Ilya s'esclaffait avec lui de toutes ses conneries.

Il se leva avec difficulté pour aller vers la fenêtre de la terrasse donnant sur le bois.

— Sacré coup de vent, dit-il d'un ton impressionné. Ton père ne rentre pas?

— Non, il est à Milan avec sa copine. Celle avec la Porsche, il ne rentrera pas avant mardi.

— Chouette vie, répliqua Thomas.

Ilya but encore une gorgée de vodka et sourit à l'idée des bisons qui pissaient sur l'herbe. L'idée lui plaisait. Il enviait Thomas pour sa capacité à se laisser aller dans la vie, sans barrières, à jouir de l'instant, à rire de la moindre connerie. Lui se sentait coincé. Tout s'annonçait lourd, long, compliqué: les études, les filles, les copains, devenir quelqu'un, montrer qui il était. Il se sentait astreint à faire des choses extraordinaires.

7

Décembre 1983, La Louvière, l'hôpital

Ilya était habillé, assis sur le bord de son lit. Il attendait l'autorisation de partir. Jeans Levi's 501 bleu avec ses cinq poches, sa braguette à boutons, ses surpiqûres orange assorties au cuivre des rivets, l'étiquette de cuir cousu à la taille, pull col roulé vert, santiags aux pieds, sa veste Perfecto sur les genoux. Il se sentait bien. Le corps calme, sans demande, sans ce vide douloureux qui accaparait toute son attention, toutes ses capacités intellectuelles quand il était en manque. Il était libre. Il n'était pas au mieux de sa forme, mais entrevoir autre chose que ses besoins immédiats et envisager le futur.

Les bruits de l'extérieur lui parvenaient assourdis, une rumeur de la ville à peine audible. Tout serait plus clair quand il aurait quitté l'hôpital. La vie reprendrait ses droits. Il se rendait compte combien il avait été stupide de penser que le passage par la case *drogue* lui apporterait plus de liberté. Il se demandait comment cette idée avait pu s'implanter dans son cerveau. Pourquoi n'avait-il pas suivi l'exemple de Cécile? Elle fumait un joint, mais avait toujours refusé de toucher à l'héroïne. — *Ils deviennent tous des épaves*, disait-elle, — *regarde-les, c'est de cela que tu auras l'air*. Il les avait vus Yves, Michel, Laurent… le regard vide, les bras décharnés couverts d'hématomes et absents au monde. Beaucoup étaient morts suite à une overdose, une infection ou de dénutrition. Dents déchaussées, cerveau réduit aux fonctions de base, regard vide. Ils étaient manquants à l'appel de leur propre vie.

Pourquoi avait-il été tenté? Il s'était senti si puissant, … éternel… Il avait dû se tester, se mettre en danger, montrer de quoi il était capable. Il n'avait pas eu le choix.

Il entendit des bruits de seaux métalliques qui s'entrechoquaient en provenance du couloir, des voix qui s'élevaient, une porte qui claquait et puis le silence. Des pas feutrés s'approchaient. La porte s'ouvrit.

— Alors, comment va notre ressuscité? claironna la voix du docteur Collignon, puis, le voyant assis sur le rebord du lit, il enchaîna sur le ton de la surprise:

— Mais il est prêt à partir. Te sens-tu tout à fait bien?... Prêt à rejoindre la vie civile?

Ilya sourit.

— Tout à fait bien est un grand mot. J'ai toujours l'impression d'être passé sous un camion. Chaque muscle est douloureux, mais j'éprouve un sentiment agréable, comme si j'avais gagné un concours. J'ai reçu un premier prix. Je suis fier de ce que j'ai obtenu. J'ai réellement l'impression d'être désintoxiqué.

— Tu es conscient de ta fragilité? Tu peux basculer à tout moment, un chagrin d'amour, des difficultés à trouver un travail, réussir un examen... Tu devras prendre un comprimé de Nalorex par jour. Voici la prescription. Sa durée d'action est de 24 heures. Tu ne dois pas l'oublier sinon les signes de manques reviendront et ton envie d'héroïne sera irrésistible. Tu me comprends? Ne pas rater un seul jour!

Ilya hocha la tête en signe d'assentiment. Il était certain qu'il ferait tout pour se débarrasser de son assuétude et que plus jamais il n'y reviendrait.

— Pas un jour, répéta le docteur Collignon, comme s'il avait lu dans ses pensées, tu te sens fort aujourd'hui, mais si tu ne bloques pas les récepteurs, ton corps pourrait hurler de manque jusqu'à ce que tu le satisfasses. Ne prends pas ce risque. Laisse-le oublier, prends ton Nalorex chaque jour et après deux ou trois mois tu pourras penser à l'abandonner. À ce moment seulement tu seras libre... si tu le veux... tu es le seul à décider. — *Comme toujours*, pensa Ilya. Il en avait assez de ses décisions à l'emporte-pièce comme s'il était dépositaire d'une connaissance universelle innée. Il ne connaissait rien, ni du monde ni de lui-même. L'instinct, l'intuition, les idées prémâchées n'avaient plus leur place. Il tiendrait.

— J'aimerais te revoir dans une semaine, reprit le docteur Collignon, mais tu peux me contacter quand tu veux.

Ils fixèrent une série de rendez-vous et se quittèrent sur une poignée de main virile.

Il enfila son Perfecto, remplit son sac et passa le seuil de la porte. Sa mère l'attendait en discutant avec l'infirmière derrière la paroi vitrée du bureau. Il aurait préféré ne pas la voir. Il ressentait un malaise qu'il espérait résoudre en l'évitant. Pourquoi voulait-il fuir ? Peut-être se rendait-il compte de l'amour qu'elle lui portait et qu'il n'avait pas su reconnaître. — *Introspection à la con*, se dit-il, — *c'était aussi à elle de me montrer qu'elle m'aimait, je ne vois pas pourquoi je dois culpabiliser… merde… on verra bien*. Il l'embrassa et ils reprirent ensemble l'ascenseur vers la sortie. Dans le hall elle alluma une cigarette. La même foule de patients désœuvrés s'agglutinait à l'entrée, cigarette au bec et une cannette de bière à la main. Le ciel était bas, l'air saturé d'eau. Elle le prit par le bras.

— Je t'aime, dit-elle, je suis heureuse que tu ailles mieux. Elle hésita… excuse-moi si parfois j'explose et je dis des choses auxquelles je ne crois pas vraiment… je sais que j'ai mauvais caractère… c'est pour cela que ton papa m'a quittée… Ne me rejette pas…

Il laissa aller sa tête sur son épaule.

8

Juin 1982, Uccle, drève des Tumuli

La vie d'Ilya se déroulait comme un film de fiction. Héros désiré, adulé de tous, courageux, insolent, indestructible. Il se vivait en permanence sous les feux de la rampe. L'aventure, les femmes, l'argent facile, la drogue. Oser vivre le défi permanent. Ne jamais se faire attraper, ne jamais faiblir.

Il faisait nuit. En arrière-plan on devinait une villa entourée d'un parc qui s'étalait jusqu'à l'orée de la forêt de Soignes. L'odeur de chèvrefeuille était prenante. Thomas tournait en rond, tendu. Jenny, sa copine, les accompagnait.
— Tu as une allure terrible, lui glissa-t-elle à l'oreille en l'effleurant du bout des doigts.
Ilya tourna la tête et lui jeta un bref regard de ses yeux d'un bleu presque turquoise que la lumière du lampadaire public rendait encore plus perçants. — *Le regard qui tue*, avait-il l'habitude de dire. Jenny le draguait sans vergogne. Il aimait cette ambiguïté, mais pour l'instant il ne pensait qu'à Franzisca.

Il se sentait bien dans ses jeans serrés à la taille et aux cuisses, ses bottes santiag et son blouson Perfecto. Franzisca lui ouvrit la porte. Son visage était défait: elle n'était pas maquillée, les yeux gonflés et rouges de larmes emmagasinées, les cheveux ramenés en arrière en un amas broussailleux. Elle n'était plus que l'ombre d'elle-même. Elle l'introduisit dans la pièce de séjour. Sa mère était debout devant les étagères de la bibliothèque, hiératique, le type iranien, belle, les yeux fortement maquillés, un rouge à lèvres presque noir, vêtue d'un tailleur

Nathan dont la veste entrouverte laissait voir un chemisier de soie. Elle ne lui jeta pas un regard et attendit que Franzisca se fût assise sur un pouf de cuir repoussé pour reprendre une dispute qu'Ilya semblait avoir interrompue.

Elle montrait du doigt une étagère vide de la bibliothèque.

— Où sont les bouddhas, qu'en as-tu fait? demanda-t-elle du ton excédé de celle qui répète pour la nième fois la même demande.

Franzisca restait silencieuse.

— Mais réponds, réponds-moi. C'est celui-là qui les a vendus? répéta-t-elle en montrant Ilya du doigt. C'est encore pour vous procurer de la drogue… Vous n'arrêterez jamais! hurla-t-elle furieuse.

Ilya, un peu en retrait, jeta un coup d'œil par la fenêtre en écartant d'une main le rideau. Il fit signe à Thomas, hilare, qui fumait un joint appuyé sur le tronc d'un des marronniers qui bordaient la rue. Jenny s'était assise sous le lampadaire. Il se passa négligemment la main dans les cheveux. Il suivait la conversation, indifférent, comme au spectacle. Franzisca restait le menton collé sur la poitrine, les mâchoires crispées. Pas un mot ne sortait de sa bouche.

— Je vais chercher ton père, souffla sa mère sur un ton de lassitude extrême.

Elle sortit.

Ilya s'approcha de Franzisca, s'assit près d'elle sur le pouf et la prit dans ses bras. Elle restait flasque, sans réaction. Les santiags s'accrochaient au sol, provoquaient un pli dans le tapis iranien. Il lui souleva le menton avec délicatesse et l'obligea à le regarder.

— Tu dois tenir le coup, dit-il avec tendresse… tu dois tout prendre sur toi… tu dois lui dire que tu es responsable de tout… que c'est toi qui m'as initié à la drogue et qui m'incites toujours à en consommer. Tu dois dire que tu as volé les bouddhas pour les revendre et avoir suffisamment d'argent pour acheter de l'héroïne.

Franzisca renifla, la tête toujours baissée, manifestement pas convaincue de sa stratégie. La transpiration perlait sur sa lèvre supérieure. On sentait qu'elle était nerveuse et que les premiers signes de manque commençaient à s'installer.

— Je n'y arriverai pas, quelle image auront-ils de moi ? Je ne peux pas prendre cette responsabilité, ils vont me rejeter, ils ne voudront plus de moi.

— Ne t'inquiète pas, mon amour, ils ne te rejetteront jamais. Par contre, si moi je disparais, nous serons séparés et je n'aurai plus aucun moyen de te fournir de la drogue. Avoue tout ! Prends tout sur toi !

Franzisca ne dit rien. Elle se tenait le ventre, elle frissonnait, ses pupilles étaient dilatées. Ilya insista :

— Thomas est à l'extérieur, il a de quoi te calmer. Tes parents ne te feront rien. Dès qu'ils seront sortis, fais-moi signe et je t'apporterai une dose. Ils n'oseront pas me mettre dehors. Ils sont cons. Ils n'oseront jamais m'empêcher de revenir. Ils tiennent trop à toi pour t'interdire de me voir. Tu verras, rien ne peut nous arriver. On va passer à travers tous ces problèmes. Je trouverai de l'argent et nous partirons, nous aurons la belle vie.

Ilya était convaincant. Il se pensait invincible, certain de pouvoir se sortir de toutes les situations. Il était persuadé qu'il deviendrait médecin, et qu'il arriverait à contrôler sa toxicomanie.

Franzisca renifla. Elle l'aimait et lui faisait une confiance aveugle. Elle ne pouvait qu'accepter de prendre toute la responsabilité de la toxicomanie. Les signes de manque s'accentuaient. Elle avait de plus en plus froid.

— D'accord. Je vais les convaincre, mais fais vite, je ne me sens pas bien. Je ne tiendrai pas longtemps. Quitte la maison maintenant. Je te ferai signe quand le chemin sera à nouveau libre.

Ilya l'embrassa et sortit.

9

Décembre 1983, Boisfort

Il poussa la porte de son appartement situé rue des Néfliers, au croisement de la rue des Pêcheries. Toutes les maisons de la rue étaient construites sur le même modèle: un jardinet à l'avant, un garage au sous-sol auquel on accédait par une rampe assez raide. Quelques marches conduisaient à une porte vitrée qui s'ouvrait sur un couloir et donnait accès à trois pièces en enfilade. C'est là qu'il vivait depuis le mois de septembre. L'appartement était glacial. Franzisca n'était pas passée. Le ficus était déshydraté, pantelant devant la fenêtre aux volets clos. Le mobilier était réduit au strict minimum, une table, trois chaises, un matelas sur le sol, une valise ouverte, des bouquins, des vêtements éparpillés. — *Ce n'est vraiment pas l'appartement d'une star*, pensa-t-il en souriant. On était loin de l'atmosphère chaleureuse de la montagne Saint-Hilaire. Il soupira et se laissa tomber sur une chaise en se disant que tout cela devait changer.

Son père lui avait demandé de quitter la maison en septembre, après la deuxième session d'examens qui signait son échec, deux années consécutives, en première année de médecine. Son père voulait qu'il cherche un travail. Ilya était fou furieux.

— Où est l'amour? avait-il demandé, tu dis m'aimer et tu me mets dehors.

Que faire? Que dire? Son père vivait depuis quelques mois avec Emma, une brune aux cheveux longs qui se profilait comme une femme de combat: médecin, une opinion tranchée et, surtout, froide comme un *sniper*. Ilya ne l'aimait pas et pensait que ce devait être réciproque.

Il aurait voulu que son père comprenne son désespoir, la drogue et toutes les conneries qu'il avait faites. C'était impossible qu'il n'ait pas vu le mouvement des personnes qui sonnaient à la porte d'entrée pour acheter leur dose, ses pupilles rétrécies sous l'effet de l'héroïne, l'excitation induite par la cocaïne. Tout le monde l'aurait vu… Pas lui… À moins qu'il ne l'ait fait exprès. Peut-être voulait-il qu'il parte pour ne plus l'avoir à charge et vivre sa vie avec Emma et même encore faire un enfant?

Mais au fond de lui, il savait que son père ne pouvait pas deviner. Ilya avait mis toute son énergie et ses capacités de conviction pour le persuader que tout allait bien. Lorsqu'il lui avait demandé s'il se droguait Ilya lui avait tendu ses avant-bras musclés sans aucune trace d'injection:

— Où penses-tu que je me pique, derrière l'oreille? avait-il demandé, narquois.

Ilya avait été attentif à sa condition physique, s'astreignait à une alimentation saine, ne fumait pratiquement pas en dehors d'un joint de temps à autre et, surtout, il entretenait son corps par un jogging journalier, des poids et haltères trois fois par semaine et deux kilomètres de crawl les autres jours. Son aspect physique allait à l'encontre de l'image que son père se faisait du *junkie*[1] habituel.

Il fut finalement décidé qu'il tenterait des études de chimie.

— Si tu échoues on arrête tout et tu vas travailler, c'est clair?

Les mots se bousculaient dans sa tête, il n'arrivait pas à se concentrer.

— Oui… Oui dit-il en hésitant, je vais réussir, je suis bon en chimie...

Promis? demanda son père tentant d'accrocher son regard

Il hocha la tête en signe d'assentiment en gardant les yeux baissés. Il n'y croyait pas alors, comme d'habitude, pour ne pas perdre la face et être obligé d'affronter la réalité, il promettait, il mentait, racontait n'importe quoi. Son père l'observait perplexe.

---

1. *Junkie* est un terme d'origine anglaise désignant une personne s'adonnant à la toxicomanie.

L'accord fut conclu et Ilya loua l'appartement de la rue des Néfliers et bénéficia d'une somme mensuelle de 19000 francs.

Il enleva la bâche qui recouvrait sa Ducati 750 Mach III. Il laissa glisser sa main sur le réservoir, le siège en cuir. Il soupira de plaisir. Il glissa la clé de contact crantée dans le cylindre de la serrure. Le moteur vrombit comme un fauve. Le bruit se répercutait sur les murs du petit garage. Un rêve. Celui de la puissance et de la liberté. L'homme-machine indestructible. Il repensa aux balades en forêt, Franzisca collée contre son dos, ses bras enlaçant sa poitrine. Le souffle de la liberté, une sensation d'absolu, d'éternité. Que s'était-il passé? Tout n'était-il qu'illusion? Il n'osait plus sortir la moto. Son père ne savait même pas qu'il en possédait une. Un jour Ilya avait abordé le sujet. Son père avait rétorqué — *Si tu reviens avec une motao, je la scie en deux... pas avant 25 ans...* Il n'avait pas osé la lui montrer alors que son père n'arrêtait pas de parler de sa moto NSU 250 quatre temps de l'époque où il était étudiant. Il essayait d'imiter le ronronnement gras de la machine avec des — *vroums* ou des — *bbvroums* ou encore des — *ffvroums*, qui étaient censés rendre au mieux le bruit à la fois pétaradant, puissant et doux du moteur quatre temps encore peu courant sur ces cylindrées. — *J'ai de l'expérience, moi! ... il faut un regard très en avant pour prévoir le chauffard qui va croiser ta route*, répétait-il.

Il aurait aussi fallu lui expliquer avec quel argent il l'avait achetée. Impossible. Il était arrivé à lui faire avaler sa vieille 2 CV qu'il disait appartenir à un copain. Encore et toujours des mensonges.

Son père continuait à occuper son espace mental. Il aurait voulu l'ignorer, ne plus y penser, mais aujourd'hui plus qu'hier, chaque chose se référait à ce qu'il en dirait. Il avait le besoin de voir du monde, de revenir dans la vie. Il eut envie de se rendre au Psylophone.

La 2 CV était garée au coin de la rue des Pêcheries. Le vent froid de décembre lui glaçait le bas du dos. Il remonta machinalement le fermoir de son Perfecto. Le ciel restait bas, uniformément gris. Un chien pissait, concentré contre le pied d'un arbuste.

Le moteur toussa, s'arrêta, grinça et après quelques tentatives, il démarra, émettant un ronronnement rythmé et métallique.

Il s'engagea dans l'avenue de la Sauvagerie, la rue des Épicéas, l'avenue des Ortolans… Des villas luxueuses sommeillaient dissimulées par une végétation clairsemée. Pas âme qui vive. Il aperçut le café au coin de la rue des Hospices et de la rue des Garennes. Son cœur battit plus vite. Il avait à la fois peur et envie de revenir sur les traces de ce qu'il appelait déjà son ancienne vie. Il savait que beaucoup des copains de la bande avaient été arrêtés. Qui allait-il retrouver? Il était cinq heures de l'après-midi. Le soleil s'était couché. La lumière du jour faisait place à la pénombre. L'éclairage vif du bistrot diffusait sur les pavés des ombres déformées. Il poussa la porte et fut happé par ses souvenirs.

10

Juin 1981, Boitsfort

Il avait sniffé une ligne de *Speedball*[2] qu'il avait ramené de Breda au cours de son dernier voyage. Il se sentait des ailes. Il devinait le regard des filles sur sa peau. — *Cinéma*, se disait-il en souriant. Mais il adorait la part de réel et d'irréel, de fantasme qui se jouait en lui. Il avait insisté pour que Franzisca reste à la maison. — *Les copains c'est sacré, tu comprends, je dois pouvoir être totalement disponible pour l'amitié… tout comme je suis totalement disponible pour l'amour quand je suis ici avec toi… il ne faut pas mélanger… et puis on discute bizness…*

Franzisca, avait baissé la tête en signe d'acceptation et de soumission. — *Cinéma*, se répétait-il. Il adorait jouer les machos. Pas comme son père qui n'avait que le mot respect en bouche lorsqu'il parlait des femmes. Plus féministe que la plus féministe des suffragettes.

La bande des *Mexicains* se tenait tout au fond de la salle, loin des baffles, regroupée autour de deux tables, préparant probablement un coup. Personne ne savait pourquoi on les appelait les *Mexicains*. Cela venait peut-être de l'époque où tous les caïds portaient la moustache. Les hommes étaient assis, les filles derrière eux, debout, prêtes à aller chercher un paquet de cigarettes ou une boisson. — *Cinéma*! Chacun se construisait un passé héroïque, souvent fictif, supportant l'image de *dur* qu'il souhaitait donner de lui-même.

Plus loin, accoudés au bar, le regard fuyant, les frères Vestibule lampaient à petites gorgées une bière pression tout en essayant de masquer

---

2. Mélange d'héroïne et de cocaïne.

leur intérêt pour ce qui se passait du côté des *Mexicains*. Ils s'attendaient à un coup et auraient aimé en être et récolter une partie du fric. À côté d'eux, leur cousin, Philippe Vanhalf, dit *demi-portion*, avait le regard perdu et flottait déjà depuis le début de l'après-midi dans les vapeurs d'alcool.

— Ils sentent la bête, dit Vanhalf en se pinçant le nez et suffisamment haut pour être entendu par les *Mexicains*.

La musique était montée d'un ton pour mieux faire passer Led Zeppelin dans *Stairway to Heaven*. Ilya vit Thomas au bar tentant vainement de draguer une brune un peu éméchée. Elle le repoussait compulsivement chaque fois qu'il essayait de la peloter. Il se glissa jusqu'à lui et le prit affectueusement par l'épaule.

— Laisse tomber, dit-il, tu vois bien que cela ne marche pas.

Ooh, it makes me wonder, ooh, it makes me wonder, miaulait Led Zeppelin.

— Oh! Tu es enfin là, dit Thomas en se retournant avec un sourire épanoui découvrant l'écart entre les deux incisives de la mâchoire supérieure, je t'attendais.

— Ah oui?

— Tu as de la marchandise? demanda-t-il regardant autour de lui, je suis en manque et je suis fauché.

— Pas de fric, pas de came, répondit Ilya abruptement, tout ce que tu veux mais je ne fais plus crédit.

— Merde Ilya, pour une fois, je te le rends demain, au plus tard après-demain. Je suis ton copain, s'il te plaît…

Ilya ne bougeait pas, il le regardait attentivement, pesant le pour et le contre. Il savait que même s'il aimait Thomas comme un frère, il ne pouvait pas lui faire confiance, même pour un demi-kopeck. Thomas vivait de vols et de mensonges. Pour obtenir de la drogue, il volait tout et tout le monde: argent, bijoux, vêtements, œuvres d'art, appareils photo, et sans aucune discrimination ni état d'âme, une vieille femme dans le tramway, sa mère, son père, ses frères… et son copain Ilya. Il n'accumulait rien, il volait au jour le jour pour payer sa consommation journalière, sans plan, à l'instinct, comme si c'était l'acte le plus naturel qui soit. Demain était ailleurs et lui vendre quoi que ce soit à crédit, c'était accepter de ne jamais voir la contrepartie financière de la transaction.

— Merde Thomas, finit-il par dire... tu m'emmerdes, je ne sais plus que faire, je sais que tu ne me payeras jamais. *Bizness is bizness*. Pas de fric, pas de came, dit-il encore pour se convaincre lui-même.

— Même pas à moi ? dit-il en reniflant et en prenant sa moue de petit garçon, comme lorsqu'il venait frapper à la porte de leur maison de vacances à Fontenoille et demandait un sandwich mou au jambon, dont il était friand.

Il aurait dû partir, ne plus lui parler, le laisser sur place. Mais il ne bougea pas, il le regarda, furieux de sa propre faiblesse, haussa les épaules et sortit de la poche intérieure de son Perfecto un petit paquet soigneusement plié qu'il lui tendit discrètement. Thomas ne prit même pas le temps de le remercier, se faufila, pressé, jusqu'aux toilettes et disparut. Led Zeppelin tentait vainement de couvrir le brouhaha :

Sometimes all of our thoughts are misgiven
Ooh, it makes me wonder,
Ooh, it makes me wonder.

Thomas reparut à la porte des toilettes après quelques minutes, des traces de poudre blanche sur le bout du nez et en se frottant consciencieusement les gencives du bout du petit doigt. Il porta les yeux sur Ilya et se fendit d'un large sourire qui éclaira tout son être, brusquement animé par un surplus d'énergie qui faisait irrésistiblement penser à la publicité Esso : *Mettez un tigre dans votre moteur*. Ilya sourit à l'image du tigre et de la dope.

— Frotte-toi le bout du nez, lui dit-il en souriant et en le prenant affectueusement par l'épaule, je ne sais rien te refuser et je n'ai plus un *balle* pour racheter une dose pour Franzisca.

— Bof ! Si tu veux, on peut toujours se refaire avec un casse, répliqua Thomas tout à coup très détendu.

Quand Ilya avait commencé à se droguer, le cambriolage avait été un moyen excitant de se faire de l'argent. Il était certain qu'il ne deviendrait pas toxicomane et pensait que ce ne serait qu'une péripétie, une expérience, juste pour voir. C'était au début de ses études de médecine. Il s'était mis au cambriolage par besoin d'argent pour se payer la drogue, les sorties, les filles, mais aussi par goût de l'aventure, l'envie de jouer les Jacques Mesrine[3], les aventuriers au grand cœur.

— *Cinéma*, se répéta-t-il encore. Il avait l'impression que vivre dangereusement s'imposait comme une nécessité dans son existence.

Les premiers cambriolages avaient été un raz-de-marée d'adrénaline, un plaisir poussé à l'extrême, un orgasme aiguisé par le danger omniprésent. L'excitation était vite retombée.

Il soupira.

— Non, dit-il pensif, je n'en ai pas envie.

— Ah bon, comme tu veux.

— Viens, tirons-nous, allons au Klacik.

---

3. Criminel français responsable de nombreux meurtres, vols de banque, kidnappings. Il s'est évadé à plusieurs reprises de prison et était vu par beaucoup comme une figure anti-establishment, un Robin des bois moderne.

11

5 décembre 1983, Boitsfort

En cette fin d'après-midi le bistrot était vide. Quelques vieux fumaient tranquillement et jouaient une partie de belote qui semblait ne jamais devoir se terminer. Ils parlaient peu, chacun dans ses pensées abattait ses cartes dans l'ordre prévu. De temps à autre, un profond soupir se transmettait comme une maladie contagieuse.

Deux tables étaient occupées au fond de la salle par des couples se tenant la main, le regard perdu dans les yeux de l'autre. — *C'est l'heure des amants illégitimes*, se dit Ilya. Un dernier attouchement avant de rentrer au foyer retrouver la routine, les enfants, le quotidien qu'on rêve de transformer dans les bras d'un(e) autre. — *Banal*, se dit-il, — *tristement banal*.

Manu était derrière le bar, frottant consciencieusement un verre, le regard vide. — *Rien vu, rien entendu*, selon la devise de la profession. Ilya le salua d'un bref mouvement de tête.

— Ça va?

— Bof!

— D'où sors-tu? demanda Manu d'un air inquisiteur.

— J'étais à l'hôpital, répondit Ilya prudent.

— Qu'est-ce que tu foutais là? demanda-t-il agressif.

— …

— Tu sais quand même que tous les autres se sont fait arrêter? dit-il à voix contenue pour ne pas se faire entendre par les autres clients.

Ilya hocha la tête sans rien ajouter. Il était désolé pour ses copains, plutôt ravi pour ces cons de Mexicains et les frères Vestibule. Pour le reste il n'avait rien à se reprocher. Manu reprit:

— Ils te cherchent et veulent te faire la peau. Tu as intérêt à te méfier quand ils sortiront.

Manu se referma comme une huitre, continuant à frotter consciencieusement le même verre qui devait être séché depuis un certain temps. Ilya regarda autour de lui. Il n'avait dénoncé personne. Les policiers ne lui avaient même jamais posé de questions, ils savaient tout sur tout le monde. Ils s'étaient fait piéger parce qu'ils ne faisaient attention à rien.

Au début la police semblait laisser faire. Parfois elle arrêtait l'un ou l'autre et le relâchait presque aussitôt. Cela ne semblait pas l'intéresser. Un jour fini le laxisme apparent, elle s'était mise à filer tout le monde, repérer les circuits, les trajets, les lieux et puis, les policiers avaient fait une descente, simultanément, dans tous les lieux suspects. Tout le monde avait été surpris. Environ cent dealers avaient été mis en prison. Même ses copains les plus chers, Léonard, André, Philippe... Il ne les aurait de toute façon jamais dénoncés. Mais voilà, le commissaire Ferremans avait décidé de le laisser libre. Si les frères Vestibule imaginaient qu'il était responsable de leur arrestation, il aurait intérêt à disparaître. Aucune chance de les convaincre de son innocence. — *On verra*, se disait-il.

— Tu as vu Thomas?

Le barman secoua la tête sans lever les yeux.

— J'ai entendu dire qu'il était chez sa mère à Fontenoille. Il a intérêt à rester caché.

Ilya hocha la tête en signe d'assentiment, soulagé qu'il ne soit pas arrêté.

— C'est bien, je suis content pour lui.

Il se leva, salua le barman d'un signe de la main et quitta le Psylophone.

La nuit était tombée. Une petite pluie fine picotait le visage. L'éclairage maladif des lampadaires irisait les taches d'huile brillantes sur le macadam. Le quartier était calme. Une femme longeait les façades de la rue de l'Hospices Communal, tenant ses deux enfants par la main, pressée de retrouver la chaleur du foyer.

Ilya se sentait vide, amorphe, sans énergie. L'envie de drogue se fit sentir quelque part au fond de lui. Pas un vrai manque, mais le besoin d'une sensation de bien-être. Il devait tenir. Ne pas oublier le comprimé de Nalorex le lendemain matin. Tenir. Il ne voulait pas rechuter. Il fallait rentrer rue des Néfliers et dormir. Ne plus penser. Il lança le moteur de la 2 CV.

Lundi matin il s'extirpa du lit. Toujours aussi groggy. Il avait rêvé qu'il dansait sur l'eau et que dès qu'il s'arrêtait il s'enfonçait dans les flots. Il devait bouger, se mettre en mouvement, agir.

Une odeur de nourriture avariée régnait dans l'appartement. La fenêtre n'avait plus été ouverte depuis son départ pour l'hôpital. Les résidus de repas anciens s'étalaient sur la table, à côté du lit et dans l'évier. Il entreprit de tout nettoyer avec une énergie qu'il ne se connaissait pas. Il ouvrit grand un sac-poubelle et y vida des semaines de déchets alimentaires, séchés, moisis, malodorants, des emballages éventrés, des boîtes de conserve à moitié remplies. Comment avait-il pu vivre de la sorte? L'état de l'appartement était à son image. Il ne voulait plus de ce mode de vie. Il nettoyait, frottait, aspergeait, fenêtres grandes ouvertes malgré l'air froid et humide sur sa peau.

La radio égrenait les informations matinales, les embouteillages sur le ring et au carrefour Léonard, la mise en place en Italie, en Grande-Bretagne et en République fédérale d'Allemagne de 48 Pershing II et de 64 missiles de croisière américains pour rééquilibrer les forces en Europe, Robert Aldrich était décédé d'une maladie des reins. Il pensa à un de ses meilleurs films, *Les Douze Salopards* ou encore *Vera Cruz* avec Gary Cooper et Burt Lancaster. Il avait adoré. Il se souvenait encore du jour où il l'avait vu, il y a une dizaine d'années, avenue Pangaert. Raphaël et lui étaient assis dans le dIlya de cuir noir.

Il devait bouger, quitter les zones morbides de son cerveau qui le liaient à son passé de drogué et s'obliger à faire autre chose, à se concentrer sur d'autres gestes, d'autres images. Danser!

L'appartement était propre et rangé. Il ferma les fenêtres, décida d'aller nager et reprendre les cours. Ce lundi matin le Calypso était presque vide. Quelques habitués faisaient des longueurs d'un crawl coulé, leurs corps luisants surgissaient de l'eau comme celui de phoques. Les larges baies vitrées laissaient entrer la lumière basse du soleil d'hiver. Il enfila son bonnet, chaussa ses lunettes, fixa son pince-nez et se laissa glisser dans l'eau. Brrr... le froid le fit frissonner. Il regarda les poils hérissés de son avant-bras droit et sourit de cette réaction qui lui révélait que son corps était bien vivant, qu'il n'y avait pas à s'inquiéter, qu'il s'en sortirait. Il avait pris son comprimé de Nalorex le matin. Hors de question qu'il oublie.

Il arriva complètement essoufflé au rebord opposé. Vingt-cinq mètres. Habituellement il en nageait sans s'arrêter deux mille. Il récupéra lentement, son cœur battait la chamade, l'air lui manquait. Il se passa une main sur les épaules et les cuisses pour faciliter la décontraction des muscles et repartit lentement en essayant de garder le rythme. Respirer posément une fois à droite, une fois à gauche, ne pas prendre trop d'air, exsuffler très lentement, adapter la quantité d'air à l'effort fourni. Arrêt aux vingt-cinq mètres, récupération, concentration sur son corps, sur l'effort à fournir, sur les vingt-cinq mètres suivants… La vie reprenait. Il reviendrait demain.

12

6 décembre 1983, Boitsfort

Il avait garé la 2 CV au square des Latins sous les fenêtres de l'appartement de Oma et Opa, ses grands-parents. Il viendrait les voir quand il aurait terminé les cours.

La cité universitaire bruissait comme à l'accoutumée sur l'heure du midi, à l'interruption des cours. Visages concentrés, marchant d'un pas décidé; visages passionnés, discutant l'actualité politique, le keffieh négligemment enroulé autour du cou ou distribuant les tracts du jour; visages frimeurs, cherchant le garçon ou la fille à draguer; visages observateurs des revendeurs de drogue à la recherche du client éventuel. Tous se côtoyaient, indifférents les uns aux autres. Il ya se faufilait entre ces corps animés d'un mouvement brownien, cognant l'un ou l'autre, empruntant à chaque pas une trajectoire différente qu'il tentait de corriger. Il scrutait tous ces visages à la recherche d'un seul qui lui fût familier, à la recherche d'un regard, d'un sourire ami. Il ne connaissait plus personne. Ses copains de première année étaient tous à la faculté de médecine à la Porte de Hal[4] et il n'avait pas créé de contacts avec ceux des cours de chimie de première année. Personne ne le voyait, les regards le traversaient comme s'il n'existait pas ou se déplaçait dans une autre dimension.

Il se dirigea vers le restaurant et fit la file au comptoir. Le repas du jour, saucisse, purée de pomme de terre et compote de pomme ne lui disait rien. Il avait un goût de terre en bouche. Et se demandait s'il ne

---

4. La porte de Hal, construite en 1381, est le dernier vestige de la seconde enceinte médiévale de la ville de Bruxelles. La faculté de médecine se trouvait dans son voisinage immédiat.

s'agissait pas d'un effet secondaire du Nalorex. Il repartit avec un Coca et s'installa à une table le long des fenêtres donnant sur l'avenue Paul Héger.

La première gorgée de Coca le projeta dans le monde des sensations, dans celui du souvenir de la vraie première gorgée de Coca-Cola de son enfance, du goût de médicament qu'il avait aimé d'emblée. La saveur diffusa instantanément dans toutes les parties de son corps et lui donna une sensation de bien-être qui était de l'ordre de la fraîcheur, de la légèreté, de la lumière. Il n'était pas loin de l'effet d'une ligne de coke. Il respira profondément pour se calmer. — *Surtout ne pas se laisser aller à chercher de la coke*, se dit-il, — *je dois tenir, il n'y a même pas une semaine que je suis clean, je dois teni*r. Il respira calmement comme s'il nageait, pas trop d'air, baisser le rythme cardiaque. Tenir. Chaque jour compte. Agir. Ne plus y penser.

Il repoussa la bouteille de Coca-Cola, se leva et se dirigea vers la sortie du restaurant. À l'extérieur, des centaines d'étudiants se déplaçaient en colonne vers les auditoires situés de l'autre côté de l'avenue. Il les suivit en direction du square G.. Il se demandait comment il allait s'y prendre pour réussir les contrôles de janvier. Sa sérénité du matin s'effilochait. Malgré la promesse qu'il avait faite à son père, il n'était pratiquement pas allé au cours depuis la rentrée de septembre. Il avait essayé, mais son cerveau ne suivait pas. À l'époque, il devait faire face à trop de problèmes: la drogue, la police, le manque permanent d'argent, l'impossibilité de se concentrer sur les cours.

Il passa devant l'auditoire Chavanne. Il se souvenait de sa rencontre avec Franziska. Il l'avait tout de suite repérée, tout en haut de l'auditoire où elle discutait avec des amies. Une présence époustouflante, les cheveux noirs abondants lui tombant sur les épaules, un visage typé de princesse iranienne, des yeux d'un noir profond, des lèvres charnues bien dessinées qu'il avait envie d'effleurer. Elle irradiait beauté, intelligence, sensualité. Elle avait accroché son regard. Elle l'attendit à la sortie du cours.

— Tu es Ilya, dit-elle d'une voix éraillée, qui le prit au bas du ventre, Jürgen m'a parlé de toi.

Il ne savait plus qui était Jürgen. Ils échangèrent quelques mots sans réelle signification et ce fut le coup de foudre. Cela lui paraissait un mot pompeux pour parler de ce qu'il ressentait, mais il n'en trouvait pas de meilleur pour décrire son état: attiré, subjugué, mesmérisé, touché par ce mystère qu'on appelait l'amour et qui mettait en doute la cohérence du monde et sa capacité à vivre par la raison.

Ils ne se quittèrent plus. Il était porté par une énergie qu'il ne se connaissait pas. Tout lui paraissait simple, léger, joyeux, l'impossible devenait réalisable, le monde se trouvait à portée de la main.

Et puis il y a eu la drogue. Il ne se souvenait plus qui avait commencé, mais Franzisca était devenue rapidement très dépendante.

Puis, tout avait basculé. Ils allaient de moins en moins aux cours pour finir par ne plus y aller du tout, vivaient la nuit, se levaient en fin de matinée, partaient dans la VW de Franzisca à Breda ou Rotterdam pour se réapprovisionner.

13

7-14 décembre 1983, Ixelles

Il repensa à Franzisca. Il ne savait plus pourquoi tout s'était mis à aller de travers, pourquoi son amour des premiers temps s'était englué dans l'obsession de la drogue, le mirage d'une vie normale dans un monde de toxicomane, la perversion de repères fondamentaux comme la vérité, l'honnêteté, la fraternité, la générosité. Il s'était perdu dans le besoin de séduire d'autres filles, d'être valorisé sur son apparence plutôt que sur qui il était. Pourquoi s'était-il comporté comme un macho? Il délaissait Franzisca de plus en plus souvent pour courir les bistrots, lever d'autres filles, voir les copains. Pourquoi était-elle restée passive, contente de la drogue qu'il lui ramenait? Pourquoi le servait-elle comme une vraie petite épouse et mimait le couple parfait, l'imaginant médecin, avec des enfants, une belle maison, des voyages? Les raisons de mésentente s'accumulaient. Elle lui avait écrit: *Tu es mon mari et j'ai envie, tellement envie de vivre avec toi* [ ]*… Mes parents nous aideront* [ ]*. Pour que tout aille mieux, pour qu'on puisse être ensemble en toute tranquillité* [ ]*, mais pour cela nous devons nous marier.* Imaginait-elle que ses parents accepteraient l'idée d'un mariage? Ce n'était que du cinéma où elle jouait un rôle de petite bourgeoise soumise et lui celui du mauvais garçon qui la manipulait, alors qu'il ne savait plus s'il l'aimait encore et que les rêves de mariage, famille, enfants ne faisaient pas partie de ses projets.

Quand il ouvrit ses cours, il se rendit compte que les choses iraient moins bien qu'il ne l'avait imaginé. Sa capacité de concentration était nulle. Il avait déjà oublié le contenu d'une phrase quand il abordait la suivante. Elles s'effaçaient l'une l'autre. Un désastre! S'il ne réussissait pas, ses chances de poursuivre des études seraient annihilées. Il tournait en rond dans son appartement et plus il s'énervait, plus sa mémoire se délitait. D'un jour à l'autre l'anxiété s'amplifiait. Les heures passaient sans que rien ne change. À bout de ressources, il tenta d'alterner travail et repos par séquence de dix minutes. Il se fixait comme unique but la compréhension des cours, faire confiance à son cerveau et ne pas tenter de mémoriser.

La première demi-journée fut assez décevante. Son esprit avait du mal à coller au texte, ses pensées s'échappaient tous les deux mots. Il ne lâcha pas…, tenir…, dix minutes de concentration…, dix minutes de repos. Il ne s'énervait plus, il savait qu'après l'arrêt de dix minutes, il reprendrait le travail et à chaque reprise, il se disait que ce serait la bonne, qu'il se passerait quelque chose.

La solitude était écrasante. Décembre gris et froid le glaçait jusqu'au cœur. Où étaient ses amis, ses amantes pétillantes qu'il prenait et délaissait à sa guise? Où était sa fureur de vivre, la certitude que son destin serait une fulgurance, une parade royale où tout était possible, où tout était permis?

Il ne se reconnaissait pas et ne savait comment s'ancrer dans la vie. L'univers n'était plus qu'une matière coulante à l'image des *Montres molles* de Dali. Le sol perdait toute consistance, devenait instable, tout vacillait autour de lui. Il hésitait entre se laisser sombrer ou résister. Il eut envie d'un shoot d'héroïne pour fuir ces troubles de la perception qui s'apparentaient à la folie. Pas juste sniffer, mais une dose suffisante pour gommer sa conscience, ou avaler le bitume sur sa Ducati et s'envoler, se propulser au firmament, ne plus exister.

Il lui fallut un certain temps pour se rendre compte que les multiples tentatives qu'il effectuait pour activer sa mémoire, les dix minutes de concentration forcée qui se succédaient d'heure en heure et de jour en jour le raccrochaient à ce qu'il avait envie d'appeler la réalité. Étudier devint au fil des jours le principal lieu de sa reconstruction. Au-delà de la mémoire, au-delà du projet de ses études, agir pour reprendre la main sur ses pensées, sa mémoire, sa volonté s'accompagnait d'une véritable restauration physique de son esprit et de son corps.

La terre autour de lui se stabilisait. L'important, c'était l'effort, juste *se forcer à...* Il alla nager. Il alignait des longueurs les unes après les autres, cherchait son souffle, sentait l'eau glisser sur son corps. Agir déclenchait une exaltation qui l'envahissait comme une marée.

Il tenait le filin qui le ramenait sur la terre ferme.

L'énergie qu'il déployait agissait comme une drogue, lui emplissait le corps, créait une vague d'optimisme qui le dépassait. Il était certain que l'ancrage était là, dans cet effort qu'il faisait pour mémoriser, dans les pas qu'il faisait en marchant dans l'appartement, dans les gestes qu'il accomplissait pour se préparer une tasse de café, pour faire sa toilette. Chaque action le raccrochait à la terre, le faisait exister dans l'univers.

Il fallut des jours pour s'équilibrer. En lui se succédaient tempêtes et embellies, nuit profonde et plein soleil, désespoir et euphorie. Il devait bouger, agir, ne pas pleurer, ne pas se plaindre, monter une stratégie, dessiner des plans de survie, se battre... Il entendit dans un recoin de sa mémoire la voix rocailleuse de Louis Armstrong chantant: *I see skies of blue, and clouds of white... and I said to myself what a wonderfull world...* Il en eut les larmes aux yeux.

L'espérance monta des profondeurs comme une coulée de lave, impérieuse, irrésistible. Décider de se désintoxiquer avait été le premier pas. La dépression qui s'en était suivie n'était qu'un épiphénomène. Il devait s'accrocher, se battre, nager, enchaîner longueurs après longueurs, étudier, désespérément, s'arracher à son incapacité à se concentrer... Il sortirait gagnant. Il en était certain.

La joie l'envahit comme une fulgurance.

Il s'était remis à neiger. Les essuie-glaces de la 2 CV crissaient à chaque battement. Ilya tenait fermement le volant. Un camion-citerne à l'enseigne des *Ets Gilles Bruxelles* lui ouvrait le chemin dans la neige fraîche. Il se revoyait skier avec Raphaël dans la trace de son père aux Deux Alpes. Il dut bifurquer vers La Louvière pour rejoindre l'hôpital et quitta la E19 pour rejoindre la A501. La 2 CV dérapa dans le virage serré. Il redressa, se demandant si ses pneus étaient bien adaptés à la neige. Il irait voir sa mère avant son rendez-vous avec le docteur Collignon.

Elle était en pleine consultation et il eut à peine le temps de venir l'embrasser tout en fumant une cigarette subrepticement allumée. Elle était manifestement heureuse de le voir. Comme à l'accoutumée il avait négligé de lui téléphoner après son retour à Bruxelles.

— On ne change pas ses vieilles habitudes, dit-elle avec le sourire, mais moi, j'étais inquiète.

— Il n'y a pas de raison, Maman, je tiens le coup et je suis certain que c'est fini... Je te remercie de ton aide, dit-il encore après une fraction de seconde, comme s'il découvrait brusquement le caractère exceptionnel de l'aide qu'elle lui avait apportée.

— Tu ne t'imagines quand même pas que j'aurais pu te laisser tomber? dit-elle surprise.

Ilya sourit et haussa les épaules d'un air gêné. Elle éclata de rire.

— Ben oui! je vois que tu l'imaginais bien.

Le docteur Collignon arriva avec quelques minutes de retard.

— Désolé, j'ai essayé de terminer mon travail en salle pour te réserver mon temps. Je vois que tu es en forme, dit-il après l'avoir observé brièvement. Où en es-tu?

— Ça va, rien de spécial, je n'ai rien consommé.

— Bravo, mais un peu court comme réponse. Cela te paraît difficile? Tu dois faire des efforts? Tu te sens soutenu? Tu vois des amis, des parents? Tu n'es pas trop déprimé? ... Je veux tout savoir.

Ilya n'avait rien planifié, mais il eut brusquement envie de se confier, partager ces moments où il avait touché aux rives de territoires qui lui étaient inconnus. Il se racontait comme s'il parlait d'un explorateur remontant le cours de l'Orénoque à la recherche de sa source. Le psychiatre restait perplexe. Il était perdu, incapable d'intégrer le récit d'Ilya à ses connaissances médicales. Il tenta une explication:

— Je pense que ce que tu me décris correspond à une forme de manque. Ton corps réclamait sa dose d'héroïne, toute ta perception cognitive semble avoir été perturbée. Tu as résisté, tu as indiqué à ton corps le chemin à suivre et tout s'est remis progressivement en place.

Ilya le regarda pensif, pas certain d'avoir compris. En ce qui le concernait, il avait vaincu et sortait gagnant de la bataille. Il avait une énergie dont il avait perdu le souvenir. Il avait gagné, lui contre lui-même, les compteurs étaient remis à zéro. Finie la toxicomanie, il arrêterait tout, même les quelques cigarettes qu'il lui arrivait de fumer, même le vin, même la bière, toutes ces substances qui modifiaient les perceptions et que la société tolérait parce qu'elle savait que sans ces dérivatifs, la vie était impossible. À l'avenir tout son plaisir serait de se frotter au monde tel qu'il est.

Il reprit:
— Peu importe l'explication, tout va bien. Je vais reprendre la vie là où je l'avais laissée il y a quatre ans. Merci de votre aide.

14

Août 1983, Fontenoille

Le meuglement des vaches le réveilla. 6 heures 30. André Dion conduisait ses bêtes au pré. Ilya se souleva sur le coude et jeta un coup d'œil par la fenêtre. Il pouvait voir en enfilade la route vers Sainte-Cécile cachée dans le bois à un kilomètre, le long de la Semois. Le soleil était déjà haut et la journée s'annonçait chaude. Il avait la bouche pâteuse. Thomas dormait toujours comme un bienheureux, un sourire poupin sur les lèvres. Il descendit la volée de marches en bois qui conduisaient au rez-de-chaussée. Des rayons de soleil filtraient entre les tuiles, et accrochaient la poussière pour former des faisceaux de hallebardes qui venaient se planter dans le sol. Ilya alla s'asseoir sur le seuil de la maison et respira profondément. Il aimait cet endroit, il aimait ce calme, ce bout du monde inchangé depuis des décennies. Pas une voiture à l'horizon. Les herbes folles envahissaient le terre-plein devant la maison. Il devrait s'en occuper, se dit-il pour la centième fois sachant que, comme toujours, il n'en ferait rien. Cela ne le concernait pas.

Il enfila son survêtement et partit courir vers Sainte-Cécile. Sur la droite, près du cimetière, le fils Fontaine fauchait les hautes herbes, assis au volant de sa faucheuse mécanique. Ils se saluèrent d'un large mouvement du bras. Sa respiration était régulière. Il ne souffrait pas trop de ce qu'ils avaient fumé et sniffé la veille. Il remonta sur Lambermont et revint à Fontenoille par les Quatre Arbres. Une dizaine de kilomètres en quarante minutes. — *Pas mal*, se dit-il satisfait.

Thomas était réveillé et se promenait dans la maison en slip, à l'instar du *Gros dégueulasse* de Reiser, l'entrejambe bâillant sur ses parties génitales.

— Simon et Olivier arrivent à moto d'ici une heure, on peut les loger?

— Merde, je dois travailler Thomas, je vais me faire jeter si je ne réussis pas.

— Mais tu es intelligent, je suis certain que cela va marcher.

— Ouais, répondit-il énervé, avec ton niveau école gardienne plus deux, tu as vite l'impression que le monde entier est intelligent.

— Bof, je me débrouille aussi bien que toi dans la vie, on mange, on baise et on sniffe, je ne vois pas ce que tu fais de mieux.

Ilya resta penaud, écrasé par l'évidence. En quoi était-il plus intelligent? Que faisait-il de plus dans la vie? Il n'arrivait même pas à réussir sa première année à l'université. — *Tu parles*, se dit-il, — *chronique d'un échec annoncé. Que vais-je faire?*

— Je te prie de m'excuser, dit-il finalement, et il monta prendre une douche.

Simon et Olivier étaient arrivés hilares, vers trois heures, gantés, casqués, heureux du trajet accompli.

— Cent soixante à l'heure juste après Namur. On a tenu au moins dix minutes. Infernal!

Simon était heureux, rempli par le présent, par une énergie vitale qu'il restituait sous forme de dessins tourmentés qu'il griffonnait tout au long de la journée. Le monde n'existait que par l'interprétation qu'il en donnait. Il avait appris à lire et à écrire tardivement, mais dessinait d'une manière compulsive depuis l'âge de cinq ou six ans des scènes moyenâgeuses, des champs de bataille représentant des centaines de soldats s'entretuant à longueur de pages. Il griffonnait tout au long de la journée. Lorsqu'il s'était mis à lire, il avait dévoré tous les livres qui lui tombaient sous la main, surtout les essais politiques, la guerre, les camps d'extermination. Ses dessins devinrent encore plus torturés, tracés d'un Bic rageur, raturés, entre bande dessinée et dessin politique, les personnages s'exprimaient avec violence dans des bulles ou comme une éructation en bas de page.

Olivier était taiseux, le regard perdu, le profil tendu comme une lame de sabre. Il pensait, vivait, respirait moto, vitesse, horizons perdus. Il pouvait passer des journées entières à démonter et remonter son engin. Rien d'autre n'importait. Si! Il y avait autre chose. Olivier était obsédé par la mort. Elle était omniprésente dans tout ce qu'il disait et faisait. Chaque geste était vécu comme un point final, chaque randonnée était la dernière, à fond la caisse, toujours proche de la rupture, au bord du précipice. Il s'habillait d'un chic sobre, avec une veste col Mao comme s'il allait assister à son propre enterrement. Ne trouvant aucun autre attrait à la vie, il la passait sur les route à rouler et à régler ou réparer sa moto.

Cette fascination de la mort leur était, à tous deux, commune. La vie ne prenait tout son sens que parce qu'elle s'annonçait brève. Ils ne se droguaient pas. Ils voulaient être lucides par rapport à ce qu'ils vivaient, prêts à capter le dernier instant qu'ils entrevoyaient comme une jouissance.

Pour Ilya, narguer la mort, ce n'était pas son truc. Il faisait sienne la chanson de Brassens: *Mourons pour des idées, d'accord, mais de mort lente…*

— Vous êtes malades de rouler à cette vitesse sur les routes défoncées, dit-il toujours impressionné, moi je ne pourrais pas.

— Bof, sourit Olivier, je prends moins de risques qu'en consommant votre foutue saloperie d'héroïne. Au moins on sera vivants cent pour cent présents si on dérape.

Simon avait étalé une grande feuille de dessin sur la table du salon et croquait Ilya.

— La vie est trop belle, dit-il tout en dessinant. Je n'en voudrais pas d'autre. Je veux devenir chef de bande, Al Pacino dans *Le Parrain*, Michael Corleone, des femmes, un flingue, tu es tout puissant, tu décides de tout. Thomas serait mon homme de main… Thomas, tu m'entends?

— Mouais!

— Voilà, ce sera simple, on aura le fric, les femmes…

— … et la came, poursuivit Thomas en rigolant.

Simon se leva, le dessin au bout de ses bras tendus devant lui et vint le montrer à Ilya.

— Qu'en penses-tu, camarade, tu es magnifique, non?

Ilya regarda le dessin avec attention, hésita un instant sans répondre.

Il ne se reconnaissait pas. Impossible de dire si cette tête lui ressemblait. Le nez était fort, recourbé, mais pour le reste…

— L'arrière du crâne est tout à fait raté, j'ai une oreille en forme de boudin, nul, il n'y a aucun relief.

— Prends-le quand même, je corrigerai une autre fois.

— Si on allait faire un tour en sidecar à quatre? dit Olivier, un sourire désarmant aux lèvres, ça pourrait être drôle.

15

Janvier 1984, Uccle

Il fallut quelques jours pour voir les premiers signes d'une reprise. Sa pensée s'était enfin fixée sur une phrase, une idée, un fil conducteur qui lui permettait de le raccrocher à un autre. Le cerveau recommençait à tisser sa toile. Il avançait lentement. Progressivement le temps de travail s'était stabilisé à une quinzaine de minutes, toujours suivi par des arrêts de dix minutes. Il se souvenait avec plus de facilité de l'endroit du cours où il pouvait retrouver une information, mais sa mémoire se refusait toujours à retenir du texte et des données plus structurées.

Il se présenta aux examens du premier trimestre et échoua. Il espérait que ses résultats resteraient secrets, mais son père parvint à les obtenir par le biais d'un ami, professeur à la faculté des sciences. Sa meilleure cote était sept sur vingt, la plus basse zéro, la moyenne trois et demi sur vingt. Hors contexte, c'était une cote rédhibitoire.

Son père fulminait, blême d'une colère rentrée. Il n'avait rien voulu entendre d'une stratégie qui misait tout sur les épreuves de juin.

— Notre accord était que je t'aide à poursuivre des études pour autant que tu réussisses. Ton échec rend cet accord caduc.

Ilya resta hébété. — *Papa… ce n'est pas possible… tu ne peux pas me faire cela… Non… tu ne comprends pas*, mais aucun son ne sortait de sa bouche. Il était paralysé, pétrifié. Le père s'était exprimé et sa loi percuta son fils en plein vol, balayant d'un souffle sa stratégie pour se donner le temps de récupérer en misant tout sur les épreuves de fin d'année. Il arriva à bredouiller:

— Mais… tu m'avais dit un an.

— Oui, mais tu rates d'une façon magistrale les examens partiels de janvier et je ne vois pas pourquoi je te prendrais en charge un jour de plus.

Emma était à la cuisine et faisait semblant d'être occupée, tête baissée, sans un mot.

Ilya sombrait corps et biens, — *ce n'est pas possible… tu ne peux pas me faire cela… je sais que tu m'aimes… je n'ai pas voulu cela… c'était pour voir…* Il retint ses larmes. Pas un mot de ce qu'il éprouvait ne franchit ses lèvres. Il aurait voulu être pardonné, effacer l'ardoise, ne plus en parler, oublier. Il pensa à la drogue. Fuir, loin, le bout du monde. De toute façon les frères Vestibule allaient se mettre à ses trousses. L'Amérique du Sud, la Patagonie… loin. Il allait se reprendre. — *Papa… aide-moi.*

Son père reprit après une hésitation:

— Je te donne 5000 francs par mois pour payer ton loyer. Je t'achèterai un jeans et un pull par an. Si tu as faim, la porte te sera toujours ouverte, mais pour le reste tu devras travailler.

Son père monta à l'étage et vida sa chambre, pleine encore de tous ses effets personnels, de ses livres, vêtements, souvenirs en tout genre, du lit avec sommier à lattes qu'ils avaient construit ensemble. Il descendit le tout dans la rue à côté de la 2 CV.

— Range tout cela dans la voiture!

La voiture fut remplie et finalement le lit fut fixé sur le toit, bâché avec des élastiques accrochés aux interstices des portières.

— Tu devras rouler prudemment, dit son père, presque avec un sourire.

La voiture surchargée, le lit penché vers la droite, descendit, cahotante, la chaussée irrégulière, s'engagea dans la Vieille rue des deux Moulins et disparut derrière le coin.

16

Février 1984, Ixelles

La neige tombait dru. Il était 7 heures 30 et le soleil ne s'était pas encore levé. Ilya marchait le long de l'avenue Buyl vers l'avenue Paul Héger. Les étudiants arrivaient par vagues successives déversées par les trams 25 et 94, et se dispersaient en rangs serrés vers les salles de cours et les laboratoires.

Depuis près de deux semaines, Ilya avait recommencé à fréquenter les cours d'une manière assidue et passait le plus clair de son temps libre à la bibliothèque. Il avait arrêté la prise de Nalorex depuis huit jours sans aucun problème. L'héroïne et la cocaïne, c'était terminé et l'idée de réussir lui donnait, à elle seule, des ailes. Il s'était installé chez sa grand-mère. Il lui avait demandé de l'héberger et de l'aider à poursuivre son année d'étude. Elle n'avait posé aucune question, avait aménagé la chambre d'amis, préparait les repas, lavait son linge et l'inondait d'un amour sans limites. Il l'avait entendue parler au téléphone avec son père.

— Je ne peux pas faire autrement que de l'aider, disait-elle, je ne lui donnerai pas d'argent, mais je ne peux pas le mettre dehors et refuser de le nourrir.

— …

— Je ne peux pas, il ne deviendra pas un bandit parce que je lui donne à manger.

— …

— Alors j'irai lui porter des oranges à la prison. Que veux-tu que je fasse ? Il est mon âme.

Elle pleura tout doucement.

Ilya s'approcha, l'enveloppa de ses bras.

— Viens manger samedi avec Emma et Raphaël, je ferai un bon goulasch[5].

— …

— Tu ne vas quand même pas faire comme si ton fils n'existait plus. Tu viens, tu manges et puis tu t'en vas. Je ferai aussi du *gehakte leber*[6].

Il était venu. Ils avaient finalement bien rigolé. Raphaël racontait ses aventures à la caserne du Petit Château, où étaient sélectionnés les candidats pour le service militaire. Il voulait se faire réformer en se faisant passer pour un déséquilibré, un caractériel, qui avait été incapable de réussir sa scolarité et serait certainement incapable de se soumettre à la discipline militaire.

Il avait été examiné par un psychiatre qui avait conclu qu'il était parfaitement normal, plutôt intelligent et certainement en mesure de s'intégrer à un groupe. Il avait été orienté vers une formation, gestion et secrétariat, et devait être envoyé à Soest comme secrétaire du commandant.

L'odeur de cuisine était délicieuse, Opa les servait à table, conscient qu'il fallait détendre l'atmosphère.

— Allez, Emma, encore un petit verre, dit-il avec l'accent polonais dont il n'était jamais arrivé à se débarrasser totalement.

Le repas était exquis et finalement tout le monde s'était détendu. Obsédé par ce qui lui arrivait, Raphaël tentait d'expliquer sa stratégie pour se faire expulser rapidement de l'armée et sortir de ce trou à rats aux confins du monde occidental et première cible des Soviétiques en cas d'attaque.

— Mais c'est terminé, dit son père, il n'y aura pas de guerre.

— On ne sait jamais ce qui va se passer je ne veux pas me retrouver à combattre l'armée soviétique avec une machine à écrire. Non, j'arrive là-bas, je fous le bordel dans tout son courrier et je fais celui qui ne comprend rien.

---

5. Ragoût de bœuf assaisonné à la mode hongroise avec du paprika.
6. Foie de volaille à la polonaise (mélange de foie, oignons, œufs et graisse d'oie).

— Pour faire semblant de ne rien comprendre, tu es très bon, lança Ilya.

Il faisait allusion à l'époque où Raphaël refusait d'étudier et remettait des feuillets blancs aux examens.

— Je suis certain que tu gagneras quelques mois de prison que tu devras prester en plus de ton service militaire, reprit-il encore en ricanant, on peut dire que tu es le champion des bonnes décisions.

— Ça doit être de famille, rétorqua Raphaël.

— Ça suffit les enfants, vous êtes lourds, très lourds, vous croyez que c'est le moment? intervint Oma.

Ilya observa son frère avec tendresse. Il parlait avec volubilité, riait aux éclats à ses propres saillies. Tout en lui était beau: le regard, les gestes, le port de la tête, l'éclat des yeux, sa stature. Sa seule présence était source d'un émoi troublant.

Il se revoyait enfant avec son frère, avenue Pangaert, jouant dans les escaliers en hurlant. Leur mère sortait de son cabinet dentaire, délivrait des gifles à la volée pour les faire taire jusqu'à ce qu'elle prenne Raphaël dans ses bras, et continuant à secouer Ilya de l'autre main, le sermonnait, lui seul, du bruit qu'ils faisaient.

— Tu dois cesser d'embêter ton frère, il est tout petit, il ne comprend rien, tu dois le protéger et au contraire tu l'excites, tu le pousses à faire des bêtises. Je ne peux pas travailler avec le bruit que tu fais.

Comme toujours, l'engueulade, était pour lui, rien pour son petit protégé. Elle était essoufflée. La fin de la phrase se terminait par une tentative de gifle qui mettait fin à l'algarade. Il esquivait le coup, se réfugiait sous la table et attendait qu'elle se calme et redescende dans son cabinet. Aussitôt qu'elle était partie, *le petit chouchou* venait lui faire des pieds de nez en tournoyant autour de lui, — *Attrape-moi! Attrape-moi!* Il filait en courant bruyamment dans les escaliers ce qui déclenchait la colère de leur mère. — *Cesse ce bruit, Ilya, ou je viens te donner une fessée.*

Un souvenir en appelait un autre, il repensait aussi à cette proximité du soir lorsque leur père venait raconter une histoire avant le coucher.

Ils restaient allongés contre lui, leurs têtes sur sa poitrine, attentifs à chaque mot, au moindre souffle. En les bordant, il leur donnait un *baiser papillon* en approchant son visage du leur et en effectuant des mouvements rapides des cils sur leurs joues. Il en gardait encore le souvenir sur la peau.

— Encore une cuiller de haricots? demanda Oma, ils sont délicieux.

Elle tournoyait autour de la table sans jamais s'asseoir, assurant l'essentiel de l'animation, veillant à ce que chacun ait à manger, au-delà même de ses besoins. Nourrir c'était une manifestation objective de l'amour, palpable, vérifiable — *Tu m'aimes? ... Alors mange!* Et si on n'avait plus faim, elle pelait une pomme qu'elle découpait joliment en huit quartiers qu'elle présentait sur une assiette à dessert en disant: *C'est une Golden, elle est parfaite... il ne faut pas avoir faim pour la manger*. Comment dire non à l'amour?

Il y avait pourtant une limite à ce qu'on pouvait ingérer.

— Merci Oma, cela ira, répondit-il.

— Tu n'aimes pas ce que j'ai préparé?

— Oui, mais...

Et avant qu'il n'ait pu réagir, il se retrouvait avec les haricots dans son assiette.

— C'est un réflexe des temps de guerre, commenta son père.

— Mais c'est si bon, répondit-elle, faisant probablement allusion au plaisir qu'elle éprouvait à nourrir les siens.

Tout avait basculé au moment de la séparation de leurs parents. La disparition du cocon familial, ce lieu magique où tout était en équilibre, où le monde ne pouvait les atteindre, où l'amour de la mère et du père rayonnait de sa puissance et les protégeait des incohérences du monde, avait laissé place à une colère sourde, insidieuse. Il l'avait d'abord reportée, sans en comprendre la raison, sur sa mère. Il l'avait haïe au point d'imaginer qu'il serait totalement indifférent à sa mort. Elle vivait en lui comme une brèche immense.

Il y avait eu aussi de la colère vis-à-vis de son père. Elle était plus subtile. Outre la séparation, il y avait eu ce mensonge à propos de son grand-père biologique dont on lui avait caché la mort à Auschwitz. Apprendre qu'il était mort, abandonné, comme s'il n'avait jamais existé, le laissa dévasté.

Depuis, tout était mensonge. Qui était son père? Quelle était l'histoire de sa vie? Pourquoi avait-il rompu le contrat familial? Pourquoi avait-il abandonné sa famille? — *Menteur, menteur, tu n'es qu'un menteur*, hurlait-il en lui-même.

Le mensonge rendait tout confus, on ne savait plus que croire et qui croire. Ilya avait fini par mettre en doute tout ce que son père avait dit sur la drogue, les études, la vie, la société. Toute la confiance qu'il avait eue en lui avait disparu et il s'était accroché aux copains, à une vie de camaraderie, de fraternité, à une vie où les amitiés se soudaient au travers d'une opposition au monde des adultes.

— Max, sers encore un peu de vin à Emma, son verre est presque vide.

— Non merci, Opa, répondit Emma, j'ai déjà trop bu, asseyez-vous, j'ai l'impression que je vais éclater comme le bœuf de la fable.

— Quel œuf? demanda Opa.

Ils éclatèrent de rire. Opa regardait autour de lui ne comprenant pas ce qui se passait. Oma lui caressa la joue.

— Ne t'en fait pas, tout va bien. La semaine prochaine, je vous ferai des *latkes*[7], dit-elle en se tournant vers ses convives, vous viendrez?

Personne n'aurait pu lui opposer un refus.

---

7. Préparation culinaire à base de pommes de terre, généralement frites à la poêle

17

Février-mai 1984, Ixelles

Il était parvenu à se concentrer pendant des périodes de temps plus longues, passant de quinze minutes de travail/dix minutes de repos à vingt, trente minutes consécutives de travail tout en gardant dix minutes de pause. Au-delà de trente minutes, il lui fallait plus de temps pour récupérer. Sa mémoire restait labile, incapable de mémoriser un texte mais il avait développé une capacité à établir des connexions, faire des rapprochements entre des thèmes différents ou retrouver l'emplacement des parties déjà travaillées. Il ne désespérait pas, les progrès étaient conséquents et réguliers.

En revanche, suivre les cours était un véritable calvaire. Il s'était forcé à s'asseoir au premier rang, face au professeur, de façon à rester vigilant, éviter de se laisser distraire. Surtout ne pas dormir. Le flux monotone du discours sur lequel il n'arrivait pas à se fixer était hypnotique, un appel irrésistible au sommeil et sans la possibilité de se ménager des plages de repos, il en perdait le fil. Il ne pouvait parler de ses difficultés avec personne. Les étudiants travaillaient par groupe où chacun décortiquait plus spécifiquement une partie du cours et partageait le résultat de son travail avec tous. Il aurait aimé étudier avec eux, mais ils avaient dix-huit ans, et lui vingt-deux. Les quelques tentatives qu'il avait faites pour créer des contacts avaient avorté dès les premiers mots. La fraternité estudiantine impliquait qu'on se découvre, qu'on dise qui on est, d'où on vient, quel avait été son parcours. Il était gêné d'expliquer deux redoublements au cours des études secondaires et deux échecs de la première candidature en médecine.

Il était seul, seul au cours, seul dans les allées du campus, à la cafétéria, seul matin et soir. Il ne pouvait parler à son père qui filait le parfait amour avec Emma, et avait probablement fait une croix sur les études de ses fils et passé au compte de pertes et profits ce qui leur advenait. Depuis qu'il l'avait éjecté de la maison, ils se parlaient à peine et uniquement au dîner familial qu'Oma imposait le samedi.

Il avait eu peu de nouvelles de Franzisca depuis sa désintoxication. Ses parents lui interdisaient de le voir. Elle était partie en vacances en Tunisie et avait été envoyée ensuite à Téhéran chez une sœur de sa mère qui, avec l'aide d'un psychothérapeute, la surveillait et la soutenait dans ses efforts pour sortir de la drogue.

Elle lui écrivait tous les jours et même deux fois par jour. Les lettres contrôlées par la censure de l'ayatollah Khomeini ne leur permettaient pas d'échanger autre chose que des banalités, des longues descriptions de ses avancées thérapeutiques avec son médecin et parfois des messages, grossièrement codés, concernant ce qui était arrivé à l'un ou l'autre de leurs anciens compagnons de drogue.

Il ne répondait pas systématiquement à chacune de ses lettres. Parfois un bref coup de téléphone, des — *je t'aime-moi aussi*, des — *je t'attendrai*, des — *nous-serons-heureux* lui laissaient une impression de vide abyssal où s'était perdu le désir et l'envie de la retrouver.

Raphaël était à Soest. Il n'était plus rentré depuis quatre semaines et ne prévoyait pas son retour avant un ou deux mois. Une lettre sporadique décrivait la vacuité de sa vie à la caserne, les militaires qui, hors service, passaient leurs journées et soirées à boire de la bière, les longues balades en solitaire dans le centre-ville enneigé, la collégiale Saint-Patrocle, la place du marché entourée de ses maisons à colombages. Morne ville qu'il parcourait engoncé dans sa solitude.

Ilya l'aurait voulu auprès de lui. Il resserra le Perfecto qui flottait autour de sa taille, laissant s'infiltrer un vent du nord qui le glaçait jusqu'aux os.

Il arriva au square des Latins. Il sentit le regard de sa grand-mère qui le fixait de la fenêtre du quatrième étage. Comme tous les jours, elle l'attendait à son retour de la bibliothèque. Elle vit son mouvement de tête, son visage se détendit et elle lui fit un léger signe de la main en retour. Une minute plus tard il poussait la porte de l'appartement.

Instantanément la réalité se fit plus douce. Opa l'aida à se débarrasser de sa veste et de son sac, Oma l'accueillait avec un jus d'orange fraîchement pressé, attentive au moindre mouvement de son visage. Elle parlait d'une voix douce, pointe d'un iceberg d'amour inconditionnel.

— Comment a été ta journée, *yingele*[8]?

Ils avaient déjà pris le repas du soir, une tranche de viande froide, un reste de salade de chicon mayonnaise et une tartine de fromage mais, comme tous les jours, un repas complet attendait Ilya. Le couvert était mis à la salle à manger. Au menu, deux croquettes de fromage, fines et rondes en entrée, un *wiener schnitzel*[9] pommes de terre natures, salade mayonnaise en plat principal et, comme dessert, un morceau d'*apffelstrudel*[10].

Oma était née en Pologne L'antisémitisme s'y exprimait avec une violence inouïe. En 1930, elle avait 18 ans, elle émigra à Vienne. Elle rencontra Arthur, le grand-père d'Ilya et ils se marièrent en 1934. Son père était né en 1936. L'extrême droite antisémite devenait de plus en plus virulente. Ils migrèrent en Belgique en 1938. La guerre les rattrapa. Un matin, la Gestapo[11] vint arrêter tous les membres de la famille qui occupaient une même maison. Oma et son père, qui avait à l'époque six ans, ne furent pas arrêtés. Son grand père Arthur, fut emmené avec les autres membres de la famille et déporté à Auschwitz.

Arthur ne revint pas. Après deux ans, Oma rencontra Opa et ils se marièrent.

Opa était également né en Pologne. Pendant la guerre, il avait fui dans le sud de la France, où les Juifs ont pu vivre dans une sécurité relative jusqu'à l'envahissement de cette zone par l'armée allemande. Opa ne fut pas arrêté et revint en Belgique après la guerre, où il se réinstalla comme tailleur de vêtements.

---

8. Mot tendre pour *petit garçon* en yiddish.

9. Escalope viennoise, mets traditionnel de Vienne en Autriche, constitué d'une fine tranche de viande enrobée de chapelure.

10. Gâteau traditionnel autrichien, à base de pommes.

11. La Gestapo, acronyme tiré de l'allemand Geheime Staatspolizei signifiant «Police secrète d'État», était la police politique du Troisième Reich.

Quand Opa et Oma se marièrent, son père avait onze ans. Opa fut un substitut paternel, attentif, aimant, fidèle à sa nouvelle famille qu'il aida du mieux qu'il put. À la naissance de ses petits-enfants il les aima comme s'ils étaient sa chair.

Ilya et Raphaël apprirent qu'il n'était pas leur grand-père biologique quand ils avaient respectivement onze et neuf ans. Raphaël fouinait à son habitude dans tous les recoins de l'appartement et avait demandé repérant une boîte à chaussure cachée derrière une vieille toque en fourrure.

— Qu'y a-t-il à l'intérieur?

— Oh! rien d'intéressant répondit Oma sans même lever la tête, des vieilles photos.

— On peut regarder demandèrent-ils à l'unisson.

Opa la descendit et la tendit inquiet, à Oma.

Ilya se rappelait. Il y avait souvent pensé. C'était la boîte de Pandore. Sa vie ne fut plus jamais la même. Il revoyait souvent la scène qui s'était, au fil du temps, enrichie de bruits, de couleur, de mouvement qui contrastait avec la réalité figée des photos. Le passé s'était échappé en un sifflement aigu dès que le couvercle fut soulevé. Il y eut ensuite comme une rumeur, un brouhaha indescriptible, des voix, la respiration de tous les oubliés de son histoire. Ils étaient là, la maison de Pologne, son arrière-grand-père habillé d'un costume trois pièce, une barbe en bouc bien taillée, sa grand-mère souriante la perruque traditionnelle sur la tête, les oncles, les tantes, …

— Qui est-ce? Où est-ce

— Chrzanow, … Kadlubek, … notre rue dit Oma les larmes aux yeux… elle hésita, … ma maman, … mon papa, … mes frères, … Bernard, … Nahmek, … Rosa …

Elle s'écroula en pleurant à chaudes larmes.

— Je ne peux pas les regarder *yingele*, je ne peux pas… Pourquoi sont-ils morts? … C'est pour toi et ton frère que j'ai voulu vivre, pour vous voir arriver au monde…

— Calme-toi Fela répétait Opa en tapotant l'épaule, calme toi…

C'est lui qui reprit l'histoire: les camps, la mort, la disparition des familles et ensuite la difficulté à leur en parler, à expliquer, l'envie de les protéger, de leur cacher cette réalité. Non il n'était pas leur grand-père. Leur vrai grand-père était mort.

Vrai transperça Ilya comme une flèche. La douleur lui coupa respiration. Il fixait l'image de son vrai grand-père, sur une photo sépia des années trente, un homme jeune, se tenant droit, les cheveux noirs de jais, tirés en arrière, un regard perçant — *où étais-tu disait une voix, où étais-tu, je t'attends depuis si longtemps* — son être se défaisait, plus rien n'existait, il vacillait. Le vent se levait et annonçait une tempête dévastatrice.

Pendant des semaines son univers avait perdu sa consistance, son ordonnance, sa temporalité. Son père avait tenté de lui expliquer son silence. — *Je voulais vous en parler mais je ne savais comment aborder le sujet, … j'avais peur de vous faire du mal… casser la relation avec Opa…c'est stupide mais j'attendais le bon moment? …je voulais vous le dire* —. Ilya entendait à peine, les mots s'écoulaient incompréhensible. Il apprenait, à la fois, la mort de son grand-père biologique et le changement de statut de son grand-père de cœur, celui qui les berçait quand ils étaient petits, qui leur racontait des histoires de son enfance en Pologne, qui restait éveillé auprès d'eux quand ils avaient de la fièvre, qui les laissait jouer dans le magasin de confection qu'il tenait rue Neuve à Charleroi, indifférent à leurs cris, aux caisses en carton qu'ils traînaient à travers le magasin, bousculant les clients de passage. Opa se voyait réduit à rien.

Un rouage essentiel s'était brisé.

Par la suite la tempête s'était calmée. Ilya avait décidé qu'Opa était bien son grand-père, qu'Arthur avait bel et bien disparu et que son existence n'était plus attestée que par quelques photos dans une boîte à chaussures sur le haut d'une armoire. Les bouleversements familiaux avaient laissé des traces douloureuses indélébiles: Opa ne récupéra jamais pleinement son statut de grand-père, la parole de son père était définitivement dévalorisée et Arthur, comme un fantôme, planait sur leur vie.

18

Mai-juin 1984, Ixelles

Bien qu'on fût au mois de mai, il faisait encore froid quand il était sorti le matin. Le givre sur les feuilles de laurier des haies qui bordaient le campus le long de l'avenue Buyl formait un duvet blanc délicat, prêt à fondre dès l'apparition du soleil. À peine écloses, les fleurs des cerisiers du Japon de l'avenue Jeanne s'étaient affaissées, prêtes à se détacher de la branche pour rejoindre le tapis, déjà épais, de celles tombées sur le sol. Les cycles de la vie le surprenaient par leur fragilité. Sur les branches du cerisier, il nota la présence des bourgeons prêts à s'entrouvrir et à rendre à l'arbre sa fringance printanière.

Pour la première fois depuis longtemps, il pensait qu'il pourrait réussir Il ne voulait plus penser au passé. Il avait vécu, expérimenté, appris à se battre et maintenant l'avenir était à lui. Sa mémoire et sa capacité de travail revenaient à la normale. Il réussirait.

Oubliant la labilité des sentiments qu'il éprouvait à l'égard de son père, il sourit en pensant au plaisir qu'il lui ferait en lui annonçant sa réussite. — *Il suffit de se battre, de ne pas se laisser aller*, pensa-t-il. Bouger, rester en mouvement. Il était funambule courant sur un fil tendu vers il ne savait quel futur.

Il avait travaillé jusqu'à deux heures du matin le cours de chimie organique. La toxicomanie était loin. Bien plus, la pensée de consommer une substance chimique provoquait des nausées immédiates. L'excitation qu'il éprouvait était liée à l'idée de réussir les examens du mois de juin. Il puisait en elle l'énergie de travailler de longues heures, elle le réveillait le matin, tôt, pour le pousser à poursuivre son effort.

La sensation au travail était identique à celle qu'il éprouvait lorsqu'il courait dix kilomètres et terminait la course en se jetant dans une accélération qui boostait son taux d'endorphine. Il synthétisait ses propres stimulants. Il sourit à cette pensée. — *Cela vaut mieux ainsi.*

La bande de copains était décimée, certains en prison, d'autres en cure de désintoxication en Belgique ou à l'étranger. C'était la panique, la police arrêtait tout individu fiché qui réapparaissait en un lieu où circulait habituellement de la drogue. Il devait revoir le commissaire Ferremans pour sa visite mensuelle. De ce côté-là, il ne craignait rien. C'était plutôt du côté des frères Vestibule qui voulaient lui faire la peau qu'était le danger. Un problème à la fois. Il verrait plus tard. Ils ne sortiraient pas de prison avant quelques années et il n'avait plus remis les pieds au Psylophone. Entre l'université et Oma, il ne risquait rien. Plus tard il devrait prendre une décision et peut-être quitter la Belgique et aller étudier ailleurs. Il devait d'abord terminer et réussir son année.

Franzisca était toujours en Iran. Elle écrivait au même rythme. Il ne voulait pas lui faire de la peine, elle avait été chère à son cœur, mais aujourd'hui elle n'était pas dans son univers, elle ne faisait pas partie de ses projets. Il ne voulait pas y penser. Il verrait quand elle reviendrait. Si elle revenait. L'Iran était loin, les pressions familiales et le poids des traditions pourraient s'avérer insurmontables et il se demandait si ce n'était pas ce que, au fond, il espérait.

Il ressentit les premiers vertiges à la fin du mois de mai, un matin, au réveil. Il dut se rasseoir rapidement de peur de tomber. La tête était prise dans un étau, il eut un éblouissement. Il se recoucha quelques minutes et attendit que le malaise passe. L'odeur de café qu'Oma préparait lui donnait la nausée.

— Tout va bien, *yingele*?

Il ne répondit pas. Tout rentra dans l'ordre au bout de quelques minutes et il put se lever. Oma lui avait préparé un jus d'orange, du café et des crêpes qu'elle enduisait avec une préparation de fromage enrichi en crème et sucré à la confiture de myrtille. L'appartement sentait bon l'encaustique et la fraîcheur des produits ménagers. Les baies vitrées du bâtiment du génie civil qui se dressait de l'autre côté du square des Latins reflétaient le soleil matinal. Le ciel était bleu. La journée s'annonçait belle.

— Quand rentres-tu, *yingele*? demanda Oma, reviens-tu à midi? Il me reste du poulet que je pourrais préparer avec une salade.

— Merci Oma, je mangerai un sandwich et resterai travailler à la bibliothèque, je rentrerai après six heures.

— Ne te fatigue pas trop, dit-elle avec tendresse.

Il la regarda en souriant, se disant qu'elle n'imaginait pas le retard qu'il avait accumulé au cours des dernières années et la quantité de travail qu'il lui fallait fournir pour se remettre à niveau. Qui pouvait comprendre les conneries qu'il avait faites?

La journée fut pénible. Il n'arrivait pas à se concentrer. Il se sentait fatigué. Il n'avait jamais rien ressenti de similaire. Habituellement, la fatigue était une sensation presque agréable de lourdeur de membres, d'envie de dormir, quasi de bien-être, qui survenait après un effort, un jogging de dix kilomètres ou, après une nuit blanche passée à faire la fête. On fermait les yeux et le sommeil vous envahissait comme une marée montante qui, lorsqu'elle se retirait, rendait un corps reposé.

Ici rien de pareil. Il avait l'impression de se promener avec une charge supplémentaire de quelques kilos aux chevilles et aux poignets, comme s'il s'était volontairement fixé des poids de musculation. Son corps et son esprit étaient touchés par cette même lourdeur, les fluides du corps étaient visqueux, ses pensées collantes, sa langue pâteuse, le cœur lourd, au bord des lèvres. Le cours n'en finissait pas d'énoncer le premier principe de la thermodynamique relatif à la conservation de l'énergie.

Le soir il eut de discrets saignements des gencives après le repas et encore un autre le matin suivant après s'être brossé les dents. Il pressentait que ces signes annonçaient un problème sérieux.

La situation se dégrada encore au cours des jours suivants. L'effet de pesanteur était multiplié par dix... Une chape de plomb pesait sur ses épaules et le collait au sol... Chaque pas était une épreuve... Il avait cent ans. Parcourir les quatre cents mètres qui séparaient l'appartement de ses grands-parents de la bibliothèque relevait du marathon. Son père était parti en vacances en Sicile. Il ne voulait pas l'appeler. Il devait s'en sortir tout seul.

L'apparition d'hématomes sur les jambes et les cuisses, pour des chocs minimes, amplifia encore son inquiétude. Il devait étudier. Les examens commençaient la semaine suivante. Il devait s'y présenter, défendre ses chances. C'était trop injuste au moment où il était prêt. Il devait tenir, réussir. Coûte que coûte.

Ilya se trouvait à la bibliothèque, tentant de préparer l'examen de chimie inorganique. Vers 19 heures, il vit débouler Opa qui parcourait la salle du regard, à sa recherche.

— Viens, dit-il, j'ai téléphoné à ton papa, je lui ai décrit ce qui se passait, il veut que je te conduise à l'hôpital. Il te téléphonera demain matin.

Ilya se laissa emmener, épuisé.

19

6-7 juin 1984, Bruxelles, l'hôpital

Il était allongé dans un lit métallique, au septième étage de l'Institut Jules Bordet, dans le service d'hématologie. Il tremblait, tentant de se réchauffer sous une couverture. De la fenêtre de sa chambre, il surplombait la ville et pouvait voir jusqu'aux hauteurs de Forest vers l'ouest et jusqu'à l'Atomium vers le nord. Le ciel rougeoyait à l'horizon. Une infirmière passait régulièrement prendre sa température et lui faire avaler du paracétamol.

Il ne comprenait pas ce qui s'était passé. Sa température était montée, sans raison, au-delà de 39°C, comme si elle avait attendu qu'il soit à l'hôpital pour se manifester. Il avait du mal à mettre de l'ordre dans ses idées. Un médecin, une jeune femme à peine plus âgée que lui, l'avait interrogé sur l'apparition des symptômes, l'avait examiné avec soin, avait ausculté le cœur, les poumons, palpé les aisselles, le ventre, percuté le dos, scruté la petite rose tatouée sur l'épaule gauche, fait une prise de sang. Elle s'exprimait peu, attentive à chaque geste, ne parlant que pour obtenir une information technique, centrée sur ce qu'elle faisait.

— Le docteur Brandt viendra vous voir quand elle recevra les résultats de la prise de sang.

Elle lui jeta un regard moins technique, moins professionnel et ajouta:
— Bonne chance!
Que voulait-elle dire? Rien de plus que *Bonne chance*, mais il y avait dans son ton un accent de commisération qui contrastait avec la froideur professionnelle qu'elle avait manifestée au cours de la visite.

— Pardon? dit Ilya surpris, s'attendant peut-être à ce qu'elle poursuive sa pensée.

— Rien, le docteur Brandt vous donnera de plus amples informations, dit-elle gênée et partant presque en courant.

Le docteur Catherine Brandt était arrivée après une demi-heure. Timide, souriante, cheveux clairs, des yeux incisifs qui tranchaient avec une apparence douce et sereine. Elle l'avait à nouveau examiné, interrogé, avait repris sa température, lu pendant de longues secondes la languette de papier sur laquelle étaient imprimés les résultats de sa prise de sang. *Trop long pour un résultat normal*, se dit-il.

— Je te garde ici, on fera encore quelques examens et je viendrai te voir demain en fin de matinée. J'appellerai ton papa quand j'aurai tous les résultats. Essaye de dormir, on va devoir te donner un médicament pour contrôler la fièvre. Si tu as un problème pendant la nuit, tu peux appeler le médecin de garde mais, en principe, tout devrait bien se passer.

Ilya sentait qu'elle suspectait un problème. Surtout ne pas faire de scénario catastrophe. Attendre son père qui allait tout régler.

L'infirmière de nuit vint reprendre une dernière fois sa température. 37,8°C. Cela ne le gênait pas trop. La nuit lui parut longue. De sa fenêtre, il observait la ville autour de lui. Un train passait sur la Jonction qui reliait la gare du Midi à la gare du Nord, quelques voitures circulaient. Le soleil se leva et la Tour du Midi s'enflamma, percutée par le soleil rasant sur son revêtement vitré.

— Il y a une longue liste d'examens ce matin, dit l'infirmière, vous devez rester à jeun, je garde votre petit déjeuner jusqu'à votre retour?

L'idée du pain blanc mou et du fromage à tartiner lui coupait par avance l'appétit.

— Non, je pense que je tiendrai jusqu'au repas de midi.

Il téléphona à Oma.

— Tout va bien, Oma, on va commencer les examens, je te préviendrai quand je rentrerai.

— Je t'aime, *yingele*, ton papa va rentrer, il va s'occuper de toi…

— Moi aussi je t'aime, Oma. Dis merci à Opa de m'avoir conduit à l'hôpital.

Il était prêt à démarrer sa journée. La fatigue pesait sur les épaules, mais le fait d'être pris en charge par une équipe de soins la rendait déjà plus supportable. Son père travaillait dans ce même hôpital, on s'occuperait bien de lui.

L'hôpital était construit en forme de L, dont l'hospitalisation occupait la longue branche et les services techniques et les laboratoires, la branche la plus courte. Un garçon de course à l'allure délurée était chargé de l'accompagner et le conduisit en chaise roulante au quatrième étage de l'aile technique. Il se sentait ridicule, stupidement amoindri. Une technicienne, probablement le cerbère du service, aboya son nom et sans lui accorder la moindre attention, prit possession de la chaise roulante et le poussa à l'intérieur d'un local.

— Levez-vous, enlevez votre chemise et placez-vous debout, la poitrine contre la plaque !

Ilya ne s'exécuta pas assez vite et une main ferme agrippa son bras et le poussa vivement contre une surface brillante et froide.

— Main derrière le dos, respirez profondément... ne respirez plus.

Dans un bruit de glissements, de chuintements, de hoquets, la machine effectua son travail.

— Tournez-vous... La voix avait un timbre métallique plus froid que les machines qu'elle commandait. Levez le bras droit... mettez-le derrière la tête... Ne bougez plus... respirez profondément... ne respirez plus. Glissements, chuintements, hoquets. On lui demanda de présenter l'autre côté contre la plaque. Mêmes mots, même rythme, même procédure pour l'autre côté.

Le cerbère lui enjoignit de la suivre et le poussa vers une table d'examen.

— Allongez-vous.

Ilya ne pouvait que se soumettre.

— Suspicion de leucémie, cria-t-elle à un médecin, jeune et chauve, qui passait opinément le pas de la porte pour effectuer l'examen. Il était aussi rond et ventru que l'appareil d'échographie qu'il manipulait avec une dextérité surprenante sans prononcer un mot. — *Ils devaient sélectionner les autistes*, pensa Ilya. Le médecin explora l'abdomen, déplaça une sonde à tête arrondie dans tous les recoins possibles et montra des signes de satisfaction. Il changea de sonde et explora ses creux axillaires avec insistance.

— C'est normal, dit-il, sans autre explication.

— Vous avez dit *Suspicion de leucémie*? tenta Ilya.

— Vous devrez poser les questions à votre médecin, répondit-il sèchement et se tournant vers le cerbère, lui parla comme s'ils étaient seuls dans la salle d'examen:

— J'ai été voir *Terminator* hier soir au Vendôme, quel film! Incroyable!

Ilya sortit rejoindre le garçon de course qui l'accompagnait.

— Il ne faut pas leur en vouloir, dit-il d'un ton de connivence, ils ont beaucoup de travail.

Il poursuivit:

— La prochaine étape est la consultation de stomatologie.

Ils repartirent vers Saint-Pierre, l'hôpital général attenant à l'institut du cancer. Les deux établissements étaient réunis par une passerelle au niveau du premier étage et après de multiples détours et ascenseurs, ils aboutirent au service de stomatologie, situé au rez-de-chaussée. On le conduisit dans une salle d'environ trente mètres de long dont les murs latéraux étaient percés de larges fenêtres donnant sur les bâtiments environnants. Il y avait vis-à-vis de chaque fenêtre, une unité de soins dentaires, isolée des appareils voisins par une simple cloison mobile. Les dentistes passaient d'un fauteuil à l'autre, sans un mot, comme si la seule utilité de la bouche était d'être le réceptacle des dents.

On l'installa dans un fauteuil. La tête projetée en arrière se posa naturellement sur le repose-tête. Il ouvrit spontanément la bouche. Personne ne lui avait posé de questions. Ils semblaient tout savoir. Deux énormes mains lui fouillèrent la bouche. L'odeur de tabac était envahissante. Il voyait devant lui les narines du dentiste et, dans le même axe, son œil fixé sur le miroir dentaire. Il observait le pourtour de ses gencives, s'attardait sur le moindre interstice qu'il grattait soigneusement à l'aide d'un outil acéré. Il appela son chef et lui montrant la bouche largement ouverte, dit:

— C'est une leucémie, on nous demande de vérifier s'il n'y a pas d'infection dentaire. Je viens d'explorer toute la cavité buccale et je n'ai rien trouvé, faut-il faire autre chose?

— Fais une radio des mâchoires, répondit-il indifférent, sans un regard vers Ilya.

Il n'avait pas encore été informé de son diagnostic et tout l'hôpital semblait être au courant de ce dont il souffrait. Il était malade et n'existait déjà plus dans le monde des bien-portants, il n'avait plus droit aux quelques mots de convenance, *Bonjour, comment allez-vous*? qui permettaient d'accueillir un être humain. Il était devenu objet, support d'une activité médicale.

Le docteur Brandt devait lui expliquer ce qui lui arrivait. Ilya savait ce qu'était une leucémie. David, l'ami de son père, en était mort cinq ans auparavant et Ilya avait été à ce point touché par le déroulement de la maladie qu'il avait fait promettre à son père que si quelque chose de similaire devait lui arriver, il lui dirait toujours toute la vérité. — *Papa, où es-tu? Viens vit*e. Qu'allait-il arriver? Il devait comprendre.

— Je suis désolée de t'apporter une mauvaise nouvelle, dit-elle en s'asseyant sur le bord du lit, le diagnostic est celui d'une leucémie aiguë myéloblastique… C'est un cancer d'un type particulier de globules blancs, qui se développe d'une manière incontrôlée. C'est une maladie malheureusement très sérieuse et je pense que tu dois commencer la chimiothérapie aujourd'hui… À part les résultats de ta prise de sang, tous les paramètres biologiques sont bons… tu es jeune et en excellent état général, je suis optimiste quant à ton pronostic… Nous arriverons à te guérir.

Ilya resta sans voix et pensa tout d'abord aux examens qu'il devait passer la semaine suivante.

— Mais, cela ne peut-il pas attendre? j'ai des examens à présenter la semaine prochaine? Je souhaiterais pouvoir postposer le traitement.

— Je crains que ce ne soit pas possible, reprit le docteur Brandt, je pense que physiquement tu n'y arriverais pas. La fatigue s'aggraverait rapidement et t'en empêcherait. De plus la température indique que tu es infecté, même si nous n'avons pas encore identifié de germe. Il reste une ponction sternale à réaliser et tu dois accepter la chimiothérapie tout de suite, sinon tu vas réduire tes chances de guérison et prendre le risque de mourir avec des complications infectieuses que nous ne pourrons pas contrôler.

Ilya encaissait chaque mot comme un coup de poing. Il s'affaissait, sonné comme un boxeur dans les cordes. Mourir! Cela n'avait pas de sens. Pas lui.

— Je ne déciderai rien avant d'avoir parlé à mon père, balbutia-t-il.

— Je lui ai déjà téléphoné, répondit le docteur Brandt, il est d'accord avec moi. Il va te téléphoner d'ici quelques minutes et se mettre en route pour revenir en Belgique. On en reparlera après votre conversation... As-tu d'autres questions à me poser?

Il hésita.

— J'ai des chances de guérir? souffla-t-il, apeuré à l'idée d'une réponse qu'il n'aimerait pas entendre.

— Oui!

— C'est combien de chances, *Oui*?

Il se demandait s'il tiendrait le choc d'un *une sur dix*.

— Quatre-vingt-cinq à nonante pour cent, je suis certaine qu'on y arrivera, dit-elle sur un ton maintenant plus ferme.

— Merci, je vais en parler à papa.

Le choc du diagnostic était amorti par la promesse d'une guérison. Il se doutait depuis le début qu'il couvait quelque chose de grave. Il ne pensait pas au cancer, mais plutôt à une maladie liée à la prise de drogue, comme une hépatite ou une endocardite. Il ne savait pas, entre peste et choléra, ce qu'il aurait choisi. De toute façon, il ne décidait pas. Guérison était le maître-mot auquel il s'accrochait. Il se relaxa et se dit qu'il pouvait attendre la suite.

À 14 heures, son père l'appela de Sicile.

— ... Comment te sens-tu? ... Fatigué?

— Je me demande ce qui m'arrive, tout s'écroule. Le docteur Brandt veut me donner une chimio dès aujourd'hui. Je veux t'attendre. Viens, rentre. J'ai besoin de toi.

— Je rentre, Catherine m'a expliqué... elle a diagnostiqué une leucémie... les traitements sont bien standardisés... tu dois commencer tout de suite... plus tu commences tôt, plus le traitement est efficace.

— ...

— Ce traitement va te guérir… ne gâche pas tes chances en le retardant… le fait que je sois là pour le démarrer ne changera rien, ce n'est pas mon métier, c'est Catherine l'hématologue, une des meilleures en Europe, elle sait ce qu'il faut te donner pour guérir… Tu dois lui faire confiance… Sois courageux… Nos bagages sont prêts, nous allons prendre le ferry Messine-Reggio di Calabria à 15 heures et remonter d'une traite jusqu'à Bruxelles. Nous serons là demain… je t'aime.

— … j'ai besoin de toi…

— Je suis là… je suis toujours là…

— … je sais… reviens.

— J'arrive… je t'embrasse… tu dois être courageux.

Il avait vécu la vie comme allant de soi. Il était. Il avait bien conscience d'un avant où il n'existait pas et d'une fin possible, mais il percevait la mort, celle qu'il avait côtoyée sur les chemins de la drogue, comme un évènement qu'il pouvait contrôler. Le funambule, le trompe la mort qui l'habitait avait voulu tester sa puissance, sa capacité à jouer avec le destin, à harceler la mort, à la pousser dans ses derniers retranchements. Son corps jusque-là sans faille l'avait renforcé dans ce sentiment d'invulnérabilité, d'éternité. La maladie qui le frappait le confrontait brusquement à sa fragilité.

On commença la chimiothérapie à 15 heures par la mise en place d'une perfusion dans une veine saillante de son avant-bras gauche. Ilya se laissait faire, il se remettait entièrement aux mains des médecins. Il ne voulait plus se révolter. Guérir était, aujourd'hui, le seul objectif et pour cela il devait se soumettre, ne pas discuter, faire confiance.

20

8 juin 1984, Bruxelles, l'hôpital

La nuit l'avait laissé dévasté. La colère, la rage, le sentiment d'injustice, l'envie de fuir, de nier, de se laisser aller, de ne pas se soigner. Les sentiments se succédaient, en boucle, incontrôlables. Les pleurs montaient irrésistiblement et se déversaient avec violence lui permettant d'évacuer un excédent d'émotion.

Il s'était approché de la fenêtre qui donnait sur le boulevard et il s'essuya les paupières collantes de larmes. Il devait arrêter de pleurer. Les lampes de l'éclairage public clignotaient, incertaines, une voiture passait, la ville dormait. Aucune fenêtre n'était éclairée. Il était seul.

Pourquoi lui? Qu'avait-il fait? Cette maladie ne pouvait pas être le simple fait du hasard. L'héroïne pouvait-elle être responsable du déclenchement d'une leucémie? Il n'en savait rien. Il avait toujours refusé de se piquer pour ne pas sombrer, rester physiquement en forme, éviter les infections… Il n'avait jamais entendu parler de leucémie. Ce serait con. La colère remonta presque instantanément.

Il lui arrivait de fumer quelques cigarettes par jour. Ce ne pouvait être cela.

Il s'était mal comporté, il n'avait pas écouté son père, il l'avait abandonné, avait délaissé ses études, pris de la drogue… Stop! Cela n'avait aucun sens, il devait cesser de se rendre responsable de ce qui arrivait. Rien ni personne ne pouvait être responsable d'une maladie. Personne ne jette des sorts.

Si sa raison lui disait que c'était impossible, une voix lui soufflait…
— *Peut-être? Qui sait? Il y a des forces qu'on ne connaît pas.*

Chaque hypothèse éveillait toujours la même séquence: émotions, sentiment d'injustice, colère, impuissance. Il devait cesser de se laisser envahir par des images inconsistantes, des fictions élaborées par son imaginaire apeuré et affolé. Il devait utiliser sa raison, construire sur un fait: il pouvait guérir. Les paroles du docteur Brandt finirent par le calmer vers trois heures du matin.

La fièvre persistante lui donnait une impression d'irréalité. Les infirmières s'agitaient autour de lui. Il regardait le flacon de perfusion rempli d'un liquide écarlate, rouge rubis, incroyablement kitsch, accroché à un support mobile.

— C'est une fausse perfusion, dit-il sur un ton entre question et affirmation, un médicament de cette couleur fluo, cela n'existe pas, je joue dans une pièce de théâtre.

— C'est de la daunorubicine, lui répondit une infirmière masquée dont on ne voyait que les yeux rieurs au-dessus de son masque de protection faciale, c'est un médicament très efficace qui interagit avec l'ADN des cellules cancéreuses et les pousse à s'autodétruire.

Ilya n'arrivait pas à suivre. Il recevrait encore de la cytosine arabinoside qu'ils appelaient ara-C et de la vincristine. Le docteur Brandt lui avait décrit tous les effets secondaires possibles du traitement. Toxicité cardiaque, destruction de la moelle avec risque d'hémorragie, infection, anémie, perte des cheveux, nausées et vomissements, insuffisance rénale. Il était certain qu'il en oubliait. Il avait compris qu'il pouvait même en mourir.

Guérir. Il avait fini par accepter tous les risques pour guérir. Le regard fixe, il comptait tomber les gouttes dans la chambre compte-gouttes: 56, 57, 58, ... elles étaient la promesse de sa guérison.

Il commença à transpirer, il se sentait barbouillé, une salive aqueuse lui emplissait la bouche. Les nausées s'annonçaient. Il ne voulait pas vomir. Elles montaient par vagues de plus en plus fortes, mais malgré leur violence, rien n'était expulsé. Elles venaient buter contre le mur de ses abdominaux qui se contractaient par saccades. Il était habité par une force incontrôlable qui voulait l'éviscérer. La dernière vague força le passage. Il était assis sur le bord de son lit, une main appuyée sur la table de chevet, l'autre tenait un récipient réniforme métallique. Il expulsa violemment un liquide brunâtre, acide, projetant des gouttes de vomissure jusqu'à un mètre devant lui. La première vague fut suivie par plusieurs autres de plus en plus douloureuses au fur et à mesure que son tube digestif se vidait.

Lentement son souffle se régularisa, les vagues diminuaient d'amplitude. Exténué, il s'affala sur le lit, baignant dans sa sueur et les vomissures. L'odeur de vomi était prégnante. On vint le nettoyer, changer les draps souillés et on lui administra deux ampoules d'un antiémétique par la trousse de perfusion. Il appréhendait la montée de nouvelles vagues, mais rien de significatif ne vint. Le cœur battant, il s'assoupit sans pouvoir réellement s'endormir, la tête vide, de plus en plus lourde, les yeux brûlants, l'esprit flottant sur un nuage cotonneux et le corps écrasé au fond du lit, sous la chape de fatigue.

Le lendemain il fit la connaissance du docteur Martine Devischere, une femme forte, exubérante, un sourire de combat aux lèvres, la voix haute, débordante d'énergie. Elle l'avait pris en charge et tout en lui parlant et en l'examinant, elle lui faisait comprendre que la maladie, c'était son problème, qu'elle se chargerait de tout et qu'il ne devait surtout pas s'inquiéter. Il n'était pas rassuré. Sa température était toujours de 39-40°C, il se sentait barbouillé, des douleurs vives étaient apparues au niveau de la nuque, tout chavirait autour de lui lorsqu'il tentait de se lever et, au moindre effort, des battements cardiaques rapides percutaient sa paroi thoracique et amplifiaient son angoisse. Il ne voyait pas comment un médecin prendrait ces symptômes en charge et comment il pourrait ne pas s'inquiéter.

Le docteur Devischere lui fit remarquer l'existence de nodules sur l'épaule gauche et dans le dos.

Elle ponctionna l'un d'eux.

— Je pense qu'ils sont liés à l'infection, je vais les faire analyser.

— C'est un mauvais signe? demanda Ilya.

— Pas spécialement. On sait que tu as une infection, cela nous permettra peut-être de trouver le microbe et adapter ton traitement au mieux. Il faut patienter. J'ai augmenté les doses d'antiémétiques pour empêcher les vomissements. J'espère que cela ira. N'hésite pas à me faire appeler en cas de problème. Je reste à l'hôpital assez tard.

La porte s'ouvrit et la tête de son père parut dans l'entrebâillement de la porte. Un sourire dans un visage bronzé, les cheveux clairsemés, ébouriffés.

— Je peux entrer? dit-il d'une voix presque gênée.

— Entre, répondit le docteur Devischere, j'en ai de toute façon terminé avec lui pour l'instant.

— Salut Martine, comment va-t-il? demanda-t-il le visage sérieux, sans s'occuper d'Ilya.

— Compte tenu de la situation, pas trop mal, mais on n'en est qu'au deuxième jour de la chimiothérapie et tu sais comme moi que les grosses toxicités restent à venir. Mais je suis optimiste, il tiendra le coup. Ne t'en fais pas, je serai là s'il a besoin de moi.

Le docteur Devischere fit un signe de la tête à Ilya et sortit.

Son père le regarda longuement. L'émotion le gagnait, il prit Ilya dans ses bras et le serra avec force contre lui. Cela faisait plus de trois ans qu'ils ne s'étaient pas autorisé un tel rapprochement.

— Tout va bien se passer, dit son père, Catherine m'a expliqué la situation, tu fais une leucémie aiguë myéloblastique. C'est sérieux, le traitement sera long, mais tu vas t'en tirer.

Il semblait mal à l'aise. Vingt-quatre heures de voiture non-stop pour revenir de Sicile le rendaient fragile. L'émotion le gagnait, il se moucha en se retournant vers la fenêtre, les yeux tournés vers la ville.

— La vue d'ici est belle, dit-il pour se donner une contenance.

Le malaise s'accentua. La leucémie se glissait entre eux et ils ne savaient pas comment moduler leurs réactions. Trois ans de conflit, d'absence de relation laissaient des traces. Il y avait trop de problèmes non résolus et faire semblant qu'ils n'existaient pas n'était manifestement pas une option.

Ilya aurait dû s'excuser, demander pardon. Il n'y arrivait pas. Gêné, honteux, il n'avait pas la force, pas le courage de se mettre à nu. Il avait peur que reconnaître ses erreurs serait entériner sa responsabilité dans la maladie et provoquer… il ne savait quoi… sa mort? Il ne pouvait pas. La panique l'envahit. Son cœur s'accéléra.

Son père se retourna. Le regard qu'il lui jeta le glaça. Il savait!

— En rentrant ce matin chez Oma, j'ai découvert dans ton courrier une convocation de la BSR[12]. J'ai téléphoné et eu le commissaire Ferremans en ligne.

— ...

— Tu lui avais fait promettre de ne rien me dire. Je lui ai expliqué que tu étais malade, hospitalisé et qu'il n'y avait aucune chance que tu puisses te présenter à ses convocations. Il m'a finalement expliqué ta toxicomanie, ton implication comme dealer.

Il s'arrêta, le visage crispé. Ilya se décomposait. Du couloir on entendait les éructations des malades qui vomissaient après avoir reçu leur chimiothérapie, scandées par le bruit métallique des récipients qui résonnait dans le couloir. Il reprit:

— J'apprends en un peu plus de vingt-quatre heures que mon fils est héroïnomane, cocaïnomane, dealer et est atteint d'une leucémie aigüe dit-il, abattu.

Ilya restait sans voix et regardait son père. — *Je suis malade, pourquoi ne peut-il passer sur cette histoire? ... elle me concerne... c'est ma vie...*, pensa-t-il.

— Je suis sorti de la drogue depuis des mois, finit-il par dire d'un ton excédé, je ne prends plus rien, je ne vends plus rien, j'ai repris mes études...

Il tourna la tête dans la direction opposée à son père pour lui marquer sa déception et lui faire comprendre que s'il en avait eu la possibilité, il l'aurait laissé là, à ses récriminations sur le passé.

Son père le regarda longuement et sembla prendre une décision

— Désolé, tu as raison, il faut se consacrer à ta guérison, ne plus penser au passé.

Il ne put s'empêcher de pousser une dernière plainte.

— Il faut juste que mon cerveau réalise une opération complexe qui consiste à intégrer que tu as été un drogué, un dealer, acter que tout cela est terminé et d'un simple glissement de la pensée plonger dans ta maladie.

---

12. Brigade de recherche et de surveillance.

— Bravo papa, mais tu dois accélérer, reprit vivement Ilya, on n'a pas le temps. Je suis désolé de ce qui s'est passé. Je ne te fais pas de promesse en l'air, la réalité aujourd'hui est que tout est terminé de ce côté-là. Je te propose d'enterrer la hache de guerre. On aura certainement le temps d'en parler. Maintenant j'ai besoin de ton aide. J'ai besoin de toi, tu dois me soutenir.

Tout en parlant, Ilya avait l'impression de se découvrir. Il n'était plus le même. Son père aussi avait noté le changement. Il ne sut que dire les mots les plus simples.

— Évidemment que je vais t'aider.

— Tu dois aussi me promettre de me dire la vérité sur ce qui m'arrive, toujours, reprit Ilya, pas de mensonge, pas d'embellissement, rien que les faits, aussi durs puissent-ils te paraître… tu me le promets ?

— C'est promis dit-il concentré.

— Je ne veux pas qu'on me mente sciemment, reprit Ilya, je ne le supporterais pas. Je ne veux pas vivre une situation comme celles que tu me décrivais, où on continuait à traiter des personnes juste parce qu'on n'osait pas leur dire qu'elles allaient mourir.

Il se dégageait de son attitude une maturité et une force qui les laissèrent tous deux surpris.

— J'ai discuté avec Catherine, reprit son père, changeant délibérément de tonalité, elle pense que tu vas t'en tirer. Tes chances sont liées à des caractéristiques biologiques de la maladie, mais aussi à des caractéristiques qui te sont propres, ton jeune âge est un facteur favorable, ton excellent état général, la façon dont tu répondras au traitement… On verra au fil des jours, des semaines comment tu réagis. Il y aura plusieurs cures de chimiothérapie. Plusieurs mois de traitement sont prévus.

Ilya soupira. Son père avait pris un ton docte, professoral qui, dans le métier, le maintenait à distance du malade. Ce qu'il appelait une *distance thérapeutique*. Il s'engageait, mais pas trop, pour éviter de s'écrouler avec le patient quand les choses allaient mal. Ilya sourit. Il retrouvait son père.

— Papa, je suis ton fils, tu peux rester près de moi, j'ai besoin de toi, ne joue pas les professeurs, comporte-toi normalement… Viens près de moi.

Ils se pressèrent l'un contre l'autre. Des larmes glissèrent sur leurs joues. Ils s'étaient tellement manqués.

— Laisse-moi, dit soudain Ilya, je t'appellerai plus tard, je suis épuisé, j'ai besoin de dormir.

21

9-14 juin 1984, Bruxelles, l'hôpital

Ilya dormait et fut réveillé par les infirmières qui venaient changer les perfusions ou prélever le sang en vue d'une hémoculture. La température à plus de 40°C entretenait une somnolence presque permanente, qu'interrompaient seulement la visite des médecins, les prélèvements sanguins, les transfusions de globules rouges, de plaquettes ou l'administration d'antibiotiques. La maladie l'avait enveloppé comme le brouillard dans la nuit. Aucune particule de son corps ni de son esprit ne lui échappait. Le reste du monde s'arrêtait à la porte de la chambre.

Au jour 4 postchimiothérapie, la température baissa à 36,8°C. Il respirait plus facilement, avait faim, et émergea de sa léthargie. Les globules blancs commençaient à chuter. Le docteur Brandt se voulait rassurant.

— On ne transfuse pas de globules blancs, dit-elle, le but des traitements est de détruire tous les tiens. On espère que les myéloblastes anormaux, ceux qui sont cancéreux, seront également éliminés et ne réapparaîtront pas lorsque la moelle se remettra à fonctionner.

— C'est aussi simple que cela ? demanda Ilya, qui souriait devant la simplicité apparente du procédé.

— Non, parfois il faut s'y reprendre à plusieurs fois et tu auras droit, de toute façon, à des chimiothérapies de consolidation et de maintenance. Le problème est le risque d'infection quand tu n'as plus assez d'un type particulier de globules blancs appelés polynucléaires. Cette période dure deux à trois semaines et nécessite un isolement dans un flow, une chambre modulaire équipée d'un flux laminaire qui pulse de l'air filtré et assure un environnement d'air sans germes.

— La chambre où je suis ne suffit pas? Tout le monde met une blouse, un masque, des gants et des surchaussures.

— Non, on va t'installer dans un espace relativement confiné où tu seras le seul à pouvoir entrer. Tous les contacts se feront par le biais de manchons dans lesquels médecins et infirmières glisseront leurs bras et enfilerons des gants pour t'examiner, faire les prises de sang et toutes autres manipulations nécessaires... Pas de contact physique. Tu seras isolé, mais les parois étant en verre, tu verras tout le monde et tous te verront. Il n'y a pas de porte, ce qui simplifie la communication, pas d'interphonie, on se parle normalement et tu pourras communiquer avec tous. Tout ce dont tu auras besoin, médicaments, nourriture, vêtements, livres... sera stérilisé et passera par la porte sur un plateau pivotant. Une femme à journée revêtue de vêtements stériles, bottes, masque de protection faciale et gants nettoiera le flow deux fois par semaine, tu remplaceras les draps tous les jours avec l'aide de l'infirmière qui restera à l'extérieur et aura les bras insérés dans les manchons, finalement tu te laveras à l'eau distillée qu'on te versera dans un bol et qu'on te passera, avec le plateau pivotant, par la porte.

Une bonne partie de la journée se passa à laver les moindres replis de son corps: les oreilles, les plis inguinaux, les creux axillaires, le nez, la bouche, la gorge, l'anus. Sur chaque site il devait faire des prélèvements à l'aide d'un coton-tige qu'il introduisait ensuite dans un tube stérile. On rechercherait des germes qui, au moment où ses défenses seraient amoindries, pourraient déclencher une infection potentiellement mortelle. Il dut se rincer la bouche plusieurs fois par jour avec une solution désinfectante et ingurgiter une solution antibiotique qui devait stériliser son tube digestif. Il avait préféré se raser la tête plutôt que de voir ses cheveux se clairsemer de jour en jour.

Chaque geste était épuisant. Son frère poussa la porte et, le voyant nu au milieu de la pièce et effectuant des mouvements qu'il assimila à une chorégraphie insolite, lui lança:

— Tout le monde te croit malade et toi tu joues les Noureïev. J'appelle Béjart, je suis certain qu'il sera intéressé et tu seras à l'affiche de son prochain spectacle Sacré Boléro. J'adore... et ton crâne rasé... super mode.

— Con... tire-toi.

— Je me doute que je t'emmerde, mais sous la blouse stérile je porte encore mon uniforme... remarque que sous le bonnet je n'ai pas gardé mon béret. Je rentre de Soest, je voulais te voir.

— Prépare-toi, dès que je sors d'ici je te colle une trempe dont l'armée belge ne se remettra pas... Tu vas bien?

— Bof, pas mal... je... tu...

Ilya percevait toute son inquiétude et sa difficulté à poser une vraie question. Il n'arrivait à exprimer son affection que par la dérision.

— Ne t'en fais pas pour moi, cela va bien se passer, il faudra simplement de la patience. Quand tu auras fini ton service militaire, je serai dehors... Tu as vu maman?

— Oui... pas terrible. Elle s'est remise à boire... Trop... Elle a le visage tellement bouffi. Je pense qu'elle se fait du souci pour toi.

— Je lui ai parlé au téléphone... elle m'a dit qu'elle n'osait pas venir de peur de m'infecter à cause des chiens.

— Oui, peut-être... je pense aussi qu'elle a peur de te regarder malade.

— Oui, je le crois aussi... Viens me voir cet après-midi, je serai dans la salle tout au fond du couloir. Je dois terminer de me préparer, on m'y conduit vers deux heures.

22

15-30 juin 1984, Bruxelles, l'hôpital

Le flow se trouvait dans une vaste salle en demi-cercle au fond du couloir. La salle contenait deux flows identiques. Celui qu'occuperait Ilya était le premier à droite en entrant dans la salle. C'était un module pliable qui mesurait environ deux mètres cinquante sur quatre, contenant un lit, une table de chevet, une tablette mobile, un fauteuil et une chaise. Le ronronnement du moteur qui actionnait le flux laminaire était permanent.

Près du panneau d'entrée on avait placé un portemanteau en plastique rouge, sur lequel étaient accrochées des blouses, et une table sur laquelle se trouvait les boîtes contenant des calots, des gants stériles, des surchaussures et un flacon de solution désinfectante avec une commande poussoir.

Ils se trouvaient debout devant le flow. L'infirmier jeta un linge stérile au sol, l'aida à se débarrasser de la blouse et des pantoufles qu'il portait pour le transfert et le fit avancer sur le linge stérile.

À l'extérieur, une ambulance couinait en arrivant aux urgences de l'hôpital général. Il se sentait oppressé, comme si on lui demandait de plonger dans les grandes profondeurs avec un scaphandre dont l'étanchéité n'avait pas été vérifiée. Seul, incertain quant à son avenir.

Il ne pouvait pas reculer. Il bloqua sa respiration et fit un pas en avant. Il plongea dans le flow.

L'infirmier déposait une série d'objets empaquetés stérilement sur le plateau pivotant. Il ouvrait le paquet en manipulant deux pinces stériles, écartait les pans de l'emballage extérieur et mettait en évidence le contenu tout à fait stérilisé qu'Ilya pouvait manipuler à son aise. Il fut finalement installé vers 16 heures: bouquins rangés, perfusion fonctionnelle, boîtes de médicaments à prendre par voie orale disposées sur la table de chevet, téléphone branché.

L'infirmier voulut lui montrer comment s'effectueraient les manipulations. Une coque convexe faisait saillie dans le flow. Il s'y installa, inséra ses bras dans les manchons, introduisit ses mains dans les gants et simula une prise de sang. Il était dans le flow sans y être, séparé d'Ilya par l'épaisseur d'une coque de plastique.

Installation terminée, l'infirmier tendit deux bandes de plastique jaunes, croisées au travers de l'encadrement de l'ouverture, interdisant tout passage et quitta la salle.

Raphaël et son père passèrent en fin d'après-midi. Ils s'installèrent de part et d'autre de l'entrée du flow. Ils étaient assis sur une chaise assez confortable, à deviser comme ils ne l'avaient plus fait depuis des années. — *Rien ne vaut une bonne maladie pour réunir les familles*, se dit Ilya. Il pensa que sa mère ferait bien dans le tableau, mais rejeta rapidement cette idée.

Raphaël raconta les incohérences de l'armée, la vie de caserne aux confins du monde occidental, face aux Russes stationnés en Allemagne de l'Est, qui avaient la capacité de déferler sur l'Europe à chaque instant. L'alerte maximale était permanente. Il expliquait les exercices auxquels ils s'astreignaient chaque jour. *Le Désert des Tartares*, mais contrairement à Giovanni Drogo qui chaque jour fixait l'horizon et scrutait l'arrivée possible de l'ennemi, à Soest, plus personne n'y croyait. Les tours de gardes, la surveillance, soi-disant renforcée, le long de la frontière étaient l'occasion de beuveries sans fin, à croire que l'Eem charriait de la bière.

Leur père l'écoutait et semblait heureux de retrouver ses fils, même si c'était à l'hôpital.

— Si tu veux, je t'apporterai à manger tous les jours, dit-il quand Raphaël eut terminé son récit, j'emballerai les plats dans du papier aluminium et ils pourront être stérilisés. La chef infirmière m'a dit que c'était tout à fait possible. Qu'en penses-tu?

Ilya hocha la tête. La température grimpait à nouveau et sa capacité d'attention faiblissait. Il fut heureux quand ils partirent.

La nuit tombait. La pénombre envahissait la salle. Des pas résonnèrent, amplifiés, comme dans une cathédrale.

— Donnez-moi votre bras, que je puisse prendre votre pouls… quelle est votre température?

— 39,5°C, répondit Ilya en regardant le thermomètre.

— Je vais devoir pratiquer des hémocultures.

Ilya regarda le jeune médecin, inquiet à l'idée qu'il ne soit pas assez expérimenté et doive s'y reprendre à plusieurs reprises, mais le prélèvement se fit facilement.

— Il en est de plus doués que d'autres, dit Ilya.

— Il n'y a pas de problème, répondit le médecin, vos veines sont bien accessibles.

Les jours et les nuits se succédaient d'un seul tenant, caractérisés par un combat permanent contre les effets secondaires des traitements qui touchaient, à des degrés divers, tous les tissus. Concentré sur son corps, il se rendit à peine compte de l'occupation du deuxième flow. — *Un cas de myélodysplasie*, lui avait dit l'infirmier, — *il s'appelle Julien V..* Ilya n'entendait rien, les symptômes étaient ressentis vingt-quatre heures sur vingt-quatre, obsédants, douloureux, inquiétants, confondants dans la mesure où, il ne savait pas discerner ce qui relevait de la leucémie de ce qui relevait des effets secondaires des traitements.

La température était permanente. La journée se structurait autour des hémocultures, de la discussion des médecins sur les traitements les plus appropriés qui restaient, en général, peu efficaces et les multiples prélèvements que nécessitait la recherche de germes responsables.

Ilya avait perdu l'espoir qu'ils en trouvent un. Il attendait la reprise de la moelle qui, avec une nouvelle génération de polynucléaires, résoudrait le problème. Il fallait attendre. Les médecins, eux, ne lâchaient pas prise, ils voulaient trouver un germe. Ils n'imaginaient pas abandonner et attendre. — *Tu risques une septicémie, un choc… tu risques ta vie…*, disaient-ils. Il n'y avait pas matière à argumenter, mais le prix à payer était de trois hémocultures chaque fois que la température remontait au-dessus de 38,5°C. Ses bras étaient les prolongements douloureux de son corps, percés d'une multitude de trous d'aiguille qui, au fil de temps, s'enflammaient et provoquaient une brûlure permanente, aggravée par le moindre frottement sur les draps. La nuit, quand les stagiaires peu expérimentés étaient de garde, il vérifiait la précision de la prise de température, s'assurant qu'on était bien à 38,5°C et non pas à 38,4°C, refusait le prélèvement après trois échecs et avait même été obligé de signer un document déchargeant l'hôpital de toute responsabilité au cas où une infection non contrôlée surviendrait.

Tous les tissus étaient atteints, les muqueuses buccales étaient douloureuses au moindre contact de la langue, il avait du mal à déglutir, les conjonctives étaient irritées, la peau le démangeait, les urines brûlaient. Il fut gavé d'antihistaminiques, de calmants, de bains de bouche, de crèmes et condamné à une alimentation molle… rien n'y faisait. Il devait temporiser.

On le transfusait pratiquement tous les jours pour essayer de remonter son taux de globules rouges et de plaquettes. Le rendement était médiocre et certains jours son hémoglobine restait au même niveau. Son groupe sanguin étant O positif, il ne pouvait recevoir que du sang de personnes également O positives. Il fut fait appel aux amis qui vinrent, nombreux, offrir leur sang. Ilya fut profondément touché par ce geste qui relevait de l'intime, du don de soi. À chaque pack de sang transfusé, il aurait voulu connaître le nom du donneur et pouvoir le remercier directement mais c'était impossible car le don de sang se pratiquait sous couvert de l'anonymat.

Au jour 18 postchimiothérapie, il développa un herpès labial. En matière de douleurs, il ne pouvait les ressentir toutes à la fois. Son cerveau semblait en sélectionner une, peut-être la plus forte ou la plus intrigante ou la plus récente, et excluait les autres comme si la lésion sous-jacente n'existait plus. Le symptôme dominant pouvait changer chaque jour. La douleur de l'herpès l'emporta ce jour-là.

Au jour 20 postchimiothérapie, les pics de températures étaient montés à 40,5°C. Les antibiotiques restaient inefficaces. Il fut décidé d'administrer de la fungizone, un antifongique[13], sous couvert de cortisone. Le lendemain la température avait disparu. Au jour 21 on lui découvrit une insuffisance rénale sévère probablement due à l'administration des traitements anti infectieux. Il risquait une insuffisance rénale chronique

_____

13. Médicament utilisé pour traiter les mycoses.

qui pourrait nécessiter des dialyses, et éventuellement une greffe rénale. La créatinine revint heureusement à la normale sans autre complication. Au-delà des quelques jours de panique qui suivirent la découverte de l'anomalie, cet épisode le conduisit à vérifier le bienfondé de toutes les interventions, s'assurer que les examens adéquats avaient été demandés et que les résultats avaient bien été contrôlés par les médecins responsables.

Pourquoi avait-il développé un cancer, pourquoi une maladie qui relevait de l'expertise professionnelle de son père? Voulait-il tester sa puissance réelle et sa capacité ou son envie de guérir son fils? — *Vas-y, papa, montre-moi ce que tu sais faire.* Chaque symptôme accaparait ses dernières forces, refoulait toute tentative pour penser à ce qui lui arrivait et pour identifier ce qui, dans son histoire personnelle, pourrait avoir déclenché une leucémie. La fièvre restait élevée, il devait délirer.

Son père arrivait le matin pour le petit déjeuner, un café, un sandwich ou un croissant dans une main, un sac dans l'autre. Il apportait le repas cuisiné au four à la maison et emballé dans du papier aluminium.

— Chou braisé et côte de porc, juste comme tu les aimes.

Ilya se prit à saliver malgré l'inflammation qui lui brûlait la bouche.

— Comme quand nous étions avenue des Hospices?

— Exactement.

— Raph va râler.

— Il y a une portion pour lui à la maison.

Ils parlaient de tout et de rien, Porsche qui avait gagné les vingt-quatre heures du Mans, l'installation des missiles de l'Otan aux Pays-Bas, la faim dans le monde... Et puis ils abordaient le thème de sa maladie. Il avait besoin, après une nuit passée à fantasmer, de se remettre les idées en place. Il aimait, comme les petits enfants, qu'on lui répète tout le temps la même chose, il avait besoin d'entendre, sans fin, que le seul scénario possible dans son cas était la guérison. Il aimait entendre son père égrener ses arguments.

— Tous les paramètres biologiques sont bons... tu es jeune... tu réponds bien au traitement... tu restes en excellent état général... tu es très beau, dit-il en pouffant de rire.

— Tu es con, lança Ilya en lui balançant une serviette au travers de l'ouverture de la porte.

— Je vais devoir y aller, j'ai des malades à voir à 9 heures et je dois passer voir en endoscopie si tout est en ordre. Tu as mon téléphone si tu as besoin de moi.

Ilya hésita un instant.

— Tu me dirais la vérité si les choses ne se passaient pas bien… s'il y avait quelque chose de neuf?

— Évidemment, répondit son père en lui envoyant un baiser.

Raphaël tentait de se faire transférer de Soest à Bruxelles. Les certificats attestant de la maladie de son frère avaient été envoyés et il fallait attendre les réactions de l'administration.

Ilya le regardait, silencieux, assis sur la chaise de l'autre côté de la porte. Il aurait voulu le toucher. La distance était infranchissable de l'intérieur du flow à l'extérieur, de la maladie à la santé. Il s'était éloigné de lui au cours des dernières années. Trop centré sur lui-même, indifférent à ce qui n'était pas lui. Il voulait rattraper le temps perdu.

— Tu as l'air cafardeux, dit-il.

— Ça va… plus ou moins…, répondit Raphaël, j'aimerais revenir à Bruxelles, être plus près de toi.

— Ce n'est pas grave, prends patience, je serai bientôt rentré, on aura tout le temps de se voir.

Ilya sentit qu'il se passait autre chose. Raphaël le regardait avec des yeux de chien battu. Il ne dirait rien, recroquevillé derrière des murs intérieurs infranchissables. Pour avoir une chance de réponse, il fallait lui poser la bonne question.

— Tu as déserté?

— Mais non, répondit-il avec un large mouvement de la tête sur le côté.

— Tu as fait quelque chose de grave?

— Non.

— Cela n'a rien à voir avec l'armée?

Raphaël fit à nouveau un signe de dénégation.

— Alors quoi? … cela me concerne?

Raphaël se repliait, comme un bernard l'hermite dans sa coquille, la tête un peu baissée, les lèvres pincées, le regard tourné vers le fond de la salle, fixant l'horizon derrière la vitre.

Comme par intuition, Ilya lança:

— Tu penses que tu es responsable de ce qui m'arrive?

Raphaël ne répondit pas, son regard devint buté, il gardait la tête baissée, Ilya avait visé juste.

— Explique-toi, Raph, comment peux-tu être responsable de ma leucémie? Tu délires!

Raphaël ne bougeait pas, il soupirait, triturait son béret militaire, fit mine de se lever.

— Tu ne bouges pas et tu t'expliques!... Vas-y, je t'écoute!

Raphaël se rassit en poussant un soupir.

— ... je ne sais pas... parfois, ... je crois que c'est moi qui ai provoqué ta maladie... je suis désolé... petit, je voulais que tu disparaisses.

— Tu es tout à fait con, Raph, c'est impossible... ce sont des pensées d'enfant... j'en ai eu aussi à ton égard, j'étais jaloux de l'amour que maman te portait... elle ne m'aimait pas. Raph... regarde-moi... non, regarde par ici... regarde-moi. C'est IMPOSSIBLE..., les pensées ne provoquent pas de maladies, tu m'entends... tu n'as rien à voir avec cela, tire-toi cela de la tête... regarde-moi, Raph. Compris? ... tu n'as rien à voir avec ma maladie... regarde-moi... tu as compris?

Raphaël le regarda et hocha la tête.

— Tu dois avoir raison... c'est compris, répondit-il sans enthousiasme.

Ilya aurait voulu passer l'encadrement de la porte pour le secouer, l'embrasser, lui enlever ces conneries de la tête. Mais non, Raphaël continuait à lui faire un pied de nez: — *Attrape-moi...*

23

1-5 juillet 1984, Bruxelles, l'hôpital

Il n'avait plus fait de température depuis la première administration de fungizone trois jours auparavant. Il allait mieux. Seule sa moelle ne récupérait pas et le taux de polynucléaires restait inférieur à 500, valeur minimale pour se défendre efficacement contre une infection. Il restait toujours dépendant de transfusions de globules rouges et de plaquettes.

Il était guéri, du moins l'espérait-il. Ces quelques jours avaient transformé sa vie. L'intermède héroïne, speedball à gogo était de l'histoire ancienne. Il en parlait maintenant librement et revenait souvent sur les menaces des frères Vestibules

— Tu penses qu'ils vont essayer de te rechercher? demanda son père.

— Probable, ils sont bornés et je ne sais pas dans quelle mesure ils sont persuadés que je les ai dénoncés, mais si c'est le cas, je ferais bien d'être loin au moment de leur sortie.

— … et tu les as dénoncés?

— Non. Les flics savaient tout… je n'y suis pour rien.

— Et la suite?

— Je ne sais pas, partir en Israël… en Amérique Latine? … Ailleurs? Tu pourras m'aider?

Son père hocha la tête, pensif.

— Tu as l'impression que tu pourrais rechuter?

Ilya le regarda en souriant.

— Je ne pense pas. J'ai même développé une aversion à l'idée même que je pourrais utiliser un produit qui altère mes facultés mentales. J'ai refusé de prendre le témesta qui m'était prescrit le soir pour dormir. Il ne me faut plus rien. J'ai besoin de ma tête. Non, … je sais que je ne reprendrai plus jamais rien.

Le monde s'élargissait et dépassait à nouveau les limites de son corps malade. Il ne se souvenait plus quand il avait pris conscience de la présence de Julien à quelques mètres de lui. Ils avaient à peu près le même âge, Julien était agent de police à la ville de Bruxelles et avait développé une maladie caractérisée par une sclérose de la moelle qui progressivement cessait de fonctionner. On l'avait traité en détruisant complètement sa moelle avec de hautes doses de chimiothérapie, suivies par une radiothérapie sur tout le squelette. Toute sa moelle étant détruite, on avait pu lui transplanter celle de son frère.

Ilya avait été fasciné par le processus.

Il faut, pour qu'une moelle puisse être transplantée, que le donneur et le receveur soient génétiquement les plus identiques possibles.

Après la greffe, qui s'était passée au moment où Ilya recevait la chimiothérapie, ils n'avaient guère eu l'occasion de se parler. Chacun prisonnier de son corps en souffrance, il leur était impossible de s'ouvrir aux difficultés de l'autre. Julien déambulait, dans les cinq à six mètres carrés de son flow, voûté comme un très vieil homme, le crâne presque dénudé, parsemé de quelques longues mèches filasse, traînant les pieds, les épaules enveloppées dans une couverture. Prisonnier de son corps, enfermé dans sa bulle-cercueil, déjà loin du monde des vivants.

C'était son image qu'Ilya voyait dans l'autre flow. Morts, ils l'étaient presque tous les deux: une infection non contrôlée, une hémorragie digestive pendant leur sommeil et l'espace infime qui les séparait de la mort serait définitivement franchi.

Sa tête s'était redressée et après une quinzaine de jours, il était en mesure de s'intéresser à ce qui se passait autour de lui. Leurs contacts devinrent plus fréquents. Ils pouvaient sans complexe parler de ce qui les obsédait: la maladie, les médecins, les traitements. Ils riaient des maladresses du personnel infirmier, pourtant souvent commises à leurs dépens.

Ils naviguaient entre l'envie de se replier sur eux même et la nécessité de sortir de leur réalité et de se moquer de ce qui leur advenait et de leur entourage. L'équilibre était délicat. Ils imaginaient ce qui se passerait si le flow tombait en panne, ou si une race particulière de mouches, à ailes plus courtes, capable de résister au flux d'air pulsé se développait. Les quelques rares mouches qui les perturbaient, devenaient centaines, milliers à proliférer, bourdonner, préférentiellement dans l'atmosphère stérile des flows, s'agrippant à toutes les plaies, trous d'aiguille, plongeant avec délectation dans leurs excréments et propageant leur misère à tout l'étage, à toute la ville.

Ils étaient pliés en deux de rire, hoquetant à l'idée qu'eux, les plus misérables des misérables, délaissés, abandonnés dans leur sarcophage stérile, gardaient par-devers eux une puissance insoupçonnée, l'arme absolue, la mouche des flows qui leur ramènerait le regard du monde.

Il arrivait à Julien de tenir des propos qu'Ilya ne comprenait pas et qui lui faisait entrevoir que leur statut de malade n'était pas totalement identique.

— Tu as de la chance d'avoir un père médecin, dit-il, comme s'il se parlait à lui-même.

— …

— On voit bien que les médecins s'intéressent à toi.

— …

— Oui, moi, ils me parlent à peine, je n'ai pas d'explication ou alors elles sont incompréhensibles.

Ilya écoutait.

— Mais maintenant ça va. Ils sont gentils mais ne supportent pas bien quand un malade va mal… ils ne trouvent pas les mots… j'ai cru mourir et je voyais la peur dans leurs yeux.

— Mais ils t'ont tiré d'affaire…

— Oui c'est vrai… sur le plan technique ils sont très forts mais pour le reste il faut assumer leurs limites…

— Ce n'est peut-être pas leur rôle.

Julien réfléchit quelque secondes.

— Peut-être mais je t'entends parler à ton père… tu as de la chance… même les autres médecins te parlent plus qu'à moi.

Ilya repensait à son passage dans les services spécialisés avant la confirmation du diagnostic de leucémie et le début du traitement. Il revoyait aussi ces nuits où un médecin anonyme passait vérifier sa température, prélever du sang, sans un mot comme s'il était un objet.

C'est vrai que la présence de son père lui permettait de bénéficier d'une attention peut-être toute particulière.

— Tu as raison, je ne me rendais pas compte de ma situation privilégiée.

— Oui, si on peut parler de privilège le fait d'être enfermé seul dans une cage comme un rat, rétorque Julien avec un rire sarcastique.

Ils étaient l'un pour l'autre des auditeurs privilégiés. Ils pouvaient passer des heures à rêver de leur guérison, de ce qui allait se passer quand ils seraient guéris. Ils imaginaient le docteur Devischere, scrutant les derniers résultats de la prise de sang et de la ponction sternale, leur annoncer avec un large sourire: — *Maintenant c'est vraiment terminé, je ne dois plus vous revoir*. Guéri, le cauchemar finissait en conte de fée. Transformé par leurs épreuves, ils imaginaient leur vie future, Ilya reprenait ses études, il devenait chimiste, il se spécialisait en biologie moléculaire dans les manipulations génétiques et trouvait la solution à toutes les maladies. Deux petits coups d'enzyme et le gène responsable de tous les maux de l'humanité se retrouvait isolé au fond d'un tube à essai. Il planait, il avait envie de s'éclater, courir sur des kilomètres, traverser à la nage des rivières, des lacs, des mers. Ses bras le portaient au bout du monde, il ne ressentait plus aucune fatigue; Papa, Maman, Raph, ils devenaient éternels, riches, heureux, il était leur support. La leucémie n'était qu'une farce, une punition pour ce qu'il avait déconné. Il sortait transfiguré par l'épreuve, endurci, sage, éternel.

Au jour 25 postchimiothérapie, il avait 1 300 globules blancs par mm^3 dont quatre pour cent de polynucléaires. Insuffisant pour sortir.

Thomas et quelques amis étaient passé le voir. Tout le monde était mal à l'aise. Que dire? De quoi pouvaient-ils parler? Leur amitié qui s'était construite dans la révolte et la drogue ne trouvait ici aucun support. Ils ressassaient des souvenirs anciens alors qu'ils n'avaient pas de mots pour parler de la *longue et pénible maladie* dont souffrait leur ami. Ce qui les effrayait c'était l'idée de la mort que le mot cancer véhiculait. Ils étaient repartis, promettant de revenir mais Ilya savait que la plupart ne le ferait pas. Il les regardait s'en aller sans rancœur. Ce n'était pas l'amitié qui se délitait, c'était eux-mêmes qui se désintégraient face à l'idée de leur propre anéantissement. Sans lui en parler, ils n'en étaient pas moins allés au service de transfusion offrir leur sang.

Sa mère était passée. Elle avait casé les chiens. aujourd'hui, il l'acceptait telle qu'elle était, fragile pour elle-même, solide parfois pour les autres, comme elle avait pu l'être au moment de sa désintoxication. Il nota un certain laisser-aller qu'il ne lui connaissait pas. La jupe tombait mal, le chemisier était taché et sa voix rauque traduisait un excès de tabac. Elle n'osait pas regarder Ilya en face, et ne savait comment se comporter devant sa maladie. Elle aurait voulu fumer un coup, juste un, pour se remplir les poumons à fond et se calmer. Elle était désespérée de le voir malade. Elle s'en voulait de la violence qui avait dominé leur relation. Elle l'aimait mais ne savait comment le lui dire ni comment le lui montrer.

La colère la submergea par vagues successives contre le monde, son ex-mari, la vie, elle-même… Elle pleura.

— Je ne peux pas rester, bafouilla-t-elle, je dois sortir… je suis désolée… prends soin de toi.

Ilya la regarda prendre sa veste et jeter son sac fourre-tout sur l'épaule. Il essaya d'accrocher son regard. Il voulait la retenir. Il avait fait la paix avec elle. Il ne voulait plus de bagarre, il ne voulait pas qu'elle parte.

— Reste encore un peu, Maman, tu viens d'arriver.

— Il faut que j'y aille, ton papa va arriver et je ne voudrais pas le rencontrer.

— Mais il sait que tu es là, il ne viendra pas, s'il te plaît…

— Je dois partir.

— Tu reviendras ?

Elle hésita.

— Oui, je te téléphonerai…

Au jour 27 postchimiothérapie, la moelle restait pauvre, 1400 globules blancs par mm³ dont dix pour cent de polynucléaires, les plaquettes étaient à 62000 et le risque d'hémorragie s'était éloigné. La fonction rénale se normalisait lentement. La ponction sternale ne montrait plus aucun myéloblaste anormal, mais la moelle restait pauvre. On attendait le contrôle de la trisomie 8.

Ilya n'avait jamais entendu le mot. Il sursauta.

— Trisomie 8? répéta-t-il, qu'est-ce que c'est?

— C'est une anomalie chromosomique qu'on retrouve chez certains patients avec une leucémie myéloblastique, répondit le docteur Brandt. C'est une anomalie génétique qui signe la présence de la maladie.

Il frissonna. On ne lui en avait pas parlé.

— C'est une anomalie qui était présente au début du traitement?

— Oui.

— Vous ne m'en avez pas parlé.

— Que voulais-tu que je te dise? C'était une des caractéristiques de la maladie. De toute façon, il fallait te traiter. L'absence de trisomie nous confortera dans l'idée que le traitement fonctionne bien. — … *et sa présence signera son inefficacité*, pensa Ilya sans oser prononcer la phrase. — *Je deviens superstitieux*, pensa-t-il encore avec une sensation de lourdeur au ventre. Il percevait, sans en être conscient, que le docteur Brandt ne lui avait pas tout dit.

La trisomie 8 était un facteur de mauvais pronostic et de résistance à la chimiothérapie, dont les médecins n'avaient pas parlé. Leur silence, les bribes d'informations cachées étaient omniprésentes et entamaient, sans qu'il ne s'en rende compte, sa confiance en eux.

Et son père, savait-il?

Il devrait répondre au courrier de Franzisca. Il ne l'avait pas prévenue de sa maladie et avait relégué son souvenir au tréfonds de sa mémoire. Franzisca avait continué à écrire. Les enveloppes par avion, bleues avec leurs bords à chevrons rouge et bleu, timbrées en Iran l'attendaient scellées dans le tiroir de sa tablette de lit.

Il décacheta la dernière lettre reçue et la lut. Franzisca était si loin. Éperdue, amoureuse, elle parlait d'elle-même, de son médecin, du changement qui s'opérait en elle. Elle relisait leur passé avec le regard de ses parents, et même avec celui de la bourgeoisie iranienne sous Khomeiny. Elle voulait être *une bonne fille pour sa famille, elle devait l'accepter, respecter, aimer ses parents qui ne pensaient qu'à son bien. Une relation ne pouvait s'envisager que sous l'angle du mariage et avec leur consentement…* Les phrases convenues étaient entrecoupées de mots d'amour dont la sincérité le touchait, mais n'en étaient pas moins conditionnées par les diktats familiaux.

Il devait concéder qu'il n'avait pas eu l'énergie de lui écrire et de partager ce qu'il vivait. Cela avait été impossible quand il se trouvait dans l'œil du cyclone. Comment dire la température, les frissons, les nausées, le mal-être, l'inquiétude, les yeux qui brûlent, la peur…? Ils s'étaient brièvement téléphoné deux fois au cours du mois. Les communications étaient entrecoupées de bruits divers. Elles avaient manifestement été mises sur écoute et finalement interrompues après deux ou trois minutes. Ils n'avaient pu échanger que quelques phrases engoncées. Il n'était pas surprenant qu'elle parlât de sa maladie comme d'une fracture de la jambe dont le décours était totalement prévisible. Comment aurait-elle pu comprendre sans une explication? Elle avait fait une demande de visa et espérait pouvoir rentrer au cours du mois d'août.

Au jour 29 postchimiothérapie, les globules blancs étaient enfin à 1500/mm^3, avec quatre pour cent de polynucléaires et des plaquettes à 75000/mm^3. Ce n'était pas parfait, mais suffisant pour affronter le monde extérieur.

Le docteur Brandt lui annonça qu'il pouvait sortir. Elle arracha les bandes de plastique jaune qui barraient l'accès au flow, repoussa d'une main la paroi, entraînant tout le module qui se déforma comme un jeu d'assemblage articulé et coupa le moteur du filtre à air. Le silence envahit la salle. La vie reprenait ses droits.

24

6-12 juillet 1984, Uccle

Ils roulaient, fenêtres ouvertes vers la montagne de Saint-Hilaire qu'il avait quittée dix mois auparavant. La Volvo longeait la place Morichar à Saint-Gilles. Des enfants jouaient à la balle pelote en poussant des cris à chaque *quinze* gagné. Ilya respirait calmement, détendu, il regardait défiler les maisons. Il faisait beau, les ménagères revenaient du marché, les enfants couraient les uns derrière les autres, jouaient aux gendarmes et aux voleurs. À l'arrêt du bus, quelques personnes attendaient, patientes, perdues dans leurs pensées, observant le monde agité autour d'elles ou assises sur la banquette, feuilletant une revue. Plus loin, un étudiant lisait un *Poche*, un conducteur baillait au feu rouge. Tous semblaient vivre dans l'instant pour l'éternité. Ilya les scrutait au passage, cherchant à identifier les signes d'une affection ou d'une tare qui pourrait mettre leurs jours en danger. En vain ! Sorti d'un univers de malade, il retrouvait un monde apparemment sain. Rien ne laissait suspecter qu'il en fût autrement. Il redécouvrait ce monde avec ravissement, comme s'il le voyait pour la première fois. Et c'était bien une première fois car, bien qu'il pensât avoir beaucoup regardé, il n'avait jamais remarqué que les petites choses de la vie étaient si belles.

Son père lui toucha la cuisse du plat de la main. Il lui sourit. Devinait-il ses pensées ?

— Je suis content de te ramener à la maison, dit-il, le regard un peu triste.

Ilya lui prit la main. Il était amaigri, affaibli, surpris d'être en rue, assis dans une voiture et près de rentrer chez lui. Sa liberté serait brève puisqu'il devrait revenir à l'hôpital pour une nouvelle cure de chimiothérapie d'ici quelques jours. Finalement, rien n'était totalement résolu. Il avait toujours trop peu de globules blancs. On lui avait recommandé de ne pas quitter la maison et de ne manger que des aliments bien cuits afin d'éviter tout risque d'infection. De toute façon, la chimiothérapie d'une leucémie aiguë à myéloblastes impliquait plusieurs cures successives. Il aurait à peine le temps de souffler entre deux traitements. Si tout allait bien, il fallait compter dix à douze mois pour terminer tous ceux qui étaient prévus. Il n'osait penser si loin. On était mardi et la chimiothérapie était prévue pour le matin du lundi suivant. Entre temps il devrait se rendre tous les deux jours à l'hôpital pour une prise de sang afin de suivre l'évolution de son examen hématologique. C'était peut-être tout cela que reflétait le regard empreint de tristesse de son père.

Ils remontaient la montagne de Saint-Hilaire: une rue défoncée, des pavés mal équarris, des maisons vieillottes, à des niveaux différents, des jardinets, des venelles étroites, anciennes servitudes de passage qui, autrefois, permettaient aux cultivateurs d'exploiter leurs parcelles et qui aujourd'hui donnaient accès à d'autres habitations. On devinait à l'arrière les jardins qui surplombaient la vallée du Geleytsbeek. La rue était pentue et portait bien son nom de montagne. Son père dut passer la deuxième vitesse. En hiver, la neige et le verglas en rendaient l'accès parfois difficile en voiture.

Le cœur d'Ilya battait à tout rompre. Il rentrait chez lui, dans sa maison. Celle qu'il avait aménagée avec son père et son frère. Avec le recul, il amplifiait son rôle: choix du mobilier, des chambres, la hauteur du plan de travail de la cuisine et des sanitaires, qu'ils voulaient adaptée à des hommes de plus d'un mètre quatre-vingts, la haie de charmes qu'il avait plantée au jardin et les bagarres avec les Mabrouk, propriétaires de la maison voisine, qui avaient décrété que l'accès à leur maison se ferait uniquement par une servitude qui passait à ras de la baie vitrée de la pièce de séjour.

Un petit ressaut, ils dépassèrent les maisons en retrait de la communauté de la montagne de Saint-Hilaire qui réunissait des personnes en situation de handicap mental, le chemin Avijl. Ils roulèrent encore quelques mètres et il vit le numéro 97 sur la droite. Une maison de moins de cinq mètres de façade, un étage, un toit pentu, flanquée d'une venelle sur la droite donnant accès au jardin et aux potagers du plateau Avijl.

Ils poussèrent la porte d'entrée qui conduisait directement à un escalier qui grimpait, raide, au premier étage et à droite, à la cuisine. Rien n'avait changé: la table haute, les tabourets, un bouquet de fleurs sur le plan de travail, le dessus du frigo encombré de pièces de monnaie, le courrier du jour, des photos éparses. La pièce de séjour, tout en longueur, assez sombre, s'ouvrait sur le jardin par une large baie vitrée. Ilya, portant son regard sur tous les objets familiers, les tableaux, les sculptures qu'il connaissait depuis l'enfance, les fauteuils qu'ils avaient choisis ensemble, les livres accumulés dans la bibliothèque. Il n'avait pas pensé être à ce point attaché à son lieu de vie, à des objets, à des murs.

Il se rendait brusquement compte des efforts déployés par son inconscient pour faire face à la maladie, minimiser sa gravité, faire comme si tout allait nécessairement bien se passer. Aujourd'hui il pouvait baisser la garde. Il était sur la voie de la guérison, il était chez lui et voulait tout voir, tout toucher.

Dans le jardin, Petite Tache Blanche, leur chatte, se frotta en ronronnant à ses jambes. Il esquissa un geste pour la caresser, mais s'arrêta à mi-chemin de peur qu'elle ne soit porteuse de germes potentiellement dangereux. Il marchait avec difficultés, ses jambes pesaient des tonnes. Il s'assit essoufflé. Était-il fatigué des quelques mètres qu'il venait de parcourir ou était-ce l'émotion de se retrouver chez lui? Au dernier contrôle hématologique avant de quitter l'hôpital, le taux d'hémoglobine restait insuffisant. Il verrait plus tard.

Il était certain de s'en sortir. Il aurait voulu reprendre le contrôle des évènements, bien manger, faire du sport, influencer les symptômes, guérir par sa seule volonté. Il éprouvait le besoin d'imaginer que son cerveau était aux commandes et avait la capacité d'éradiquer la leucémie.

Sa chambre au premier étage, donnant sur la rue, avait été réinstallée. Un lit, une table, deux chaises, un éclairage décent, un transistor radio, une penderie. Son père avait récupéré quelques livres de sa bibliothèque: des Robert Merle et quelques Boris Vian. Ilya sourit à ce signe de connivence avec son père. C'était ses préférés. Comment avait-il deviné? Il avait pensé prendre des Robert Merle lors de son retour à l'hôpital.

Il se laissa tomber sur le lit, cala un coussin contre le mur mitoyen avec les Mabrouk. L'isolation n'était pas optimale et il entendait la petite Loubana progresser péniblement dans l'interprétation d'une sonate de Schubert.

— Loubanaaaa! Cesse de massacrer ton piano, il ne t'a rien fait, hurla la mère Mabrouk.

Il sourit et haussa les épaules. — *Rien de tout cela n'est bien grave*, se dit-il.

Il feuilleta *L'écume des jours* de Boris Vian. Il l'avait adoré. Complètement déjanté. La maladie de Chloé, un nénuphar... il lui était interdit de boire de l'eau, car cela permettrait au nénuphar de grandir, elle devait toujours être entourée de fleurs non aquatiques pour combattre son mal: *Il dit aussi qu'il faut tout le temps mettre des fleurs autour d'elle*, ajouta Colin, pour faire peur à l'autre... Il s'écroula de rire en lisant la description du pianocoktail qui permettait de fabriquer des cocktails en jouant du piano: *La pédale forte correspond à l'œuf battu et la pédale faible à la glace.* Avec un seul problème... *parce que lorsqu'on joue un morceau trop «hot», il tombe des morceaux d'omelettes dans le cocktail, et c'est dur à avaler...*

Son père passa la tête par l'encadrement de la porte.

— Qu'est-ce qui te fait rire de la sorte?

— Boris Vian, j'ai l'impression qu'il écrit ce que je ressens.

— Ah oui? dit-il surpris.

— Oui, j'ai l'impression de vivre dans un roman, une pièce de théâtre, faire partie d'un rêve où rien n'existe, où tout est inventé, outrancier, porteurs de messages dissimulés...

Son père sourit sans trop comprendre. Il s'assit au bord de son lit.

— Tu veux dire, un cauchemar?

— Oui, c'est un peu de cela, répondit Ilya en souriant... oui, c'est un cauchemar.

Comment expliquer à son père que, parfois, il imaginait que ce qu'il vivait était des épreuves qui lui étaient imposées pour se racheter de ce qu'il avait fait, le punir de son orgueil, de sa lâcheté, de les avoir abandonnés, lui et Raphaël, de ne pas avoir écouté ce qu'il disait?

— Viens, réveille-toi de ton cauchemar, allons manger.

Son père avait préparé un poulet rendang dont il avait le secret, un mélange délicieux de noix de coco, d'ail, de gingembre, de citronnelle, de piment qui enrobait les morceaux de poulet de tous ses parfums. Ils mangeaient en silence. Il aurait voulu revenir sur des thèmes légers, oublier le passé, la maladie, les sujets de discordes et passer à autre chose. C'était sans compter sur Emma.

Sa vision du monde était assez simpliste. Son univers était défini par son homme, quelques amis et des anciens amants pour lesquels elle gardait une affection particulière. Elle dégageait une énergie surprenante, parlait haut, riait aux éclats et avait, sur tout, un avis tranché qui ne souffrait aucune discussion. Elle savait. Cela allait du choix d'une couleur, du goût d'un plat, d'un avis sur une œuvre d'art contemporain ou de l'action des tupamaros au Venezuela. Elle détenait la vérité. Les autres, ceux qui ne faisaient pas partie des élus, étaient vus comme spécimens de seconde zone, que son regard traversait sans les voir, à moins que, parfois, elle ne décide de les classer, pour une raison inconnue, dans le camp des personnes qui comptent. *Les définitivement autres* restaient dans des limbes et, s'ils tentaient d'en sortir, elle tirait à vue.

Ilya ne trouvait grâce à ses yeux que parce qu'il était le fils de son père. Pour le reste il n'offrait aucun intérêt. Elle manifestait la même attitude vis-à-vis de Raphaël. Tenter de lui expliquer les raisons de leur échec scolaire était illusoire. Elle avait obtenu une licence en biologie et après avoir passé quelque temps en Afrique, elle avait entrepris des études de médecine. Tout lui réussissait. Elle avait appris l'italien et l'anglais en quelques semaines. Comment aurait-elle pu comprendre ceux qui ne réussissaient pas? Elle n'avait, par ailleurs, aucune sensibilité psychologique. Pour elle le cerveau était un outil, un ordinateur, une mécanique de précision infaillible et parler d'inconscient, de monde intérieur relevait de l'affabulation. Elle n'arrivait pas à imaginer l'existence du psychisme qu'elle faisait semblant d'accepter par amour pour son homme.

Elle parlait, parlait, occupait le terrain peut-être de peur d'un silence qui déboucherait sur de vraies questions. Elle parlait de tout et de rien: ses voyages sur les volcans, l'Afrique, sa vision de la politique et… la drogue. Elle adorait parler de la drogue. Elle avait eu quelques expériences, surtout liées au sexe, avec le haschich et peut-être avec la mescaline. — *C'est incroyable, tu as la peau électrifiée, ça vibre jusqu'à l'extrémité des orteils*, répétait-elle souvent.

— Tu n'aimais pas le hasch? demanda-t-elle à Ilya.

Il n'écoutait pas, perdu dans ses pensées, et se disait qu'Emma assurait à elle seule le spectacle, les questions et les réponses.

— Pardon, peux-tu répéter?

— Tu aimais prendre du hasch?

Ilya piqua du nez dans son assiette.

— C'est pourtant chouette, tu devrais en prendre, surtout si tu es anxieux, insista-t-elle.

— Laisse tomber, Emma, demanda son père, sentant qu'elle glissait sur un terrain sensible. Pas maintenant, pas comme ça.

— Pourquoi devrais-je laisser tomber? dit-elle en relevant la tête bien droite, c'est un sujet important, cela peut l'aider, on ne parle pas de drogue dure, on ne parle pas d'héroïne. L'héroïne, ça c'est dégueulasse.

L'atmosphère se dégradait. Ilya se demandait comment sortir de ce piège. Son père était mal à l'aise. Elle n'arrêtait pas, semblait suivre une idée dont elle ne démordait pas, insensible au climat délétère qui s'installait, insensible au regard de son père.

— D'ailleurs, reprit-elle, je ne comprends pas comment on peut se laisser aller aux drogues dures. Faut être... con. On y laisse sa peau... Enfin, je sais que tu as arrêté, mais ce n'est pas bon.

— Emma, je suggère que tu arrêtes, dit son père sur un ton qui n'acceptait pas de réplique, c'est mon fils et cela ne te regarde pas. C'est une affaire que je dois régler avec lui.

Ilya se leva et monta dans sa chambre sans terminer le repas. *Il aurait dû la virer*, se dit-il.

La vie avec Emma ne serait pas simple, mais, aujourd'hui, il n'avait pas le choix. Dès qu'il irait mieux, il retournerait rue des Néfliers et n'aurait plus besoin de se confronter à une marâtre.

Il goûtait le soleil sur sa peau, allongé sur la terrasse du premier, lunettes de soleil, chapeau à large bord. *Pas trop de soleil, tu pourrais faire une réaction violente à cause de la chimiothérapie*, avait dit le docteur Devischere. Il se palpait machinalement le ventre et trouvait qu'il n'avait pas mal maigri, quatre ou cinq kilos. Tant que cela n'atteignait pas dix pour cent de son poids habituel, il n'y avait pas à s'inquiéter. Il s'en approchait. Il devrait manger plus, retrouver son poids normal avant de rentrer à l'hôpital. La chimio devait reprendre le lundi suivant. Il n'arrivait pas à l'imaginer. Plus que cinq jours. Peut-être que ses globules blancs seraient normalisés et alors il pourrait sortir, aller voir les copains, renifler l'air de la ville, peut-être même récupérer la voiture.

— Nahilaaa, cesse de te mettre les doigts dans le nez!

La mère Mabrouk bénéficiait des congés scolaires et pouvait harceler ses filles à longueur de journée. Quelle emmerdeuse! Ils n'arrêtaient pas de passer et repasser par la servitude. Le jardin était inutilisable. Quarante, soixante passages par jour et à chaque fois ils claquaient les portes pour bien marquer leur territoire.

— Nahilaaa, Loubanaaa, à table!

Diane, la femme d'André, le cousin d'Emma, avait connu la mère Mabrouk quand elle avait une dizaine d'années. On l'avait surprise en train d'étouffer son petit frère sous un coussin, alors qu'il était couché dans un landau. Il avait été sauvé de justesse. Une vraie tueuse!

— Nahilaaa...

Aujourd'hui elle devait peser près de 150 kilos et était professeur de morale. Il sourit en essayant d'imaginer le contenu de son cours, en se basant sur son comportement: *Frappez les plus faibles, étouffez le concurrent au plus tôt, empiétez sur le territoire du voisin, rien n'est plus important que soi, avalez tout ce qui vous tombe sous la main...*

Son père et Emma étaient au travail. Le calme régnait dans la maison. La vie autour de lui bruissait, indifférente à ce qui lui advenait.

Sous la fenêtre, la vieille Marie parlait en patois bruxellois avec une voisine: *Jan... Och èrme... t'es nie wo... t'es toch een onnuzel* [14].

Il alla chercher la dernière lettre de Franzisca. Elle avait été envoyée le premier juillet et elle venait d'arriver. L'irritation montait au fil de la lecture. Elle répétait à longueur de pages qu'elle l'aimait. Il ne savait plus si c'était lui qu'elle aimait ou le souvenir qu'elle en avait. Elle parlait de sa fatigue, de son docteur, de ses tantes, des difficultés de la

---

14. Jean... le pauvre... Ce n'est pas vrai... Il est quand même stupide.

vie en Iran, de l'ennui. Elle semblait avoir décroché de l'héroïne. Au fond il lui en voulait essentiellement de ne pas avoir demandé des nouvelles de sa maladie, de ce qu'il endurait, de ce qu'il espérait, de ce dont il avait besoin. Il aurait voulu qu'elle soit là, près de lui. C'était vrai qu'il ne lui avait pas écrit. Il n'aurait pas pu. Mais elle aurait dû être au courant de ce qui lui était arrivé par sa mère, par son frère qui était proche de Lydia. Tout ce monde savait qu'Ilya avait une leucémie. Tout Bruxelles savait puisqu'on avait fait du battage pour trouver des donneurs de sang. Comment imaginer que son frère ne lui ait pas écrit? Comment imaginer qu'il n'en ait pas parlé à sa mère et que celle-ci n'en ait pas touché un mot à Franzisca? Ce n'était pas possible qu'elle ne sache pas. Elle remplissait des pages avec une seule obsession se conformer à ce que voulaient ses parents: un mariage. Pourquoi parlait-elle de son amour et ne s'intéressait-elle pas à ce qui arrivait à l'homme qu'elle disait aimer? Il n'avait pas envie de répondre et rangea la lettre sur la pile avec toutes les autres. Il s'en tirerait, tout seul.

Avec un mois de retard, on fêtât, l'anniversaire de Raphaël. Vingt ans!

— ... et toutes ses dents, dit Ilya en prenant son frère dans les bras, il y a si longtemps que je te vois sans pouvoir te toucher.

— Tu es guéri? demanda Raphaël d'une voix incertaine, comme s'il craignait la réponse.

— Je suis sur la bonne voie, ils me proposent encore quelques mois de traitement avant que cela ne soit tout à fait terminé.

Il pensa à la chanson de Dan Hill *It's a long road: The road is long and - Each step is only the beginning – No breaks, just heartaches – Oh man, is anybody winning? – It's a long road...* Le chemin lui paraissait long, il se colla encore contre son frère.

— ... mais je suis déjà en partie guéri, ajouta-t-il sur un ton enjoué.

Il embrassa Lydia, qui se tenait timidement derrière Raphaël, le regard perdu.

— Tu vas bien? lui demanda-t-elle en lui tendant un bouquet de roses rouges qu'il affectionnait particulièrement.

Lydia était une artiste avec une sensibilité qu'il imaginait à fleur de peau. Le visage allongé, les cheveux tirés en arrière, les yeux bruns scrutateurs, elle était plutôt maigre, avec un air de timidité accentué par un léger accent allemand et par l'impression qu'elle donnait d'être à la recherche permanente du mot adéquat.

Le temps était magnifique. La baie vitrée était largement ouverte sur le jardin. Tout le monde était d'humeur joyeuse.

Opa, bougon, grognait sur ses petits-fils qui laissaient leur père courir à tout instant à la cuisine chercher la nourriture, les ustensiles et ingrédients qui manquaient inévitablement au cours du repas : un couteau, des serviettes de table, le sel, un verre, une autre bouteille de vin… cela n'en finissait pas.

Raphaël était heureux, on fêtait son anniversaire et il n'était guère tenté d'assurer le service, Ilya était aussi à la fête et après des semaines d'isolement, il avait envie que l'on s'occupe de lui, avait besoin d'attention et il ne lui venait pas à l'esprit de lever le petit doigt pour assurer le service. De toute façon, son père avait investi son personnage favori de papa nourricier et il était hors de question de le détrôner.

Emma assumait le rôle de la maîtresse de maison, l'aidait en cuisine et à table, animait la conversation par des anecdotes à propos de son travail à l'hôpital, ses voyages, ses souvenirs. Elle racontait bien, parlait haut, secouée de grands éclats de rire un peu rauques.

Oma, timide, discrète, réservée, surveillait tout le monde et mangeait du bout des lèvres, de peur d'être incommodée par une nourriture à laquelle elle n'avait pas été habituée. À demi rassurée par l'évolution de la maladie de son petit-fils, elle lui jetait à tout moment des regards attendris. Elle savait que la vie pouvait être féroce et que désirer avec force une chose pour un être que l'on aime n'était pas une garantie de sa réalisation.

Il y avait aussi Emilie, la mère d'Emma, pomponnée comme pour un bal de débutante, qui mangeait avec une délicatesse qui pouvait faire penser qu'elle le faisait par obligation, alors que se yeux brillaient de plaisir à chaque bouchée, à chaque gorgée de vin, démentant son attitude retenue. À côté d'elle, son ami Julian dévorait à bouche goulue des portions gargantuesques, le visage congestionné, les lèvres épaisses, jouissant de chaque particule de nourriture. Ils se montraient tous les deux affables, mais Ilya les sentait mal à l'aise, comme obligés de lui manifester de la sympathie en raison de la liaison d'Emma avec son père. De facto ils considéraient qu'il faisait partie de la famille, mais les relations restaient fuyantes et superficielles. Ils étaient venus lui rendre visite à l'hôpital, endimanchés comme s'ils se rendaient à la messe, elle avec chapeau et voilette, lui en costume cravate, la gabardine sur le bras et le chapeau à la main. Ils étaient tous les deux raides comme à un enterrement. Il en avait longtemps rêvé.

Les Mabrouk n'en finissaient pas de passer et repasser, comme si le jardin était la rue, jetant des regards détournés à la fête, suant la jalousie et la malveillance.

Raphaël était toujours caserné à Soest. L'armée belge, à la frontière du monde libre, vivait au rythme de la guerre froide. Le 8 mai 1984, le Comité national olympique d'U.R.S.S. s'était dit *obligé de déclarer que la participation des sportifs soviétiques aux Jeux de Los Angeles était impossible [...]. Ils dénonçaient des organisations extrémistes et des groupes de toute nature qui avaient pour but de créer des conditions insupportables pour le séjour de la délégation et pour les performances des athlètes.* Le boycott des Jeux olympiques de Los Angeles par l'Union soviétique devenait de plus en plus probable.

— Ici, tout le monde s'en fout, dit Raphaël, quelques articles dans les journaux, c'est tout l'effet que cela produit. Personne n'imagine un conflit.

— Il faut toujours se méfier des communistes, dit Julian d'une voix chevrotante, en s'essuyant les lèvres d'un revers de la main, ils ne vivent que pour la guerre. Ils aiment tuer. Il faut se souvenir des famines qu'ils ont provoquées en Ukraine. On a parlé de trois millions de morts.

— L'armée ne vit que dans l'éventualité d'une guerre, reprit Raphaël, c'est leur rôle, c'est tout ce qu'ils ont à faire. En tout cas s'ils me rappellent, je n'y retourne pas, je ne veux pas risquer ma peau pour de telles conneries.

— Tu ne défendrais pas ton pays contre une attaque ennemie? dit Ilya d'un ton goguenard.

Raphaël se renfrogna, le sujet l'irritait. Il ne se sentait aucun héroïsme à aller défendre une cause qu'il ne comprenait pas. Il lui semblait qu'aucune cause ne valait qu'il risque sa peau. Il haussa les épaules sans répondre. De toute façon, il n'aimait pas la bagarre. Davantage à cause de la violence qu'il percevait en lui qu'à cause de celle des autres. Il avait du mal à identifier ce qu'il ressentait et se demandait souvent comment il se serait débrouillé à la place de sa grand-mère et de son père pendant la guerre. Il n'aimait pas aborder ce sujet. Il savait qu'il ne se battrait pas.

— À mon avis, une bonne raclée leur ferait du bien et leur rabattrait le caquet, dit Julian en enfournant son troisième morceau de tarte.

Chez lui le courage allait de pair avec une irascibilité permanente qu'il masquait sous un vernis de civilité qui craquait au moindre conflit. Il postulait que toute relation humaine était conflictuelle et que, dès lors, la paix n'était possible que si on était prêt à riposter à la moindre velléité d'attaque. La paix comme un autre moment de la guerre. Elle finissait toujours par éclater.

— Un peu fasciste comme attitude, reprit Ilya, tu donnes l'impression d'avoir une solution alors que tu es le problème. Personne ne contrôle ce qui se passe une fois la guerre enclenchée. Tu ne te souviens pas, 14-18, 40-45, cela ne te dit plus rien?

— Tu… tu ne sais pas de quoi tu parles…, répondit Julian, énervé, la voix tremblante.

— Calme-toi, mon chéri, lui murmura Emilie en mettant une main sur la sienne.

— Julian a été pris dans le bombardement de la gare de Mons en 1940, il y a perdu un œil et a reçu une volée de shrapnels à travers le corps, dit rapidement Emma qui voulait calmer la discussion.

— C'est pour cela qu'il est resté dans un trou pendant la guerre, pas eu le courage de se battre lui-même. Planqué… ironisa Ilya.

Julian se leva brusquement, le visage écarlate et s'apprêtait à bondir sur Ilya. Opa et Raphaël le retinrent.

— On se calme, dit son père, on est en paix depuis plus de trente ans, on ne va pas rouvrir un conflit mondial aujourd'hui. Ilya, tu te modères, ton état ne justifie pas toutes les impertinences. Il est temps de passer au café.

Ce fut comme un signal: Ilya était malade… il ne se contrôlait plus… il disait n'importe quoi… Julian se calma. Raphaël éclata de rire. Julian habitait le centre-ville et devait souvent parquer sa voiture loin de son domicile. Il se promenait avec une clé anglaise de gros calibre dans la poche de sa gabardine et n'hésitait pas, malgré son âge, à asséner des coups sur la tête de la petite frappe qui osait l'attaquer.

— Je vais dans ma chambre, dit-il en se levant.

Le temps lui paraissait trop précieux pour le perdre avec Julian...

Les résultats de la prise de sang étaient mitigés. La moelle ne se normalisait pas, bien qu'on fût assez loin de l'administration de la dernière chimiothérapie. Le traitement prévu avait été reporté.

Son père roulait en silence.

— Tu ne dis rien? Tu es inquiet? demanda Ilya.

— Je ne sais pas... oui... j'aurais aimé que ta moelle récupère tout à fait... désolé de ne pas manifester plus d'enthousiasme, mais... voilà...

— ... Ne t'en fais pas... je sens bien que je ne remonte pas la pente et chaque jour qui passe, j'ai l'impression d'être moins bien. C'est difficile à expliquer. Au mieux je me dis que je ne vais pas plus mal. Ce n'est pas normal... Non?

— Je pense qu'il faut attendre le prochain contrôle mercredi, on y verra plus clair.

La Volvo grimpa la montagne de Saint-Hilaire. Un camion livrant de l'électroménager bloquait le passage. Le chauffeur leva deux doigts pour indiquer qu'il n'en avait que pour quelques secondes. Il fallut attendre.

— Tout m'irrite, dit Ilya, attendre que ce type bouge son camion... et parfois toi et Emma... j'ai l'impression que je suis de trop à la maison, que ta vie est ailleurs, que je t'emmerde... Je sais que tu t'inquiètes pour moi, mais... je ne sais pas... c'est comme si j'avais besoin en permanence de ta présence et de ton attention.

— C'est vrai. Je pense à plein d'autres choses et j'arrive même à me concentrer et à les faire correctement. Tu es ma priorité, mais j'arrive à me libérer de toi, malade, parce que je sais que tu vas guérir. De tous les scénarios que j'ai pu imaginer, j'ai choisi celui qui me paraissait le plus vraisemblable et, sans autre information, je refuse de me faire peur avec les autres possibilités. Tu vas guérir! Le chemin sera long, mais tu y arriveras. Peut-être dois-tu aussi essayer de surmonter tes peurs et tes doutes, et te mettre à vivre avec la maladie comme si tu allais effectivement t'en sortir, comme si c'était terminé... Mais tu dois toujours te rappeler que je pense à toi... Tout le temps...

Devant eux, le chauffeur remontait la plateforme de déchargement de son camion. Ilya le regardait subjugué et l'attention qu'il lui portait le libéra une fraction de seconde de l'obsession de la maladie. La maladie, pas sa maladie. Oui, il devrait repenser à ses études, à sa vie, à l'avenir.

— Le plus dur, c'est la fatigue, c'est quand ton corps t'envoie des signaux indiquant que tu ne vas pas bien, comme une douleur, des nausées, des vertiges… mais surtout cet épuisement terrible.

— Oui, je sais, répondit son père en redémarrant, je sais combien c'est difficile de s'extraire des messages que t'envoie ton corps, mais il suffit parfois de se concentrer sur autre chose pour qu'ils s'atténuent et même s'évanouissent… moi je sais que tu vas guérir.

Mercredi son père revint de l'hôpital le dos voûté, abattu. — *Il ne peut rien cacher de ce qu'il pense, il vient m'annoncer une mauvaise nouvelle*, se dit Ilya en le regardant se diriger vers lui, après avoir déposé sa veste au vestiaire. Il retardait le moment de la confrontation.

— J'ai vu Martine. Elle a reçu les résultats de ta dernière ponction sternale, dit-il sur un ton qui se voulait neutre.

Ses yeux tristes annonçaient un malheur. Le cœur d'Ilya se mit à battre à tout rompre, il sentait le sang refluer de son visage. Il gardait les poings serrés au fond de ses poches, les ongles enfoncés dans les paumes. Sa bouche était sèche. Il essayait de décoller sa langue du palais et d'avaler une salive pâteuse.

— Vas-y, dit-il d'une voix rauque, dis-moi ce qui se passe.

— On a retrouvé dans la ponction sternale cinq pour cent de blastes anormaux et une trisomie 8 dans la plupart des mitoses. Ce qui veut dire…

— Que je ne suis pas en rémission.

— Cela veut dire que la première cure de chimiothérapie n'a pas éradiqué complètement la leucémie. Tu te souviens que la trisomie 8 est un marqueur de présence de la maladie. Tu ne te trouves pas, comme nous l'avions pensé, en rémission complète mais en rémission partielle. L'effet du traitement a néanmoins été remarquable mais encore insuffisant. Une deuxième cure d'induction s'avère nécessaire pour t'amener en rémission complète.

Plus il parlait, plus il prenait de l'assurance. Il manipulait l'information, détournait le sens des mots pour leur faire dire l'espoir, alors même qu'ils étaient porteurs d'une mauvaise nouvelle: il n'y avait pas de rémission complète. *Rémission partielle* ne signifiait rien. Cela n'avait pas marché. Ilya était affolé, ses pensées tournaient en tous sens. Il voyait le terme de sa vie. Son père poursuivait son monologue:

— Ceci ne change rien à ton pronostic. Il faut parfois deux, voire trois cures successives pour induire une rémission complète. L'essentiel est de l'obtenir. Par la suite, tes chances de guérison restent inchangées. Tu dois te battre, tenir la distance, faire face aux traitements. Ce n'est que partie remise.

Il s'enflammait, croyait lui-même de plus en plus à ses arguments. Ilya ne pensait plus, ne voulait plus penser. Son père poursuivit:

— La chimiothérapie d'induction n'est pas plus difficile à tolérer qu'une chimiothérapie de consolidation, tu ne sentiras pas la différence. À la limite, j'aurais pu passer sous silence les résultats de ta ponction sternale, mais j'ai confiance. Tu souhaitais être informé de tout, je crois effectivement que tu dois l'être. Aucune décision ne doit être prise sans toi. Nous devons nous battre, regarder les problèmes en face, nous dire que tu es magnifiquement entouré, que les médecins qui te soignent sont parmi les plus compétents au monde. S'ils se sentent confrontés à un problème, ils contacteront des experts ailleurs, en Europe ou aux États-Unis. De toute façon, je te tirerai d'affaire.

Son père parlait de plus en plus vite, le ton devenait passionné, convaincant. Il traduisait à la fois son émotion, son désarroi, son impuissance et sa conviction qu'Ilya allait s'en sortir et qu'il ferait tout pour que cela advienne. À chaque phrase Ilya se détendait, le poids sur sa poitrine s'allégeait, il respirait plus librement. La route serait longue. Il avait rêvé d'une guérison rapide, immédiate, mais il était évident que pour une maladie qui paraissait aussi grave, le prix à payer serait plus important. Tout au fond de lui, il n'était pas vraiment surpris, il devait payer pour ses conneries passées, pour effacer l'homme qu'il avait été. Pour se faire pardonner, il devait se montrer capable de faire face aux difficultés.

Le soleil était haut dans le ciel d'un bleu presque turquoise où s'étirait une brume de chaleur. Le jardin embaumait les roses anciennes. Ilya était allongé sur le gazon, mettant son crâne dénudé à l'abri des rayons du soleil. Il vivait d'instants, évitant d'imaginer le temps qui passait et qui l'emmenait à demain. Il restait quelques heures de liberté pendant lesquelles il voulait refaire le plein d'énergie, s'engager dans la prochaine cure de chimiothérapie comme un gagnant, refuser les effets secondaires, les nausées, les vomissements. La chimiothérapie était une alliée, une amie, c'est elle qui le conduirait à la guérison. Il lui semblait que le moral était essentiel, il devait éviter de se sentir amoindri physiquement, moralement, intellectuellement. Demain il se rendrait à l'hôpital chargé de ses cours, de poids et haltères, et prêt à se battre.

25

13-16 juillet 1984, Bruxelles, l'hôpital

Il revenait à l'hôpital la rage au ventre. Il allait guérir. Il devait guérir. Seul maître à bord, il ne laisserait pas la maladie l'emporter. De
quel droit! Il n'imaginait pas cette chose, cette... leucémie s'installer chez lui et se comporter comme si elle était chez elle. C'était
son corps, sa moelle. Il poussa la porte du service d'hématologie avec
l'énergie du combattant.

Un groupe d'élèves infirmières se pressait autour d'un technicien
qui montrait le fonctionnement d'un séparateur de cellules. Des
nettoyeuses passaient une serpillère sur le sol. Aux murs les photos, en
noir et blanc, des installations de l'hôpital datant de son inauguration
en 1940, au fond du couloir la porte vitrée à demi ouverte qui donnait
accès à la salle des flows et plus loin, à travers les vitres en partie mas-
quées par des stores rouge brique, le ciel au-dessus de Bruxelles.

— Bonjour Ilya, lui lança l'infirmière-chef en levant la tête de son
cahier d'ordre, nous t'attendions. Nous t'avons réservé la chambre
huit. Elle vient d'être nettoyée. Tu peux t'y installer, nous te rejoi-
gnons dès que la réunion de service sera terminée.

Il y avait un air de *comme chez soi* qui le mettait mal à l'aise. Il n'avait
pas envie de faire partie des meubles, le bon client, celui qu'on attend, qui
reviendra nécessairement. Ses allures de matamore s'étaient envolées.

— Ne t'en fais pas, dit son père, plus tu es connu, mieux ils s'occu-
peront de toi.

— Pas certain, ils finissent par te prendre comme un objet familier
et ont tendance à t'accorder moins d'attention. J'espère que le traitement se passera mieux que la première fois.

— Évidemment, ils vont reprendre exactement le même schéma de traitement, mais ils pourront mieux adapter les doses et prévenir les effets secondaires.

— Il ne pourrait pas y en avoir d'autres, plus surprenants encore ?

— Je ne crois pas, en général, une personne présente le même type de symptômes d'un traitement à l'autre… C'est vrai que leur intensité peut varier… en plus ou en moins. Je suis certain que cela ira mieux.

Il savait que son père essayait de le rassurer et qu'il n'avait pas la réponse précise à tout, mais il avait besoin d'entendre sa voix. Il était comme le petit enfant qui s'était éveillé apeuré au milieu de la nuit et que son père prenait dans les bras. Toutes les peurs s'envolaient.

— J'ai peur de ce qui va arriver, Papa, murmura-t-il, être isolé dans cette bulle m'effraye.

Son père s'approcha. Ilya se colla contre lui, cherchant sa protection, un abri, une parade à tout ce qui lui arrivait. Il pensait à toutes ces années où il avait tenté de se débarrasser de sa toute-puissance, des mots qui pesaient tellement lourd dans ses choix de vie. Maintenant il aurait voulu tout recommencer, ne plus penser, se décharger totalement de la maladie sur son père, ne rien en connaître.

— Je suis là, dit son père avec tendresse…

— Je sais, soupira-t-il.

En prononçant ces mots, il prenait conscience que si son père était là pour le soutenir, lui se trouvait en première ligne. Les efforts, les stratégies qu'il avait mises en place pour se libérer de son influence lui apparaissaient maintenant vains. Il s'était battu contre des fantasmes. Il n'avait pas compris que l'homme qu'il devenait était libre de ses choix. Dommage qu'il eût fallu plonger dans la leucémie pour prendre conscience de qui il était.

— Je vais rejoindre mon service et je viendrai manger un sandwich à midi en ta compagnie si tu es libre, sinon de toute façon je repasserai avant de quitter l'hôpital.

Les médecins ne passeraient que vers dix heures, après leur réunion du matin où on devrait probablement discuter de son cas. Son cas ! Il avait du mal à s'imaginer en cas. Un être impersonnel, sans âme, juste un corps qui permettait aux médecins de modéliser leurs théories et dont on parlait comme d'un objet.

Il avait envie de relire *Malevil* de Robert Merle. Dans les romans, les héros gagnaient le droit de vivre par le courage qu'ils manifestaient devant le danger. Il se souvenait qu'une guerre atomique avait dévasté la planète, et dans la France détruite, un groupe de survivants s'était organisé autour d'Emmanuel Comte et quelques amis, dans le château moyenâgeux dont ils occupaient la cave lors de l'explosion. Courage, détermination, inventivité, persévérance, rencontres salvatrices, optimisme... toutes qualités essentielles dans une situation extrême comme celle qu'il vivait avec la leucémie... et dont il voulait s'imprégner.

Il avait reçu un coup de téléphone d'Ann, qu'il n'avait plus revue depuis près de trois ans. Elle avait été sa petite amie à une époque où lui-même ne pensait qu'à papillonner d'une fille à l'autre. Trop léger, trop futile pour une fille qui avait énormément de cœur et qui méritait mieux que l'homme qu'il était. Elle lui avait parlé du *biofeedback*, une théorie d'un cancérologue américain, Carl Simonton, sous-tendue par l'hypothèse que le psychisme a un rôle majeur dans l'apparition et le traitement des maladies, et suggère que le psychique est une des causes de cancer les plus importantes. On parlait souvent de stress six à huit mois avant la maladie. Il avait, évidemment, tenté de trouver un lien entre la leucémie et sa vie au cours des derniers mois. Apparemment l'héroïne n'était pas impliquée dans l'apparition d'une leucémie. Qu'en était-il de la petite rose qu'il s'était fait tatouer sur l'épaule ? Et les conflits avec ses parents ou leur divorce ? Il devrait réfléchir à ces aspects de la maladie.

Un coup bref sur la porte et celle-ci s'ouvrit largement, laissant passer l'équipe médicale au complet : les docteurs Brandt, Devischere, Strijkmans, les assistants, les étudiants, l'infirmière-chef. Ils s'étaient agglutinés autour du lit, curieux, comme s'il était un phoque dans son bassin du zoo. Il leur fit un signe de la tête.

— Bonjour Ilya, dit le docteur Brandt, je te présente l'équipe. Je crois connais déjà tout le monde. Nous avons discuté de ton cas ce matin. Nous pensons que tu as bien répondu au traitement avec comme résultat une belle réponse partielle. Ta moelle montre toujours des blastes anormaux et des anomalies chromosomiques qui indiquent qu'il faut reprendre le traitement pour une deuxième cure d'induction.

— J'imagine que cela aurait été mieux si j'avais eu une réponse complète? ironisa-t-il.

— Oui, c'est sûr, mais l'essentiel est d'y arriver, peu importe le nombre de cures.

La réponse ne le satisfaisait pas. Le docteur Brandt gardait par-devers elle une information qu'elle jugeait inutile de donner. Insister n'aurait rien changé. Il sentait que ce n'était pas juste. Répondre d'emblée au traitement lui semblait mieux que répondre tardivement. Tout le monde ne guérissait pas.

Il était facile de voir quand les médecins mentaient. Ils avaient les yeux tristes. Ce n'était pas nécessairement un mensonge. Ce qu'ils ne disaient pas était de l'ordre de l'intuition, comme un cuisinier qui sent, avant même de l'avoir goûté, que son plat est raté, ou comme le cavalier qui sait, dès l'abord de l'obstacle, que son cheval accrochera la barre. Comment partager cette intuition? Lorsqu'après la première chimiothérapie d'induction, la moelle ne récupérait pas et que le taux de globules blancs était resté bas, il avait vu dans le regard des médecins cette tristesse, qu'aujourd'hui, il pouvait interpréter comme un signe qui péjorait ses chances de guérison.

— Nous allons te donner le même traitement d'induction aux mêmes doses, reprit-elle, et tu devras à nouveau passer quelques jours dans le flow.

— Je dois évidemment m'attendre aux mêmes effets secondaires, avança-t-il entre question et affirmation.

— Non... j'espère que non, rétorqua le docteur Brandt, nous pensons que la température était liée à une allergie à l'ara-C. Nous allons tenter une cure de désensibilisation en commençant à des doses diluées au dix millième et en les augmentant progressivement de quinze en quinze minutes pour arriver à la dose totale en fin de journée. Je suis certaine que cela va fonctionner. Tu devras aller dans le flow comme pour la première cure d'induction, tu auras besoin de transfusion de globules rouges et de plaquettes.

La chimiothérapie fut administrée le lendemain matin selon le schéma prévu. Il y eut quelques nausées, pas de vomissements, pas de température. Ce n'était en rien comparable avec ce qu'il avait vécu lors de la première induction. Il était porté par une vague d'optimisme dont il avait oublié le goût. La fatigue s'était envolée, il était à nouveau maître de son destin et sa volonté était capable de briser les contraintes physiques de la maladie. Il avait réussi à annihiler les effets indésirables de la chimiothérapie pour n'en garder que les effets bénéfiques.

Il dut à nouveau accomplir tout le rituel de la stérilisation en vue de son isolement dans le flow. Un bref coup sur la porte et son père entra dans la chambre sans attendre la réponse. Ilya était nu, debout sur un essuie stérile, il se lavait à l'iso-Bétadine et effectuait des prélèvements dans les moindres replis de son corps. Ils éclatèrent de rire. Avec des gestes outranciers, il se mit à mimer une scène de prélèvements successifs, dans le nez, les oreilles, la bouche, l'anus. Chacun de ses gestes déclenchait des salves de rires qui le soulageaient de toutes les angoisses des derniers jours. Quand il était petit, avec Raphaël, il adorait prononcer les mots *pipi-caca* sur de multiples tonalités: dramatiques, rigolardes, aiguës, suppliantes, timides, passionnées... Son père, la mine renfrognée, les sermonnait en exprimant son étonnement de les voir rire de plaisanteries aussi stupidement scatologiques. Au bout de quelques secondes, la commissure de ses lèvres se soulevait, son sourire, qu'il tentait d'abord de masquer, se terminait en énormes éclats de rire et entre deux hoquets, il répétait — *Que c'est con! ... Que c'est con!* ... Cela ne ratait jamais, même quand ils furent plus grands.

Emmailloté dans un peignoir stérile, il avançait dans le couloir vers la salle des flows, précédé par un infirmier et une infirmière qui lui ouvraient le passage, comme pour un convoi exceptionnel, suivi par son père qui fermait le cortège. Malades, personnel, tout le monde tournait la tête sur son passage, il se sentait sous les feux de la rampe, Cassius Clay montant sur le ring. Les derniers pas dans la salle des flows, il était seul, funambule glissant sur son fil tendu au-dessus du vide abyssal.

Ils rejouèrent le rituel d'entrée dans «son» flow qui fut refermé à 13 heures 30 par le croisement, au travers de l'encadrement de la porte fictive, des deux bandes de plastic jaunes.

26

17 juillet-8 août 1984, Bruxelles, l'hôpital

Il retrouva le flow inchangé, reconstruit à l'identique, déjà garni des poids et haltères et de tous les livres, manuels, crayons, objets divers qu'il avait fait stériliser. Il lui revint à l'esprit une question qui était souvent posée lors de soirées un peu ennuyeuses entre amis — *Quels sont les objets que tu prendrais si tu devais rester seul sur une île?* Il y était sur son île et il avait choisi, sans trop réfléchir: ses cours de chimie et de physique, *Malevil*, *J'irai cracher sur vos tombes* de Boris Vian, *Don Quichotte de la Manche* de Miguel de Cervantes, du papier, des crayons et une gomme. De quoi faire travailler son corps et son esprit, rejeté, dans cet espace hors du monde. Il reprit conscience du bourdonnement du moteur qui assurait la stérilisation de l'air et maintenait la surpression dans le flow. Son père avait un air triste.

— Ça va, Papa? demanda-t-il inquiet, tu as l'air si triste, je vais guérir, non?

Son père s'ébroua comme s'il sortait d'un rêve.

— Non... oui... c'était des pensées flottantes... je ne sais même plus à quoi je pensais, dit-il de bonne foi... Évidemment que tu vas guérir, ne t'inquiète pas, je suis certain que tout va s'arranger.

La chimiothérapie fut administrée pendant sept jours. Il n'y eut aucun incident majeur, pas de gros malaises, pas de nausées ni de vomissements. Il présenta deux épisodes de température qui nécessitèrent l'administration d'antibiotiques. Les problèmes de perfusions furent moins aigus que lors de son premier séjour, et il lui arriva de garder la même aiguille en place pendant trois ou quatre jours.

La toxicité hématologique fut maximale, et il fallut transfuser des plaquettes et des globules rouges. Comme lors du premier séjour, de nombreuses personnes se présentèrent pour offrir leur sang: amis d'Ilya, de son père, de sa mère, patients, collègues… Il fallut trouver des donneurs HLA[15] compatibles. Le typage HLA était drastiquement sélectif et très peu d'entre eux étaient restés sur la liste des personnes à contacter en cas de besoin.

La chute des plaquettes représentait un risque majeur d'hémorragie. En dessous d'une valeur de $10000/mm^3$, il s'imaginait frappé d'une hémorragie cérébrale massive, paralysé, mourant stupidement à cause de la chimiothérapie. Il harcelait médecins et infirmières pour obtenir les résultats de la prise de sang du jour et s'assurait qu'on était bien à la recherche de donneurs compatibles. Parfois il n'y avait pas de donneur avant le lendemain, il attendait alors sans bouger, sans faire le moindre effort, se demandant même si penser ne risquait pas de précipiter une hémorragie cérébrale. Son père riait, mais lui recommandait de ne pas faire d'exercice physique et tentait de contacter les amis qui lui avaient dit être compatibles pour qu'ils se présentent d'urgence au service de transfusion en vue d'une cytaphérèse[16].

Face à la gravité de sa situation actuelle, il lui arrivait souvent de penser à ce qu'avait été sa vie au cours des trois dernières années. Il ne comprenait pas l'homme qu'il avait choisi d'être.

Savoir qu'il y avait tant de personnes qui se dévouaient pour le tenir en vie le bouleversait et chamboulait ses conceptions du monde. Non seulement il ne comprenait pas l'homme qu'il avait été, mais il ne l'aimait pas. Il s'en voulait d'autant plus qu'il était le seul responsable de ce choix. Seul maître à bord du vaisseau *Ilya*, il avait décidé, lui-même, de la route à suivre.

Il ne doutait plus que la leucémie fût liée à sa vie passée. Elle avait surgi comme une punition par rapport à ses fautes ou, plutôt, elle lui apparaissait comme l'épreuve initiatique indispensable à sa rédemption.

---

15. Le système HLA est le système qui permet au corps et à son système immunitaire de reconnaître le soi (ensemble des tissus, etc.), du non-soi (virus, bactéries et… greffes). Chaque corps humain possède un code HLA qui lui est propre et qui se retrouve à la surface de ses cellules.

16. Technique consistant à prélever le sang d'un donneur pour en extraire un type de cellules (dans ce cas des plaquettes) et à restituer le reste.

La relation temporelle était trop claire et il était de plus en plus convaincu qu'il y avait une vérité derrière les théories qui soutenaient l'association entre le psychisme, le stress et le cancer. Il n'osait pas aborder le sujet avec son père, car il le savait sceptique. C'était un sujet à la mode depuis quelques années déjà, et son père lui avait dit que des études réalisées dans le cancer du sein n'avaient pas pu démontrer de corrélation entre le diagnostic de la maladie et un stress psychologique survenu six mois à un an plus tôt.

Au jour 10 postchimiothérapie, sa température était de 37,4°C et le taux de plaquettes restait à 17000/mm³ après transfusion. Il fallait trouver d'autres donneurs HLA compatibles. Son père était passé avant de rentrer à la montagne de Saint-Hilaire. Il n'avait plus l'air inquiet. Tout semblait se dérouler normalement.

Au jour 17 postchimiothérapie, le nombre total de globules blancs était à 700/mm³ sans aucun polynucléaire susceptible de le défendre contre une infection. La température était normale. Il tenta de réviser son cours de chimie, mais il n'arriva pas à se concentrer. Il essaya d'alterner, comme il l'avait fait précédemment, dix-quinze minutes de travail avec une durée de repos équivalente. La fatigue altérait sa capacité d'attention et il n'était pas arrivé à un temps de travail cumulé suffisant. Il avait des fourmillements dans les mains, ce qui le gênait pour écrire et perturbait encore plus sa capacité d'attention et de concentration. Un soir qu'il partageait ses soucis avec son frère, celui-ci ironisa:

— J'espère que, contre les fourmis, ils t'administrent un bon insecticide.

— T'es vraiment con!

— Oui, je n'en doute pas, mais avoir des fourmis c'est quand même mieux que d'avoir le cafard.

— Waf, waf, waf... s'esclaffa Ilya, c'est l'armée qui développe ton sens de l'humour?

— ... d'autant plus que les cafards ne se traitent pas nécessairement avec le même insecticide... reprit Raphaël sans modifier le rythme.

— Arrête, je meurs de rire, ironisa Ilya, qui n'en éclata pas moins de rire en entendant son frère persister dans son humour pesant.

— Remarque, on est peut-être en train d'inventer le nouveau traitement de la leucémie. Personne n'a encore essayé… Au fond on n'en
sait rien.

Il adorait les moments de délire avec son frère. Sa présence lui était
indispensable comme l'air qu'il respirait. Il pouvait tout lui exprimer,
se montrer tel qu'il était, dans sa souffrance, ses craintes sans fondement
et ses espoirs les plus fous. L'échange allait au-delà des mots. Il pouvait
entendre ce qui n'allait pas, il pouvait l'accompagner, l'encourager
sans prononcer un mot. Comment avait-il pu l'ignorer toutes ces années?

Même si son pronostic était bon et que les médecins s'accordaient
pour penser que la leucémie serait éradiquée, il pensait à la mort. Le
temps était compté. Il ne voulait plus de relations superficielles, des
visites pour la forme, il avait besoin d'affection, d'amour, de ce moment
magique où chacun se livre sans retenue, se montre tel qu'il est avec
le cœur, hors de tout calcul. Il avait pris conscience avec Raphaël qu'une
relation avec une personne était globale. Il y avait les mots, avec le
timbre si subtil de la voix, le rythme, les tonalités, mais aussi les atti-
tudes du corps dans toutes leurs expressions, le regard, le plissement
du front, le frémissement d'une narine, une torsion de la main… Il
pouvait la comprendre alors qu'elle n'avait pas toujours les mots
pour exprimer ce qu'elle ressentait.

Les relations étaient évidemment différentes avec chacun.

Son père était du type verbal cherchant mettre en mots, en phrases,
tous les éléments de sa vie, ses sentiments, ses relations, ses conceptions
philosophiques, les résultats d'une expérimentation … Il tournait des
phrases dans sa tête jusqu'à ce qu'elles soient compréhensibles par tous.
Il lui manifestait son amour, ne mentait pas, se montrait totalement
dévoué, mais gardait un territoire secret, une zone de non-dit, pro-
tégée par une barrière qu'il sentait infranchissable.

— Tu penses que je pourrais mourir de cette leucémie? lui avait-il
demandé un jour. Parfois je me dis que le mieux serait que je meure
d'une hémorragie cérébrale… ce serait préférable pour tout le monde.
Avec tout ce que j'ai déconné, on en aurait fini.

Il senti que son père avait encaissé les mots comme une salve de
Kalachnikov. L'idée de la mort de son fils devait l'anéantir.

— Tu en as marre de vivre? lui avait-il demandé d'un ton incertain.

— Non, j'aime vivre, mais je crois que je te donne beaucoup de soucis… que cela ne finira jamais

Il ne sut que répondre.

— Une leucémie se soigne, reprit-il, la voix plus douce, on en guérit. Quatre-vingts pour cent des malades vont guérir, oublier leur maladie, avoir des enfants, être confrontés à d'autres problèmes… Mais c'est vrai, il y a un risque. Est-ce que tu ne voulais pas rouler à moto?

Ilya hocha la tête, se demandant si son père savait au sujet de sa moto. Il pensa à Olivier qui risquait sa vie sur la sienne à chaque sortie.

— Pour la maladie, c'est exactement la même chose reprit-il, il y a un risque et il faut être au combat tous les jours, ne pas se laisser aller. Cela va fonctionner.

Son père le haranguait comme un général qui envoye ses troupes au combat. Ilya se rendait compte du côté factice, un peu outrancier de la situation, mais adorait se faire bousculer de la sorte, entendre des chiffres qui, d'une part, le rassuraient… Quatre-vingts pour cent de chances de guérir, ce n'était pas si mal…, mais ça l'inquiétait à la fois, car vingt pour cent de risques de mourir était loin d'être négligeable. De toute façon, pour lui ce sera cent pour cent… guéri ou mort, les statistiques étaient destinées à l'usage des médecins pour alimenter leurs spéculations.

Il classait sa mère parmi les non-verbales. Elle parlait, mais il fallait interpréter, chercher la véritable signification des mots. Il avait mis longtemps avant de comprendre qu'elle l'aimait, que derrière son obsession *Tu es le fils de ton père*, se cachait une relation difficile avec le partage de l'amour. Handicapée de l'affectif. Il devait l'accepter comme on accepte une handicapée physique avec respect et amour et ne plus chercher à la provoquer, comme ce fut le cas de l'enfance à l'adolescence. Maintenant que sa vie chancelait, il la regardait avec tendresse. Ils parlaient de choses apparemment superficielles, jamais de sa maladie ni du risque mortel qu'il encourait. En fait elle parlait surtout d'elle-même, de ses difficultés d'argent, des chiens qui devenaient vieux, des problèmes avec les voisins. Rien d'essentiel. Elle avait aussi un compagnon, Daniel, qu'il avait déjà rencontré précédemment, mais qu'elle ne prenait jamais avec elle. Rien dans leur attitude ne laissait soupçonner une liaison. Copain, copain, les gestes tendres ne s'échangeaient pas en public ou du moins pas devant les enfants. Il lui avait fallu attendre vingt-trois ans pour accéder, derrière les apparences, aux flots d'amour grondant dans les profondeurs, vingt-trois ans pour ne plus être stoppé par ses abords abrupts. Par quel miracle pouvait-il transformer— *Les chiens ont été insupportables dans la voiture* en un — *je m'inquiète fort pour toi et je tremble à l'idée de te perdre* ou un — *je n'ai pas assez d'argent* en un — *je donnerais tout ce que je possède pour que tu aies des chances de guérir*?

En quelques jours il était devenu une vieille âme, il était comme un père regardant avec tendresse et sollicitude sa petite fille. Elle n'était pas toujours raisonnable, elle avait parfois du mal à s'exprimer, mais tout viendrait en son temps.

Oma était également dans le non-dit. Elle parlait avec les yeux. Des flots d'amour, des vagues de tendresse, des promesses de présence éternelle. Pour le reste, des soupirs…

— Est-ce qu'on s'occupe bien de toi ? Manges-tu suffisamment? …

Ou, s'adressant à Opa qui se promenait en tous sens dans la salle des flows, juste pour éviter de s'écrouler d'émotion en le regardant:

— Max, assieds-toi sur une chaise, cesse de te promener autour de nous en gémissant.

Avec eux, l'amour débordait, ils auraient pris la maladie sur eux pour épargner ce calvaire à leur petit-fils.

Ilya se nourrissait de leur présence, pompait leur énergie et leur courage.

Avec les autres, qu'il s'agisse du personnel médical, des amis et même de la famille, les relations lui apparaissaient superficielles, souvent distantes et, loin de le soutenir, elles l'épuisaient. Pour beaucoup, on sentait que l'image de la mort, non seulement la sienne, mais aussi, et surtout la leur, surgissait et s'infiltrait, sournoisement, dans la relation.

Les amis étaient atteints par une phobie du contact. Ils semblaient avoir peur que la maladie d'Ilya et sa mort possible ne soient contagieuses. Ils ne s'attardaient pas et venaient en groupe, évitant de lui parler directement, ne le regardaient jamais dans les yeux, et ne s'adressaient à lui que pour lui rappeler le passé.

Les médecins eux-mêmes avaient, en général, peur de parler de ce qui n'allait pas et en particulier du risque de mort. Lorsqu'Ilya posait une question relative à son pronostic ou aux risques d'un effet secondaire, la réponse des médecins était parfois caricaturale. Ils jouaient à — *J'ai- beaucoup-de-travail*. Pressés, peu disponibles, ils parlaient avec un débit accéléré, s'attardant surtout sur des aspects techniques du problème et utilisaient des mots savants.

Une nuit où il devait attendre l'arrivée d'un donneur de plaquettes HLA compatibles, Ilya avait demandé à la femme médecin de garde ce qu'il risquait à attendre l'arrivée du donneur, alors que le taux de plaquettes était de 12 000/mm^3.

— Les plaquettes jouent un rôle primordial dans le processus de coagulation, reprit le jeune médecin. Elles permettent au sang de coaguler lorsque l'on se coupe. Elles suppriment un saignement lors de l'apparition d'une brèche dans un petit vaisseau. Les plaquettes servent également à éviter tout saignement à l'intérieur du corps.

— D'accord, je sais, l'interrompit Ilya, mais que risque-t-il de se passer pour moi cette nuit?

— Le mieux est d'attendre jusque demain matin.

— …

Elle avait déjà la clenche de la porte en main, les épaules orientées vers le couloir avant qu'elle n'ait terminé sa phrase.

Il eut droit aux visites de famille: cousins, cousines, les enfants sous le bras, guindés comme à une cérémonie funèbre. On venait voir le cousin Ilya malade. Il se sentait comme un singe en cage. Ils péroraient à bonne distance du flow. Pas question de prendre le moindre risque. En quelques secondes, ils rendaient son enfermement insupportable. Il aurait voulu de la tendresse, de l'attention, de la compassion. Ils vivaient la rencontre comme un risque. Ils voulaient partir au plus vite.

— Nous avons un rendez-vous avec le directeur de l'école… nous reviendrons… que tout se passe bien.

Et de rajouter:

— … tu vas guérir, ceux que j'aime ne peuvent être malades… tu vas guérir…

Une caricature. Il aurait voulu Raphaël près de lui pour purifier l'atmosphère.

Il y eut aussi Elise, la sœur de sa mère. Elle vivait aux USA et était de passage en Belgique. Elle parlait, engoncée dans sa raideur, ne s'interrompant pas de peur qu'il ne dise un mot. Elle décrivait sa maison à New-York, son parc, parlait de sa collection d'œuvres d'art, de sa copine chanteuse, des études d'architecture de sa fille. Ilya était essoufflé par son débit de parole. Toujours le même phénomène, pas la moindre compassion pour ce qu'il vivait.

Il ferma les yeux, respira deux ou trois fois en espérant qu'elle serait partie quand il les rouvrirait.

Il marchait sur un fil tendu au-dessus du néant. Il n'avait pas le choix, marcher était la condition de l'équilibre et de la survie du funambule.

— Quel culot, il roupille pendant que d'autres, au péril de leur vie, défendent la nation. Même pas capable de les accueillir, de leur faire une ovation.

Raphaël était arrivé. Sauvé par l'amour ! Il eut l'impression qu'on lui branchait une bonbonne d'air frais.

— Tu peux saluer le milicien Raphaël Sokol, premier du nom à porter l'uniforme et présentement... roulement de tambour... préposé à l'accueil des malades à l'hôpital militaire Reine Astrid depuis ce matin 9 heures... enfin, à vrai dire, préposé adjoint.

— Chouette, la décision a été prise rapidement.

— Oui, avec la lettre du chef de service d'hématologie, le transfert s'est fait en quarante-huit heures. Exit Soest. Je ne me suis jamais autant emmerdé.

— Au moins, ma maladie a été utile à quelqu'un, ironisa Ilya.

— Oui, chaque fois que je dis que mon frère est malade et que j'explique ce que tu as, j'ai l'impression que si j'ouvrais une souscription, nous récolterions beaucoup d'argent.

— Fais vite parce que je ne veux pas la faire trop longue et on partage... septante pour cent pour moi, trente pour toi.

— Tu es un truand. Tu es probablement plus doué pour rouler ton frère que pour faire des études de chimie.

Ilya lui jeta une revue qui vint s'écraser sur la paroi du flow avec un bruit mat.

Une voix sortit du deuxième flow:

— Calmez-vous, les frères Karamazov, ce n'est pas un tripot ici.

C'était la voix de Julien.

— Salut Julien, cria Ilya, c'est mon frère, le militaire, qui est revenu à Bruxelles.

— J'entends, tu sais que nous partageons tout. J'ai aussi entendu les visiteurs débiles, cet après-midi. Chaleur et amour. Bravo la famille.

— Tu n'as encore rien vu, ça c'était ceux qui parlaient... enfin, si on peut dire. Il y a encore tous ceux qui n'ont pas voulu venir, pas un mot, pas un coup de téléphone.

— Maman n'a pas voulu prévenir sa mère de ta maladie, de peur qu'elle n'en souffre, dit Raphaël.

— ... et c'est moi qui suis un salaud parce que je ne donne pas de mes nouvelles à ma grand-mère. Le monde à l'envers. C'est comme si j'étais un pestiféré.

— On l'est. Tu n'as jamais entendu parler de ceux qui sont morts — *d'une longue et pénible maladie* et dont on ne prononce jamais le nom? Le cancer est pire qu'une maladie vénérienne.

— Ouais! ... Mon père dirait que, quelque part, c'est une maladie vécue comme une punition divine... J'espère que nous passerons à travers et que pour nous la maladie sera brève.

Jour 20 postchimiothérapie. La moelle reprenait, mais les globules blancs restaient trop bas. Il n'y avait pas de quoi faire face à une infection. Pas de fièvre, pas de symptôme important, on était passé en mode routine. Le personnel infirmier s'occupait de l'indispensable, les médecins se faisaient rares, passaient en coup de vent, n'ayant pas le temps ou pas envie de parler de la suite des opérations. On attendait sa sortie. Son père passait trois fois par jour, détendu, insouciant, comme si cette histoire de leucémie était terminée. Le matin, il avait apporté le repas du midi cuisiné la veille. Du lapin à la moutarde, crème et pâtes.

Ilya évitait de parler maladie. Il se rendait compte que le sujet était vite épuisé, que tout le monde le considérait guéri.

— Tu te rends compte qu'au Lichtenstein les femmes obtiennent à l'arraché le droit de vote, par 2370 voix contre 2251? dit son père en feuilletant le journal. On croit rêver, en 1984! Presque la fin du vingtième siècle et il existe encore un pays où les femmes ne peuvent pas voter. Toujours considérées comme des moins que rien. C'est incroyable!

— J'imagine que c'est comme cela pour nonante pour cent de la planète, dit Ilya, ... Il n'y a rien de plus intéressant?

— Bof! Laurent Fignon va gagner le tour de France.

— Je m'en contrefous, répliqua Ilya en souriant, dis-moi comment avance ta thèse.

— Ça va, je devrais pouvoir présenter la défense privée à la rentrée. Il faut encore constituer le jury et leur faire parvenir le texte. Cela pourrait prendre jusqu'en novembre.

— Tu as le trac?

— Non, que veux-tu qu'il m'arrive? Pour l'instant, mon seul souci est que tu guérisses... le reste...

Il haussa les épaules.

Au jour 23 postchimiothérapie, les plaquettes étaient à 37000/mm^3 après transfusion, les globules blancs à 1600/mm^3 et toujours zéro polynucléaire. Il n'avait plus de température depuis quatre jours et on arrêta les antibiotiques. Au jour 26, les globules blancs étaient à 1800/mm^3, avec un pour cent de polynucléaires, les plaquettes à 109000/mm^3. La moelle se remettait à fonctionner.

Le lendemain matin, un infirmier entra dans le flow, arrêta la soufflerie et installa le matériel en vue de la ponction sternale.

— Tu peux quitter l'hôpital aujourd'hui, dit-il avec un large sourire, on attend le docteur Brandt pour ta ponction médullaire et ton père te ramène chez toi à midi. Tu devras porter un masque de protection faciale quelques jours, jusqu'à ce que les polynucléaires remontent à cinq cents.

— Pas de sortie non plus? demanda Ilya, d'un ton entendu.

— Non, pas de sortie non plus.

27

8-17 août 1984, Uccle

La fenêtre entrouverte laissait filtrer les bruits des voitures sur les pavés irréguliers. Un chien aboyait.

— Valérie… à table…

La voisine d'en face appelait sa fille.

Il venait de sauter en marche sur le train de la vie. Il était guéri. Fini! Terminé! Encore quelques cures de maintenance et il pourrait poursuivre sa route, reprendre les études, s'intéresser à ce qui se passait dans le monde des non-malades.

Il aurait aimé sortir, voir du monde. Queen se produisait à Forest National le 24 août, mais il serait de nouveau à l'hôpital. Au cinéma, on projetait *Conan le destructeur* avec Arnold Schwarzenegger, mais de toute façon il devait rester isolé, ne pas se frotter à la foule. Ses polynucléaires n'étaient pas en nombre suffisant, le risque d'infection restait important. Il pensait *ses* polynucléaires car il les considérait comme siens, alors que *la* leucémie était une étrangère, une importune. Pour l'instant, il devait rester à la maison et porter un masque de protection faciale.

Il s'inquiétait parfois que sa moelle ne se normalisât pas plus vite.

— Il faut prendre son temps, lui avait dit le docteur Brandt.

La fatigue l'écrasait toujours. Monter les quelques marches qui menaient au premier étage, et qu'il enjambait habituellement quatre à quatre, était un Himalaya. Il aurait voulu faire de la gymnastique, étudier. La simple formulation de cette pensée le clouait au sol.

— Normal, avait dit son père, il faut que ton corps récupère, répare les dégâts. Pour ce faire, il utilise une grande partie de l'énergie dont il dispose. Cela explique ta fatigue.

Raphaël était rentré de la caserne comme un employé après sa journée de travail, la mallette à la main, le calot sur l'épaule.

— Heureux de te voir à la maison, dit-il en voyant son frère sur le seuil de sa chambre. Cela faisait longtemps que nous n'avions plus dormi sous le même toit.

— Je reste si tu ne ronfles pas, ironisa Ilya.

— Je ne ronfle pas souvent, mais je dois te prévenir que Lydia vient dormir ici ce soir.

— Pas possible, c'est le boxon, je ne reconnais plus la maison… et Papa est d'accord?

— Ben oui, que veux-tu qu'il dise, je serais autorisé à risquer ma peau pour défendre la patrie et je ne pourrais pas ramener ma copine à la maison? dit-il en prenant un air faussement offusqué.

Ilya resta sans voix. Son petit frère avait bien grandi.

Ilya s'était enfermé dans sa chambre, submergé par la nostalgie. Loin d'essayer d'en sortir, il s'enfonça, presque avec délectation, dans sa grisaille. Pauvre Caliméro qui a besoin d'être consolé. Il fit tourner *Solitude* de Billie Holiday, sur la platine du tourne-disque.

In my solitude… I sit in my chair and filled with despair – There's no one could be so sad… With gloom everywhere – I sit and I stare – I know that I'll soon go mad.

Il descendit d'un cran supplémentaire dans le noir. Sur une étagère, il prit *Les fourmis* de Boris Vian dans une édition d'Éric Losfeld datant de 1966. Le papier rugueux irritait la peau fragilisée de ses doigts. Il feuilleta la tranche du livre, accrochant les barbes des feuillets découpés au couteau. Il s'arrêta au hasard: […] *Alors il prit un grand couteau et se coupa la tête. Il la mit dans l'eau bouillante avec un peu de cristaux pour la nettoyer et ne pas fausser la pesée. Et puis il mourut avant d'avoir terminé, car ceci se passait en 1945, et la médecine n'était pas encore perfectionnée comme maintenant* […]. Brrr! De quoi sombrer dans une dépression profonde.

La porte d'entrée claqua. La voix d'Emma résonna dans la maison:
— C'est moi!

Il soupira. Il n'était plus chez lui, l'odeur, les bruits, l'aspect même de sa chambre avaient été disloqués après que son père l'eut vidée au début de l'année. Tout lui était étranger. Il entendit les pas d'Emma dans l'escalier. Ils résonnaient, légers, dans une maison qui n'avait connu que des hommes. Sans frapper, elle passa la tête dans l'entre-bâillement de la porte,

— Bonjour Ilya, heureuse que tu sois rentré, tu n'as besoin de rien?

— Non merci, tout va bien, répondit-il déjà excédé.

Il ne la supportait pas. Il trouvait sa gentillesse feinte. Elle n'était pas authentique... d'ailleurs c'était le prénom d'une héroïne du livre des *Fourmis* de Vian, elle descendait d'une autre planète.

— ... et puis merde, murmura-t-il lorsqu'elle eut refermé la porte, irrité par l'emprise qu'elle avait sur son monde.

Il avait l'impression que tout se passait mieux à l'hôpital. Chacun y était plus attentif, on lui parlait, on s'intéressait à sa personne. Ici il était *mister Nobody*. Comme s'il était guéri. La vie comme si de rien n'était. Ne sentaient-ils pas sa souffrance? Enfin... il ne souffrait pas tellement, mais la fatigue était terrible... et puis il avait peur... Tout le monde s'en foutait... Incroyable.... Au quotidien, il ne pouvait pas être malade. Il devait se comporter comme s'il était bien-portant. La vie ne se passait qu'entre gens bien-portants. — *Si tu es malade, reste à l'hôpital et si tu veux revenir dans le monde de ceux qui sont en bonne santé...fais semblant...joue la comédie...tu auras alors droit, de temps en temps, à quelques instants où tu pourras te plaindre...tu auras même le droit de gémir,* se disait-il.

Il sourit à cette image et pensa à Oma qui avait une phrase en yiddish qu'elle lui disait lorsqu'il se lamentait — *krechts nicht, kindele, freg*[17].

Ils étaient tous touchés par sa maladie, mais y penser tout le temps, la vivre en permanence n'était probablement pas possible. L'énergie psychique que cela requérait les épuiserait. La vie était un théâtre où chacun jouait son rôle comme il pouvait: Raphaël riait, son père prenait un air professoral, Emma organisait, légiférait, Oma cuisinait. Les figurants, comme Lydia, restaient neutres, absents, parfois mal à l'aise, n'osant pas parler, engoncés dans leur retenue. Comme acteur principal, Ilya, devait imposer le climat général de la comédie. Il devait

---

17. Ne gémis pas, mon petit garçon, demande.

accepter les bien-portants tels qu'ils étaient et même les aider à le soutenir lui, le malade. Il ne devait pas trop les attirer dans les marécages de ses élucubrations s'il voulait qu'ils gardent suffisamment de force pour le porter dans les moments difficiles. Ne pas être trop lourd ! Face au monde des bien-portants, il devait, faire oublier sa maladie, garder l'essentiel pour lui et ne partager ses peines qu'en cas d'absolue nécessité.

L'arrivée imminente de Franzisca le troublait. Il avait maintenant lu toutes ses lettres, aucune ne mentionnait sa maladie. Elles étaient pleines de mots d'amour, mais il avait le sentiment qu'ils ne lui étaient pas adressés. Peut-être à un autre que lui ou plutôt à un *lui* fictif, totalement imaginé par Franzisca, qu'elle taillait sur mesure par rapport à ses besoins de mariage, de sécurité et de stabilité… Il en était malade, à la fois plein d'espoir – peut-être s'était-il trompé – mais sachant déjà qu'il n'était pas l'homme qu'elle imaginait.

Il s'était installé sur la pelouse, essayant de capter un peu de soleil. Un paravent en toile vieux rose l'isolait du passage répété des Mabrouk. Les enfants passaient et repassaient sur leur tricycle, claquant la porte à chaque passage. Raphaël et Lydia se montrèrent à la terrasse du premier étage attenante à leur chambre.

— Ça va ? s'inquiéta Raphaël, attiré par le bruit provoqué par les passages plus fréquents.

— Oui c'est parfait, répondit Ilya ironique, je mets le nez à l'extérieur et l'ogresse avec son nain de jardin demande à ses enfants d'augmenter la fréquence de leurs passages et de claquer la porte.

Le laitier arriva à son tour, hésitant, tout en s'excusant, suivi de peu par le facteur et la voisine du 93 qui criait urbi et orbi — *Ici c'est la rue !*

— On peut essayer de leur jeter de l'huile bouillante sur la tête, dit Raphaël en rigolant... ou de l'urine.

— Bonne idée, sur les petites, elles vont puer, surenchérit stupidement Ilya.

— Si vous jetez quoi que ce soit, j'appelle la police, hurla Mabrouk en ouvrant la porte branlante qui séparait les deux maisons, ceci est une servitude légale.

Ilya et Raphaël continuaient à discuter comme s'ils étaient seuls.

— Grosse comme elle est, je me demande, comment elle a fait pour avoir des enfants, reprit Raphaël.

— Je parie pour une insémination artificielle, répondit Ilya.

— Ou alors elle a tapé dessus, lui a bandé les yeux et elle l'a violé…

Derrière la haie, la mère Mabrouk camouflée sous une djellaba beuglait :

— C'est finiiiiii, c'est une agression, je vais appeler la poliiiiice…

— L'hyène ricane, la caravane passe, asséna Ilya.

— Arrêteeeeeeeeeeeeeeeeez!

Les filles s'étaient arrêtées dans le passage, se demandant si elles devaient entrer ou sortir. Revenant en sens inverse, le laitier, les poussa devant lui.

— Venez les enfants, allez jouer dans la rue.

Ilya soupira. Un peu d'agressivité faisait du bien. Il aurait même pu se bagarrer, avec un taux de plaquettes normalisées, il ne risquait pas une hémorragie.

Des nuages d'orage obscurcirent le ciel et une fine pluie chaude vint interrompre l'algarade. Il rentra dans la pièce de séjour en s'ébrouant après avoir enroulé le paravent autour de son axe.

Le téléphone sonna.

— Allo!

— Ilya?

— Oui! Son cœur battit.

— C'est Franzisca, je suis arrivée à Bruxelles hier.

— …

— Tu vas bien?

— Oui.

Il était sans voix, son cœur battait fort. Il savait qu'elle devait arriver, mais il était ému.

— Je peux venir… maintenant? demanda-t-elle.

— Mais oui.

Il était ému comme pour une première rencontre. Waw! Franzisca était de retour! Il dansait d'un pied sur l'autre. Il remit son pantalon de cuir, enfila une chemise blanche, ses santiags. Il voulait se montrer sous son plus beau jour, ne pas faire pitié. Devait-il enlever son masque de protection faciale? Ce n'était pas grave. C'était de la foule dont il devait se méfier… enfin… ce n'était pas la foule qui était infectante, c'était les individus qui la composaient… zut! Il enlèverait son masque. Il ne voulait pas lui faire peur. Sourire? Ne pas avoir l'air triste! … Il regardait sa montre.

On sonna. C'était elle?

Il lut la surprise dans ses yeux. Il avait peu changé, à peine maigri, mais elle avait perçu le corps malade. Elle esquissa un léger retrait, mais se reprit rapidement. Tout était dit. Pas d'élan l'un vers l'autre, pas d'embrassade, juste un baiser qui survola sa joue. La Franzisca de ses rêves s'était envolée, pomponnée, bichonnée, habillée d'un deux pièces en cachemire, une veste de cuir rouge, des chaussures décou-pées à talons hauts, les yeux maquillés, la bouche pulpeuse soulignée par un rouge à lèvres vif qui mettait en valeur sa peau mate. Il ne la reconnaissait pas. Où était sa Franzisca sauvage, les cheveux ébourif-fés, les yeux sans fard?

— Viens, entre! dit-il, le souffle court, intimidé.

Elle lui tendit un paquet.

— Ce sont des basboussa à l'orange, dit-elle.

Et voyant son regard interrogatif, elle ajouta:

— C'est une spécialité iranienne, un gâteau de semoule imbibé d'un sirop à base de jus d'orange… Elle vient d'une des meilleures pâtisse-ries de Téhéran.

Ilya sentait qu'elle était embarrassée et parlait pour se donner une contenance.

— Ce sont les gardiens de la révolution islamique qui tiennent la boutique? demanda-t-il en guise de plaisanterie.

Elle sursauta comme si ces gardes étaient aussi cachés derrière la porte.

— Ne t'inquiète pas, il n'y a personne ici, dit-il en riant, vivre dans un pays totalitaire crée des réflexes. Ne t'en fais pas, il n'y a que moi et personne ne rentre avant sept heures. Je vois à ton regard que tu es sur-prise de me voir. Je n'ai pas pu t'écrire, je n'en avais pas la force, mais j'imagine que ton frère ou ta sœur t'ont mise au courant de ma maladie?

Elle hocha affirmativement la tête.

— Ils m'ont parlé d'une maladie du sang, d'infection, je pense qu'ils ne comprennent pas ce que tu as... et moi non plus.

Elle n'avait pas cru en la gravité de la maladie. Comment lui en vouloir? Pour elle la vie recommençait, elle venait rechercher son compagnon pour bâtir avec lui un avenir qu'elle imaginait confortable, luxueux, une vie de relations mondaines à l'image de celle de ses parents où l'argent ne pose pas de problème. Il était là, le cœur battant, le crâne dénudé, loin de la proximité qu'ils partageaient avant son départ pour l'Iran au mois de janvier.

Ils s'étaient assis dans la pièce de séjour à un mètre l'un de l'autre, elle sur le sofa, lui dans un fauteuil. Il lui raconta tout ce qu'il avait enduré, ce qui l'attendait encore dans les prochains jours, les prochains mois, la chimiothérapie, les effets secondaires à court et long terme, le risque de ne pas pouvoir avoir d'enfant, ses chances de guérison et aussi la possibilité qu'il ne guérisse pas.

C'était trop. Il vit dans ses yeux son envie de fuir, d'être loin de cette réalité insupportable qui ne la concernait pas. Elle lui avait écrit qu'à vingt-quatre ans, elle se sentait déjà vieille pour trouver un mari, un père pour ses enfants. Elle avait décidé de changer de style de vie, finir ses études, travailler, se marier. Ilya ne pouvait plus faire partie de ses projets. Elle était sous le choc. Il voyait qu'elle n'envisageait pas, un instant, de l'accepter comme il était, de postposer ses attentes, de l'accompagner sur le chemin de la maladie. Ses espoirs s'écroulaient. Ses yeux affolés le fixaient sans tendresse, sans compassion, comme un objet sans intérêt.

Elle voulait réfléchir. Son psychiatre lui avait recommandé de se ménager, d'éviter les tensions, les émotions fortes.

— Je dois me protéger, dit-elle, tu comprends? Il vaut mieux que nous ne nous voyions pas pendant un certain temps. Je dois voir plus clair en moi.

Elle ne serait même pas une amie sur le chemin qui lui restait à parcourir. Il se voûta un peu sous l'impact des mots.

Il la raccompagna à la porte sans un mot. Elle s'éloigna d'un pas rapide, incertaine sur ses hauts talons qui se coinçaient entre les pavés. Il fulminait. Il ne savait plus qui avait dit — *Il n'y a pas d'amour, il n'y a que des preuves d'amour.*

Le résultat de la prise de sang ne montrait aucun signe de leucémie, mais l'anémie persistante expliquait certainement la fatigue. L'optimisme était néanmoins de rigueur.

— Voilà de bons résultats, dit son père, ta moelle va récupérer. Tu peux enlever ton masque de protection faciale, mais il faudra encore patienter avant de pouvoir affronter la foule. Désolé, pas de ciné ce soir.

— Pas de problème, répondit Ilya avec un air contredisant ses paroles, je n'ai pas envie de sortir, les amis viennent me voir et cela me suffit.

Son père le regarda attentivement et perçut son regard chiffonné.

— Tu as revu Franzisca? ... Cela ne s'est pas bien passé?

Ilya hésita à lui répondre.

— Elle m'a laissé tomber.

Prononcer ces mots le confrontait à une réalité qu'il avait toujours du mal à braver: la solitude. Toute maladie, et particulièrement le cancer, était un mauvais présage, une peste que tout le monde évitait instinctivement.

— Ce n'est pas grave, on est toujours seul, enchaîna-t-il.

Son père le regarda sans comprendre.

— Nous sommes près de toi....

Dévasté par son sentiment de déception amoureuse Ilya avait oublié les liens familiaux, l'affection de son père, la proximité, les échanges, l'attention de Raphaël, l'amour tordu de sa mère qui rejetait et mordait pour dire je t'aime. Il croyait qu'il devait se mettre à distance pour exister, ou peut-être simplement survivre.

— Je sais, Papa, je sens que vous êtes près de moi... mais...

Il s'interrompit, il était déçu par son amour perdu.

Son père voulut changer de sujet:

— On repasse *Taxi Driver* ce soir sur la RTBF[18], avec Robert De Niro. On pourrait le regarder ensemble. Raph sera là. Je nous prépare un poulet salade, il reste du gâteau au fromage. Nous sommes à trois. Emma est chez sa mère. Je crois que Lydia ne vient pas. Qu'en penses-tu?

---

18. Radio et Télévision Belge Francophone.

Comment refuser? … Franzisca repassait en boucle dans sa tête, comme un tourne-disque bloqué sur le même sillon. Il revoyait la scène où il attendait qu'elle dise un mot, fasse un geste, montre un signe de compassion. Rien n'était venu. Il ne devait plus y penser.

— OK, répondit-il sans enthousiasme, mais j'aurais préféré un Louis de Funès, un truc vraiment drôle.

— D'accord, mais la RTBF diffuse De Niro, je n'ai rien d'autre à t'offrir.

— Tu pourrais t'installer un lecteur de cassette, comme cela plus de problème, on pourrait louer ce qu'on veut.

— Tu n'aimes pas *Taxi Driver*?

— J'adore, c'est un grand film, mais c'est un drame de chez drame, et j'ai envie de me changer les idées.

— Que veux-tu que je fasse? Je peux essayer de te chatouiller sous les bras pour te faire rire…

— Très drôle… allez, va pour *Taxi Driver*!

Raphaël rentra, épuisé. On sentait qu'il avait besoin de raconter sa journée.

— Ils ont amené deux brûlés. Putain! Ils étaient cramés, tout roussis. Je me demandais s'ils vivaient encore. On allait les amener en salle d'opération pour les poncer. On les passe au papier de verre pour enlever tous les tissus morts. C'est la seule chance qu'ils ont de guérir. Un infirmier m'a dit qu'ils étaient foutus. Putain! … Ça, c'est être malade.

— Tu veux dire que, moi, je ne le suis pas vraiment malade? demanda Ilya qui prit la réflexion pour lui.

— Non… oui… toi tu vas guérir… eux vont mourir… ils le savent.

— Comment peuvent-ils savoir? répliqua Ilya.

— Je ne sais pas, ce sont des pompiers, ils doivent savoir.

— C'est bon Raph, intervint leur père, ce sont les chirurgiens qui pourront dire s'ils s'en tireront ou non, … on peut passer à autre chose, … cela te va si on regarde *Taxi Driver* en mangeant un poulet salade?

— J'adore.

— Quoi, le film ou le poulet?

— Les deux, je monte me changer.

Taxi Driver défilait sur l'écran. Son père faisait le service et Raphaël dévorait comme s'il sortait d'une semaine de jeûne. Ilya était heureux qu'il soit là. Il enviait son appétit et son énergie débordante. Il était devenu costaud. Des bras comme des cuisses.

Il était à ce point obsédé par l'image de Franzisca, qu'il en avait oublié celle de la leucémie. — *Un mal en chasse un autre*. Il se concentra finalement sur le film qui l'accrocha plus qu'il ne l'aurait cru. L'image de Franzisca s'estompa.

Ilya perçut tout de suite une analogie entre la ville et le cancer, entre De Niro et lui-même. Robert De Niro était confronté à New-York, violente, sale, répugnante, corrompue, déshumanisée tout comme lui était confronté au cancer, envahissant, destructeur, insensible, déshumanisant. De Niro endurcissait son corps pour le combat, tout comme lui s'efforçait chaque jour d'aguerrir le sien. Il s'était rasé le crâne, le sien était lisse comme un miroir, De Niro était déterminé à lutter jusqu'à la mort, lui avait cette même détermination pour défendre sa vie.

Il resta quelques secondes, figé à regarder défiler le générique de fin de film. La musique de Léonard Hermann résonnait dans la pièce. Un saxo tout en douceur le ramenait sur terre. Il se sentait porté.

— C'est un film qui te grandit dit-il finalement.

Raphaël et son père le regardèrent d'un air interrogateur

— Oui... c'est comme s'il entrait en moi, m'aidait à grandir, à mieux me comprendre... me donnait envie de faire des choses importantes.

— OK les enfants, au lit, dit-il d'une voix autoritaire comme s'ils étaient effectivement encore des enfants, demain je dois aller travailler, on s'offre un dernier morceau de gâteau au fromage d'Oma?

Ils se servirent chacun une imposante portion et allèrent dormir.

La cure de consolidation était prévue pour le vendredi, pour autant que sa moelle soit normale. Il était inquiet de la lenteur avec laquelle l'examen hématologique recouvrait et de la fatigue parfois accablante qui ne lui permettait guère de se détendre. La maladie pesait sur ses épaules, permanente, et hormis la douleur que réveillait le souvenir de Franzisca, rien n'arrivait à l'en détacher totalement.

28

17-24 août 1984, Bruxelles, l'hôpital

La porte de Hal grouillait de monde en raison de la foire du Midi qui se tenait sur le boulevard et s'étendait jusqu'à la gare. Les attractions tournaient, encore presque à vide, la musique des orgues mécaniques du carrousel de chevaux tentait de couvrir la voix tonitruante des bateleurs qui essayaient d'attirer le chaland et la musique techno du train chenille. Lorsqu'ils étaient enfants, la foire du Midi était la sortie annuelle la plus attendue. Sa mère adorait tirer les pipes d'argile à la carabine à plomb. Il rêvait d'être grand et de pouvoir tirer aussi bien qu'elle. Ils ne rataient jamais le *Live Horror Show*. À peine montés dans le train, les harnais fixés, ils se blottissaient de part et d'autre de leur père et fermaient les yeux. Sentir, ne rien voir. Il se souvenait des hurlements, des brusques changements de direction du chariot, du frôlement des fantômes. Il fermait les yeux, pris entre l'envie que cela ne cesse jamais et le désir de descendre immédiatement.

La voiture avançait lentement dans la circulation. Ils avaient tout le temps d'observer la foule devant les stands. Son père lui toucha la cuisse. Ils se regardèrent.

— Il n'y a pas si longtemps, dit son père.

— Oui.

— Il faudra attendre pour retourner à la foire.

Quelques virages autour de la porte de Hal et ils se retrouvèrent à l'entrée de l'Institut.

— Vas-y, je te rejoins de suite, dit son père, ils t'attendent, tout est prévu. Ne t'en fais pas.

Et il ne s'en faisait pas, son état physique était bon, la prise de sang et la ponction sternale étaient normales. Il était guéri, ou du moins sur la voie de la guérison puisqu'il fallait encore administrer la cure de consolidation et les cures de maintenance. Il marchait lentement dans les couloirs et rejoignit les cages d'ascenseurs. On était en début d'après-midi et l'hôpital bruissait d'activité. Les chariots des cuisines sortaient des ascenseurs, poussés par des employés costauds, souriants, habillés d'une tenue bleue et s'excusant de devoir utiliser les ascenseurs pour patients. Des jeunes médecins stagiaires, reconnaissables à leur air enfantin, stéthoscope autour du cou, riaient en groupe, se promenaient comme en territoire conquis. Il avait le sentiment curieux d'être chez lui. Qu'ici rien ne lui arriverait, qu'il pouvait parler de sa maladie tant qu'il voulait.

Zut! Il avait dit *sa* maladie au lieu de *la* maladie. Plus le temps passait, plus il avait tendance à la nommer *sa* maladie. Il devait être attentif, refuser son emprise. Son seul souci restait la fatigue. Il s'y était habitué. Il bougeait moins, marchait plus lentement.

Il hésita devant les ascenseurs mais renonça à monter les sept étages par la rampe qui desservait tous les étages, du rez-de-chaussée au huitième étage.

L'accueil du personnel infirmier fut chaleureux. Même s'il avait créé des liens privilégiés avec beaucoup d'entre eux, il était évident que la gentillesse que beaucoup lui manifestaient venait des relations de collaboration qu'ils avaient établies avec son père. Ce réseau de sympathie et d'attention lui donnait l'impression d'être l'enfant unique, le prince des lieux et la certitude que tout serait fait pour aboutir à sa guérison.

— Quelle chambre veux-tu? demanda Edgard, un infirmier blond, le regard vif, qui devait avoir son âge. Celle avec vue sur l'espace intérieur ou celle avec vue sur l'hôpital Saint-Pierre?

— Je ne vais pas dans un flow?

— Non, il est prévu que tu reçoives la chimiothérapie à l'hôpital et qu'ensuite tu rentres chez toi... Tu regrettes le flow?

— Pas vraiment, mais j'adore la vue sur la ville et la campagne au loin et, avec la foire, la grande roue doit être visible au-dessus des arbres… Mais… va pour la chambre avec vue sur l'espace intérieur. Je pourrai avoir un œil sur le bureau de mon père.

— Tu sais où il est situé?

— Oui, tout à fait à droite, au troisième étage, contre le bâtiment des laboratoires.

— Tu as besoin de le savoir là?

— Non… je sais qu'il est là.

Le docteur Brandt ausculta les poumons, le cœur, vérifia le rythme cardiaque et la tension artérielle, palpa le ventre, explora la cavité buccale, le fond de la gorge, palpa le cou, les creux axillaires et inguinaux à la recherche de ganglions, fit des prélèvements dans tous les interstices.

— Je suis optimiste, dit-elle finalement, ton état général est incroyablement bon avec tout ce que tu as déjà enduré. Je suis impressionnée par ta forme physique. C'est un très bon signe. Tu fais de la gym?

— Oui, quand je peux et pas autant que je le souhaiterais, la fatigue me limite… Soulever des poids est une chose, courir ou simplement accélérer quand je monte l'escalier reste impossible. J'imagine que tout reviendra dans l'ordre à la fin du traitement.

— Oui, mais tu auras encore besoin d'un peu de patience. Nous ne te garderons pas ici après la chimiothérapie, nous avons pensé qu'il serait plus confortable que tu sois à la maison. Ton père et Emma peuvent te surveiller et nous te verrons à la consultation tous les deux jours et programmerons éventuellement les transfusions.

— Il n'y a aucun risque à être hors de l'hôpital? demanda-t-il d'une petite voix… parce que sinon, je n'ai aucun problème à rester ici, je me suis bien habitué au flow et je m'y sens en sécurité.

Le docteur Brandt éclata de rire.

— C'est incroyable, la plupart des personnes souhaitent rentrer chez elles et toi tu me demandes de rester à l'hôpital.

— Ben oui, si c'est mieux.

— Non, je pense que c'est chez toi que tu seras mieux pour surmonter l'épisode pendant lequel ta moelle ne fonctionnera pas. Le risque d'infection sera moindre. Tu es bien entouré. C'est mieux qu'être pris en charge par un stagiaire qui fait sa première garde.

Il se remémora les multiples piqûres d'aiguille pour essayer d'obtenir du sang en vue d'une hémoculture.

— C'est vrai, répondit-il avec une certaine réticence.

L'ara-C fut administrée à dose progressive, suivie par la daunomycine et l'oncovin. Tout se passa sans problème hormis un prurit insupportable au niveau des bras et du cou.

Ce séjour fut marqué du sceau de l'optimisme. Il était guéri. Le message passait à tous les niveaux du personnel, des amis et des visiteurs. Sans un mot, tout le monde avait capté que le pronostic était devenu bon. Magie des non-dits, des regards, du pétillement des yeux, de la gestuelle des corps. La barrière d'incommunicabilité que dressaient la maladie et le spectre de la mort s'était levée et les relations s'étaient réenclenchées là où elles étaient restées suspendues. On parlait sans retenue de l'avenir, de la vie, les bien-portants osaient parler de leurs projets. L'ombre de la mort s'était retirée. La vie reprenait ses droits. Une énergie toute nouvelle circulait.

Son père passait matin, midi et soir et il lui arrivait de lui téléphoner entre deux patients ou deux examens endoscopiques. Malgré cette disponibilité, Ilya le trouvait souvent distant. Il se comportait comme un employé d'hôtel chic: poli, aimable, attentionné, il faisait tout pour satisfaire le client, mais gardait ses distances et ne se livrait pas totalement.

Sa mère était venue lui apporter un ragoût d'épaule d'agneau aux scaroles, ail et pommes de terre. L'odeur d'ail envahissait la chambre quand il soulevait le couvercle de la casserole de fonte.

— Vraiment une chouette idée, dit-il le nez au-dessus de la casserole. Tu n'as pas lésiné sur l'ail. Les flics ne t'ont pas arrêtée sur la route pour attaque aux gaz toxiques? Il y a des lois, tu sais…

Sa mère riait aux éclats.

— Comme on m'a dit que l'ail est bon pour le cœur et prévient le cancer, j'en ai mis une bonne dose. L'odeur vient en prime, elle est incontournable.

— On aurait pu t'interdire l'entrée de l'hôpital.

Elle riait de plus belle et il la regarda avec tendresse. Elle avait manifestement bu. L'odeur d'ail n'arrivait pas à masquer celle de l'alcool. Depuis qu'elle savait son fils malade, elle se laissait aller, pas maquillée, les doigts sales, brunis par la nicotine. Un arrache-cœur! Mais que pouvait-il faire? Il fut envahi par une bouffée de culpabilité au souvenir des années où leurs seules relations se passaient dans la violence.

— Tu ne dois pas t'en faire, Maman, dit-il d'une voix étreinte par l'émotion, je vais guérir… c'est certain.

— Oui je sais, répondit-elle en reniflant, je suis perdue mais je suis heureuse d'apprendre que tu vas mieux. Que dit ton papa?

— Je vais l'appeler, comme cela vous pourrez en discuter.

— Non, non, dit-elle en se levant brusquement, je ne peux pas le rencontrer, je ne suis pas prête… voilà je m'en vais… je suis contente de t'avoir vu.

— Mais Maman, cela fait près de dix ans que vous êtes séparés…

— Je sais mais je ne supporterais pas de le voir en face de moi. Je t'embrasse… je te téléphonerai.

— Tu n'attends pas Raphaël?

— Non, j'ai besoin de me retrouver seule.

— Tu ne veux vraiment pas rester? J'ai prévenu Papa que tu serais là, il ne viendra certainement pas à l'improviste. Reste encore un peu.

— Non, je dois partir, je sais que je suis une vieille bête, mais c'est comme cela… et puis il y a les chiens… il faut que je rentre… au revoir mon grand.

— Au revoir Maman, prends soin de toi.

Il l'avait détestée pendant des années pour son — *tu es le fils de ton père…*

Il était loin de sa rancœur passée.

Maintenant c'est lui qui risquait de mourir.

Il faisait nuit. Il rêvait. Un bruit sourd. On le secouait, ses jambes étaient surélevées.

— Ilya, réveille-toi, tout va bien… C'est bien, la tension est revenue à 10/7, j'ai l'impression qu'il nous entend… Ilya… Ilya…

Il ouvrit les yeux et demanda d'une voix hésitante:

— Que s'est-il passé? … je parlais à ma mère…

— Tu as fait un choc septique, répondit la doctoresse de garde, une poussée de température, des frissons et ta tension a chuté. J'ai fait appeler ton père.

— Où est ma mère?

— Je ne l'ai pas vue, elle était déjà partie quand je suis arrivée.

Son père passa la porte.

Il pleura.

Il voulait vivre en paix avec lui-même et ses proches. Sa mère avait renoué le lien, réparé la blessure. Il n'avait pas compris ce qui s'était passé quand il lui avait demandé de l'aide. Il ne se souvenait plus pourquoi il s'était adressé à elle et pas à son père. Peut-être s'attendait-il à ce qu'elle le rejette et que, alors, il aurait pu se laisser aller dans la drogue et en mourir? Elle l'avait surpris. Elle s'était révélée aimante, sans questions, sans reproches. Il ne l'avait pas reconnue, au point qu'il se demandait s'il n'avait pas fabulé leur ancienne relation, le — *tu es le fils de ton père*…, comme s'il avait fait une montagne de quelques mots assemblés. Finalement cette montagne n'avait-elle pas accouché d'une leucémie? Non, cela ne pouvait pas être aussi simple, aussi direct! Cela n'avait pas de sens. Personne n'y croirait. Mais des tréfonds de son être bouillonnait encore une violence qui lui faisait ressentir la justesse de ses pensées.

Jour 4 postchimiothérapie, la fièvre avait disparu, balayée par deux grammes de ceftazidime. Son examen hématologique restait stable. Les toxicités hématologiques les plus sévères surviendraient quelques jours plus tard. Il serait sorti avant que cela ne survienne.

Il se sentait de passage. Les amis circulaient détendus. Il n'y avait plus le côté dramatique du premier séjour, la tension de l'inconnu. Tout allait bien se passer.

Camille, la sœur de Léonard, passa une tête par la porte entrouverte.

— Alors on s'installe définitivement à l'hôpital?

Il fut surpris. Il la croyait en Afrique. Un large sourire entre des pommettes rebondies, les yeux plissés, les cheveux crépus en masse compacte autour de la tête. Le bronzage sur sa peau de quarteronne lui donnait des allures de fruit mûr qu'on avait envie de mordre. Ilya fut envahi par une vague de joie. Sa copine Camille était de retour. Il l'adorait. Elle était toujours souriante, généreuse, les pieds collés au sol. Elle n'avait jamais touché aux stupéfiants. Peut-être un joint, juste pour essayer.

— Je peux te toucher? demanda-t-elle en s'approchant et identifiant d'un coup d'œil tous les obstacles possibles.

— Tu tombes bien, c'est justement les trois jours de distribution gratuite des bisous. Les premiers depuis début juillet. Profites-en.

Elle se serra contre lui et fit claquer deux grosses bises sur ses joues. Ilya s'en trouva réconforté.

— Alors comment était le Zaïre? demanda-t-il en la faisant asseoir sur le bord de son lit.

Sa présence le revigorait, générait une énergie qui effaçait presque le fond de fatigue qu'il traînait depuis des semaines.

— Je suis content de te voir, dit-il simplement.

— Je viens quand tu veux, répliqua-t-elle avec un immense sourire en lui pressant la main.

— Raconte le Zaïre… cela devait être une expérience particulière… ta part africaine a dû vibrer?

— Je ne sais pas trop, ils ont toute ma sympathie et ce qui m'a fait vibrer, c'est leur situation misérable, le pillage dont ils sont les victimes, les femmes violées, les enfants dans les rues, la violence. C'est la loi du plus fort, aucune démocratie.

— Pas envie de t'y installer?

— Impossible. D'abord comme quarteronne, métisse, tu es moins que rien, tu es dénigrée, remise en question en permanence. Même si tu vis dans les beaux quartiers, je crois qu'au bout de quelques mois tu ne sais plus qui tu es. La couleur de la peau est un facteur discriminant dans toutes les nuances du noir. Pour eux je suis non seulement une blanche, mais aussi, nécessairement, une salope… tu vois… la pire des salopes, dont la mère et la grand-mère ont couché avec des blancs et qui couche elle-même avec des blancs. Brrr… j'en ai froid dans le dos.

— Il n'y a pas un coin où elles pourraient être acceptées?

— Comme femmes jamais, comme épouses, femelles, peut-être, mais tu imagines bien que cela ne me tente pas du tout et à supposer que je puisse vivre là, que je sois respectée comme quarteronne et comme femme, une vraie fiction, il faut accepter le régime, il faut accepter que quelques types empochent toutes les ressources du pays et laissent la grande majorité de la population crever de faim, sans éducation, sans soins. Pour moi c'est impossible.

— Bof… un coup dans l'eau, dit Ilya en haussant les épaules, un voyage à classer au chapitre des mauvaises expériences?

— Non, un voyage nécessaire aux sources… et puis, malgré tout, une très bonne nouvelle…

— …?

— Je sais rouler à moto… pas mal la *mei*[19], dit-elle en donnant une bourrade sur l'épaule d'Ilya.

— Je vois en tout cas que tu es remise de ton voyage.

— … Et contente d'être revenue dans un pays civilisé. Ce n'est pas demain la veille que j'y retournerai, une fois suffit. Ma vie est ici. Raconte-moi comment les choses se passent pour toi?

— … Une leucémie qui m'est tombée dessus comme un camion. Des chimiothérapies… ceci est la troisième, en principe encore une ou deux et puis je peux revenir dans la vie. En principe je suis guéri.

— Tu as souffert?

Il la regarda avec curiosité. Elle était la première à lui poser la question aussi directement. Il devait quitter son déguisement social et revenir vers ses émotions, retrouver les côtés sombres de la maladie. Il ne pensait pas donner beaucoup de détails.

— Souffert? murmura-t-il.

Le mot le fit chavirer comme s'il basculait en haute mer de sa frêle embarcation de conscience et sombrait corps et esprit dans ses mers intérieures. Il aurait voulu partager, mais il savait que c'était trop lourd pour Camille.

— Oui c'était du lourd, souffla-t-il, je te raconterai peut-être un jour.

— D'accord, dit-elle, mais tu as au moins quelqu'un à qui en parler.

— Oui, d'une certaine manière il y a mon père qui comprend bien ce qui se passe, il y a Raph qui est comme une fontaine d'amour, mais à qui je ne peux rien dire, il ne comprendrait pas.

— Et ta copine?

---

19. Bonne femme, gonzesse en bruxellois.

Elle hésita à prononcer son nom, comme si elle avait un trou de mémoire.

— … Franzisca? reprit-elle.

— Elle s'est tirée.

— Cela veut dire quoi, tirée?

— Partie, envolée, évanouie, évaporée, volatilisée, planquée, rentrée chez Maman.

— Tu l'as vue? Tu lui as parlé?

— Mais évidemment, elle a entendu ce que j'avais à dire, et elle m'a dit qu'elle voulait réfléchir… mais plus aucune nouvelle… comme si j'étais un pestiféré. Je ne suis évidemment pas une garantie d'avenir, même si je crois que je vais m'en tirer… pas certain de pouvoir avoir un enfant, ce qui dans son esprit est une tare insurmontable…

Pris par une émotion soudaine, il ne finit pas sa phrase. Il se souvenait d'une chanson de Véronique Sanson qu'ils aimaient particulièrement — … *Ne m'oublie pas, Tu m'as rendue redoutable, Mais je suis si misérable, C'est si facile de faire mal, faire mal, faire mal, faire mal, faire mal…*

— Tu n'es pas seul, dit-t-elle en lui prenant la main.

Les dernières gouttes d'ara-C tombaient dans le vase filtrant. Son père le ramena à Saint-Hilaire le 24 août au soir. La chimiothérapie s'était poursuivie sans véritable problème. Un traitement de maintenance devait être repris le 1er octobre. Son seul problème avait été les chatouillements raisonnablement calmés par la prise d'un antihistaminique.

Les contrôles biologiques journaliers restaient bons. Il pouvait quitter l'hôpital et devrait se soumettre aux précautions d'usage: rester confiné à domicile avec un minimum de contacts avec l'extérieur tant que la moelle ne se serait pas normalisée et garder le masque de protection faciale en présence d'autres personnes.

29

24 août-11 septembre 1984, Uccle

Les premiers signes de toxicité se manifestèrent trois jours après son retour à Saint-Hilaire. Il contrôlait ses paramètres sanguins tous les deux jours. Les globules blancs n'étaient jamais descendus sous 700/mm³ et les plaquettes en dessous de 10000/mm³. Tout semblait en ordre: physiquement il apparaissait en bonne santé, il avait récupéré son poids et sa musculature. Seuls signes de la maladie: la fatigue tenaillante, écrasante et son crâne rasé qui attirait le regard.

Les amis passaient à flots continus. À croire qu'ils s'étaient organisés pour ne jamais le laisser seul. Leur envie d'aider Ilya était sans limite, mais, quoi qu'ils fassent, la barrière entre malade et non-malade persistait, invisible. Peur de la maladie, peur de la mort. Ils restaient spectateurs et rentrés chez eux, ils reprenaient leur vie, plaignant Ilya de ce qui lui arrivait et revenaient dans le monde où on peut se projeter dans l'avenir. Sans eux Ilya aurait sombré. En leur présence il était distrait de ses pensées morbides et pouvait jouer les scènes de la vraie vie, celle qui dure pour toujours. Ce que les amis lui offraient, c'était du temps, de la gentillesse, de la compassion… et l'illusion de la vie.

Son père, sa mère, Raphaël, Oma… étaient avec lui d'une autre manière. Ils vivaient la leucémie de l'intérieur. Ils ne résolvaient pas ses problèmes, ne le sortaient pas de ses pensées, mais au contraire s'y plongeaient avec lui: *Vas-y, parle, laisse-toi aller, je t'écoute, tu peux te lâcher sur moi, je suis solide…* C'était pour lui une autre façon de gérer son angoisse, pouvoir dire: *J'ai peur. Que va-t-il se passer? Vais-je m'en tirer?* et savoir qu'ils ne s'enfuiraient pas, et même s'ils n'avaient pas de réponse, ils restaient, avec un sourire, une caresse, toujours disponibles.

Raphaël rôdait, cherchant une occasion de se rendre utile, mais il ne trouvait pas les mots qui exprimaient ce qu'il ressentait. — *Je t'aime, Raph*, pensa Ilya. Tout irait mieux quand il serait guéri.

Camille était en vacances et disposait de tout son temps. Elle cherchait à lui venir en aide, tournait autour de lui, traînait avant de le quitter le soir.

— Tu n'as besoin de rien d'autre?

— Merci Camille, je pense que cela devrait aller, je me sens plutôt bien, dit-il sur un ton anormalement neutre.

— Je reviens te voir demain matin? demanda-t-elle inquiète.

— Après-midi sera bien.

Son père était parti à un congrès au Portugal avec Emma. Ilya aurait aimé sortir et ne plus être confiné à la maison. Un soir, ils étaient quelques amis autour de lui. Philippe et André jouaient une partie d'échecs dans la pièce de séjour. Ilya était assis sur le banc, au jardin, à côté du vieux pigeonnier qui servait à entreposer les outils. La soirée était douce. On entendait les voix des voisins. Quelques cris d'excitation leur arrivaient en provenance du terrain de basketball. Les Mabrouk semblaient également en vacances, personne ne passait par la servitude. Camille était nerveuse. Elle pinçait les lèvres, regardait nerveusement autour d'elle et alluma une cigarette. Ses cheveux paraissaient plus ébouriffés qu'à l'accoutumée.

— Comment va Léonard? demanda Ilya.

Camille parut surprise et releva son visage, un peu crispée.

— Pas mal, la prison lui pèse.

— Il en a pour combien de temps?

— Cinq ans, c'est long.

— Tu vas le voir?

— Oui, Saint-Gilles c'est lugubre. On a l'impression de revenir au Moyen Âge.

— Je suis content d'avoir échappé à ça. Je ne m'y serais pas fait. Qu'est-ce qu'il fout toute la journée?

— Il s'est mis à la ferronnerie, il fait de la musculation, je trouve qu'il va plutôt bien. Mes parents vont plus mal que lui.

— Et toi?

Elle haussa les épaules.

— Moi, je trouve qu'il l'a bien cherché. J'espère que cela lui servira de leçon.

Ilya ne put s'empêcher d'avoir un sourire.

— Il faut d'abord qu'il décroche, ce qui n'est pas la moindre des choses.

Ils restèrent silencieux, Camille aspira une dernière bouffée de sa cigarette, s'agita un instant comme si elle cherchait ses mots et dit:

— Je suis amoureuse de toi.

Ilya resta surpris, muet. Il se sentait stupide. Il adorait Camille, la trouvait jolie, sexy, mais il n'était pas disponible. La place n'était pas occupée. Il ne pensait même plus à Franzisca qui avait été reléguée au plus profond de sa conscience. Il n'avait pas eu le temps de se laisser aller à un chagrin d'amour. Gérer la maladie était au premier plan et consommait l'essentiel de son énergie. Le simple fait de lutter contre la fatigue, se donner les apparences d'un comportement *normal* frisait parfois la gageure, arriver à tenir des conversations banales, de celles qu'on tient quand on a la vie devant soi, constituait une épreuve qu'il n'arrivait pas toujours à surmonter. L'obsession de ce qui l'attendait, indépendamment de l'issue finale, occultait son horizon et des sentiments de colère ou de tristesse l'envahissaient fréquemment, ne laissant aucune place aux banalités de la vie. Vivre était une lutte de tous les instants. Comment pouvait-il trouver de la place pour une relation amoureuse? Il toucha le bout des doigts de Camille et sourit. Philippe et André arrivèrent au jardin.

— On prépare quelque chose à manger? Camille, tu nous aides?

Elle se leva en acquiesçant d'un hochement de la tête.

Le 7 septembre, ses examens sanguins s'étaient améliorés. Tout allait mieux, il avait la sensation que la maladie le quittait et que bientôt elle n'existerait plus. Il faisait de plus en plus d'exercice physique, il se rêvait à nouveau fort, indestructible, incassable. Il était surpris de la facilité avec laquelle son cerveau se créait une nouvelle réalité. En quelques jours il était passé d'un état de *presque mort à presque guéri.* Ces changements ne correspondaient pas à une analyse objective de la situation, mais résultaient des significations que lui-même donnait à l'information et de sa capacité à vivre un scénario qu'il choisissait comme possible. Une moelle qui ne récupérait pas était interprétée, selon des critères inconscients, comme un signe de mauvais pronostic ou comme une situation normale après chimiothérapie.

Ce jour-là il se sentait guéri. Le docteur Devischere le lui avait dit, son père le répétait. La vie prit une autre saveur, l'air était devenu léger, bientôt il serait à nouveau libre de sortir, de revoir des copains, d'aller au bistro, de faire l'amour. Il ne s'était plus serré contre une fille depuis plusieurs mois.

Il repensa à Camille. Elle lui avait ouvert une porte. Brusquement l'air circulait, tout devenait possible, même la leucémie cessait d'être un problème.

Treize septembres. 2400 globules blancs par mm³ et suffisamment de polynucléaires pour aborder sans danger le monde. Il enfila son jeans 501, stonewashed, une chemise blanche qu'il portait largement ouverte et ses santiags. Il pensa à *Hey Jude* des Beatles. C'était une des chansons du film Le retour de Hal Ashby avec Jane Fonda et Jon Voight. C'était le titre du film qui accrochait le souvenir. — *Hey Jude, don't make it bad; Take a sad song and make it better; Remember to let her into your heart; Then you can start to make it better*. Il était de retour.

La Polo bleue d'Emma rebondissait comme un jouet sur les rues défoncées de Bruxelles. Il tournait en rond dans le centre-ville, se repaissant du spectacle de la foule. Il voyait sans être vu, comme dans un jeu il se racontait la vie des passants, inventait à chacun une histoire fondée sur une attitude, des gestes, un regard, un dynamisme: un homme marchant d'un pas rapide le long des murs devait être employé dans un ministère, habiter la province du côté de Namur, le long de la Meuse, il était fatigué des trois heures de route qui lui étaient imposées chaque jour pour rejoindre son ministère. Et cette femme, une ménagère, le visage terne, triste, pas maquillée, chaussures à talons plats, cherchait dans les boutiques bon marché des vêtements pour ses enfants. Son mari l'avait quittée depuis longtemps, elle travaillait comme femme de chambre dans un grand hôtel du centre, elle avait deux fils, l'aîné travaillait comme garagiste, le plus jeune allait encore à l'école... Il aurait pu continuer indéfiniment à enrichir son histoire dans le style, *vie médiocre*, ou leur inventer des histoires plus dramatiques, plus vio lentes, ou encore prendre comme matériel une jeune et jolie adolescente qui passait à quelques mètres, croquant à pleines dents dans un chocolat glacé et en faire une de ces stars de la chanson qui font sauter le box-office à seize ans, déjà richissime... Les passants n'étaient que le point d'appel de son imagination. Leur réalité lui échappait totalement et rien ne permettait d'accéder à leur vie intérieure, à leurs pensées, leurs rêves. Chacun dans cette foule était unique, seul et inaccessible. La prise de conscience de leur isolement ravivait le sien. Eux non plus ne pouvaient deviner ce qui se passait en lui, sa maladie, ses peurs, ses espoirs. Que pouvait leur évoquer son crâne rasé? Un original? Un marginal? Un délinquant? De Niro dans *Taxi Driver*? Au fond, un peu l'allure qu'il souhaitait se donner à peine quelques mois auparavant. Ne pas avoir l'air comme les autres, marquer la différence, refuser de s'intégrer. Il avait pleinement réussi, il vivait effectivement une vie très différente. À ce moment lui revenait l'impression tant de fois ressentie que, d'une manière ou d'une autre, il avait souhaité, voulu, ce qui lui arrivait. Il n'y avait pas de hasard. Malaise confus à l'idée qu'il était pleinement responsable de son destin.

La vie était un roman. Un scénario que l'on s'inventait et qui, à un moment donné, prenait vie.

Depuis que Camille lui avait déclaré son amour, une machinerie mystérieuse s'était mise en marche et bouleversait complètement son architecture intérieure. — *En travaux*. C'était le genre de panneaux qu'il aurait pu se coller sur le front. Mais il n'avait plus revu Camille depuis cette soirée-là, elle s'était effacée derrière les copains et avait disparu. Elle avait été peu présente jusqu'ici dans sa vie. Elle était juste la petite sœur de Léonard. Elle faisait partie du mobilier. Elle allait au lycée... pas touche, trop jeune... Sympa, rigolote, un franc-parler qui lui donnait des allures de garçon manqué. Très sexy avec une masse de cheveux crépus, drus autour d'un visage toujours souriant, la peau mate et l'odeur de l'Afrique. Belle. Il se demandait ce qui se passait. Les changements subtils qui s'opéraient en lui ne dépendaient pas de sa volonté. Cul par-dessus tête. Exit Franzisca, exit la leucémie, bonjour la vie, hello les projets. Il avait envie de la voir, de la regarder, essayer de comprendre ce qu'elle avait enclenché. Il était submergé par une lame de fond, qui remettait en place ce qui avait été épars, comme s'il avait trouvé le schéma directeur de sa vie. Elle lui manquait déjà. Il savait que c'était elle. — *Du calme, du calme, ne te laisse pas monter la tête, protège-la, elle est amoureuse, tu es malade, tu as besoin d'elle, c'est peut-être cela que ton corps te dit: elle s'offre à toi, prends-la. Du calme… du calme…*

Il fit tourner la clé de contact de la Polo et repartit dans l'avenue Louise vers Boitsfort. Serait-elle chez elle? Peu importe, il attendrait.

Il se retrouva dans un appartement aménagé dans un vieux bâtiment à vocation semi-industrielle des années trente, situé à l'arrière de la maison des parents de Camille. On y accédait directement à partir de la rue par une porte-cochère jamais fermée. L'appartement, lui-même restait également ouvert. Pourquoi la volerait-on? Son regard s'attachait aux objets, un masque africain, un boubou aux motifs géométriques colorés, une ceinture de cuir travaillé, des photos épinglées sur le mur, accrochées au bord d'un miroir, lui cheveux longs avec Thomas et Raphaël, quelques années auparavant, parmi des photos d'école, d'amis, de ses parents. Il toucha ses vêtements, se surprit à les caresser, à en chercher l'odeur. Des larmes brouillaient sa vision. La surprenante déclaration d'amour de Camille avait soulevé une tornade qui balayait tout ce qu'il avait pu imaginer, tout ce qu'il avait vécu. Il était un homme neuf, vierge, qui découvrait l'amour. Il anticipait leur rencontre qu'il imaginait foudroyante, explosive, deux charges électriques de signe opposé. Il s'assoupit sur son lit au ras du sol.

Elle rentra et le vit allongé. Fragile. Elle comprit. Son visage se couvrit de larmes. Ilya se redressa. Il n'était plus celui qu'il avait été. Ils se serrèrent l'un contre l'autre, se reniflant comme des chiots d'une même portée qui se retrouvent, se touchant, se malaxant, les larmes s'écoulaient le long de leurs joues, par-dessus leurs lèvres.

— J'ai eu si peur, murmura-t-elle, je ne savais pas ce que cela allait déclencher.

— Chut… tais-toi…, répondit-il, ne dis rien, viens près de moi.

Il voulait la sentir, être certain qu'il ne rêvait pas, que sa tête ne lui jouait pas de mauvais tour. Il ne contrôlait plus rien. Il ne voulait pas se presser. Il sentait sa main dans la sienne, sa peau était douce, leurs doigts s'entrelaçaient, se mouvaient lentement en un jeu de pression sans fin. Tout son être se concentrait dans ces quelques millimètres de peau. Son corps pesait maintenant sur lui, enveloppant, caressant. Ses lèvres sur son visage, comme mille aiguilles, déclenchaient des frissons qui le parcouraient comme autant d'éclairs, sa bouche sur la sienne, sa langue chaude, douce, ronde se glissait en lui, le fouillait doucement, tendrement. Son ventre s'enflamma, il la serra, ses mains cherchaient sa peau, son contact, sa chaleur. Ses paumes balayaient son dos, de sa nuque à la naissance des fesses. Chaque grain de sa peau le faisait vibrer. Leurs vêtements s'étaient envolés, son sexe était tendu à se rompre. Il la pénétra doucement. Elle le happait, avidement, ils s'entremêlaient, se fondaient, se pénétraient par toute la surface de leur peau, de leurs muqueuses. Chaque point de contact perdait sa matérialité tactile et devenait note, son, musique cosmique, couleur de plus en plus vive. Sens exacerbés, douleur, plaisir, il explosa dans l'univers en particules vibrantes, mélodieuses, éblouissantes.

Ils se réveillèrent blottis l'un contre l'autre, émus, bouleversés, le corps et l'esprit toujours ailleurs.

— Et dire qu'il y en a qui doivent prendre du LSD, dit-elle dans un soupir.

— Ceci n'est qu'un début, reprit-il comme par réflexe.

— Macho, dit-elle en lui donnant une tape sur le haut de la tête, je vais t'arracher les cheveux.

— Chiche...

— Il me semble que je t'ai toujours aimé, dit-elle en reprenant un air sérieux.

— Je t'attendais depuis toujours, répondit-il, avec une sincérité qu'il n'avait jamais éprouvée.

Le 14 septembre, la prise de sang était satisfaisante. À voir la tête du docteur Devischere, il se rendait compte que le résultat n'était pas optimal.

— Vous avez votre air des mauvais jours, dit-il en essayant de détendre l'atmosphère.

— C'est ma tête en mode réflexion, répondit-elle sur le même ton, je cherche intensément ce qui ne va pas, mais rassure-toi, ta prise de sang est bonne...

— Mais? l'interrompit-il.

— ... mais je dirais — *pourrait faire mieux*, ce n'est pas de ta faute, tu dois prendre patience. La bonne nouvelle est que tu peux aller faire la fête, tu ne risques plus rien.

C'était effectivement une bonne nouvelle, il se détendit et eut un sourire en pensant à Camille pour qui ne pas sortir avait une connotation lugubre de *vraiment malade*.

— Quelle est la suite du programme? dit-il sur un ton franchement ragaillardi.

— Tu reviens jeudi pour une ponction sternale et on se revoit avec les résultats en octobre pour programmer la suite.

30

11-17 septembre 1984, Uccle

Un coup de foudre. Pouvait-il décrire autrement l'embrasement permanent qui l'habitait ? Un feu de forêt, un volcan, le soleil, fusion de son âme avec celle de Camille. Ils étaient l'un dans l'autre, mélangés l'un à l'autre, alliage, laiton, bronze, méconnaissables. Ils étaient deux, mais vibraient d'un seul souffle, d'un seul cœur, d'une seule pensée. Balayée la maladie, balayée la fatigue, il avait enclenché le programme guérison et il *savait* qu'il était guéri. Toute angoisse avait disparu. L'avenir se profilait radieux. Camille ne le quittait pas, heureuse de le voir revivre, blottie dans ses bras, attendant que la vie se passe. L'éternité au quotidien. Le bonheur.

Était-ce le moment propice que son père avait attendu pour lui annoncer qu'Emma était enceinte ? Raphaël et lui étaient assis autour de la table de la cuisine. Camille feuilletait le journal dans la pièce de séjour. Emma n'était pas encore rentrée du travail.

— Je voulais vous annoncer qu'Emma est enceinte, dit-il à brûle-pourpoint.

Un silence épais s'était abattu sur la pièce. Des pas résonnaient dans la venelle, un chien aboyait. La vie en suspens. Que répondre ? Ils étaient surpris. Leur père avait quarante-huit ans et ils n'avaient jamais envisagé qu'il puisse encore avoir un enfant. Le premier réflexe fut de se retirer, se mettre à distance, regarder de loin. La situation réclamait une remarque, un mot. Mais ils ne savaient que dire. Ils étaient tous deux sous le choc. Probablement pour des raisons différentes, mais le résultat était identique. Il ya expulsa un souffle d'air lentement par la bouche. Il sentait qu'il devait parler.

— C'est pour quand ?

— Avril… on attendait d'être certain que tout se passe bien avant de vous l'annoncer… cela fait longtemps que nous essayons d'avoir un enfant, dit-il comme pour s'excuser.

Ilya ne put s'empêcher de faire un rapide calcul et se rendit compte que le moment de la conception correspondait au moment où la leucémie s'était déclarée. Il en ressentit un serrement dans la poitrine.

— Très bien, dit-il en respirant profondément.

Il trouvait cette grossesse malvenue. Il se rendait compte que l'annonce d'un enfant sonnait comme le glas de sa vie, comme si on entérinait la réalité de son cancer, la possibilité de sa mort et la planification d'un enfant de remplacement, au cas où…

Peut-être existait-il une autre réalité, celle d'un enfant depuis longtemps attendu, espéré et qui survient au moment où il est malade. Pourquoi ne pas le prendre comme le signe d'un surplus de vie.

— Je sais que c'est un mauvais moment, mais nous voulions un enfant, et maintenant il est là, je suis certain que tu vas guérir, je n'imagine pas d'autre possibilité avec tout ce que je sais de toi et de ta leucémie.

— *La* leucémie, le reprit Ilya, irrité.

— Oui… la leucémie… il faut continuer à vivre…

Ilya comprenait, mais avait du mal à accepter.

— Je trouve que cette grossesse est inopportune, finit-il par dire… mais… cela me passera d'ici quelques jours.

Raphaël n'avait pas prononcé un mot et se tenait à l'écart, tête baissée, faisant rouler sous son index les envies autour de l'ongle du pouce. Il semblait totalement pris par la tâche. Ils se retrouvèrent plus tard dans la chambre d'Ilya.

— Et toi, qu'est-ce que tu en penses ? tu n'as rien dit.

— …

— Merde Raph, cesse de jouer les autistes, je sais que tu as un avis.

— …

— C'est chouette un enfant, dit Camille pour débloquer la situation.

— Je pense qu'il se fout de nous, dit Raphaël d'un ton sec…

— …

— Mais c'est un chouette type votre père, reprit Camille.

— Je pense qu'il se fout de nous, répéta-t-il.

— …

Ilya le regardait surpris, doutant de ce qu'il avait entendu, conscient que ce n'était pas juste, leur père se souciait d'eux. Il l'avait vu au cours des dernières semaines. Toujours un peu tendu, un peu réticent, mais pas indifférent à ce qui lui arrivait. Il n'imaginait pas une autre attitude vis-à-vis de Raphaël.

— Je ne te comprends pas, il ne se fout pas de nous.

— Toi et moi, on est déjà passés au compte de pertes et profits. Il est passé à autre chose.

Il ne savait que répondre. Il y avait du ressentiment dans ce que Raphaël exprimait, plus qu'une simple réaction à la naissance d'un enfant. Ce n'était pas grave, un enfant, c'est vrai qu'il allait guérir, que la vie continuait.

— Tu y vas fort, je n'ai pas le sentiment qu'il me mette au compte de pertes et profits, ni toi non plus.

— Moi, c'est fait depuis longtemps.

— Je ne comprends pas.

— …

— Dis quelque chose.

— …

— Raph, merde…

Raphaël se renfrogna, à nouveau concentré sur les envies de son pouce droit.

— Quand il a quitté Maman, il se foutait de ce qui nous arriverait.

— Mais il n'a jamais cessé de s'occuper de nous.

— Il ne regardait pas, comment n'a-t-il pas vu ce qui se passait avec Maman ? Je lui lançais des messages, je lui faisais des signes, il n'a rien voulu voir. Aveugle, indifférent. À la trappe, Ilya et Raphaël.

C'est vrai qu'il n'avait pas vu qu'il se droguait alors qu'il eût suffi qu'il regarde l'état de ses pupilles. Il était médecin. Son malaise s'amplifiait. L'annonce d'un enfant les déstabilisait. Un frère… ou une sœur… il devrait se familiariser avec sa venue. Il ne comprenait pas l'histoire de Raphaël, elle ne tenait pas. Il interprétait un geste, une attitude, un mot prononcé ou non, et élaborait une théorie. Raphaël en voulait à son père.

— Ben moi, je pense toujours que c'est un chouette papa, conclut Camille comme pour mettre une fin à la discussion.

Ils étaient allés voir *Amadeus* de Milos Forman à l'Acropole, porte de Namur. Dans la pénombre de la salle, il sentait la chaleur de Camille. Il n'avait jamais tant aimé une femme. La leucémie attisait une urgence de vivre qu'il ne connaissait pas. Une force irrésistible l'attirait vers elle, un aimant, la chaleur d'un soleil de printemps qui fait poindre le vert du perce-neige après une nuit glaciale. Il aurait voulu un enfant. Elle se serra contre lui. Il sentit l'accoudoir du fauteuil qui les séparait s'enfoncer dans son flanc. Ils s'embrassèrent alors qu'à l'écran Tom Hulce et Murray Adam, Mozart et Saliéri, échangeaient des propos à fleurets mouchetés, tout en nuances, livrant au public le fond de leur âme. Quels acteurs, quel metteur en scène!

La vie était là, à portée de main, se manifestant par les mille et une petites choses dont il avait été éloigné depuis deux mois: le contact de la peau d'une femme, les bruits de la foule, les cris, les rires, les altercations, le parfum de Camille qui se mêlait à l'odeur d'hydrocarbure qui se dégageait de la circulation et à celle des poulets rôtis qui s'échappait par les portes ouvertes des restaurants. La vie était insouciance du moment. Ils passèrent devant le cinéma Capitole qui avait été le siège d'un incendie au mois de février. Le feu avait pris naissance à cause d'une cigarette non éteinte dans un canapé deux places situé dans le hall. L'incendie avait fait cinq victimes, brûlées ou asphyxiées, cinq personnes bien-portantes qui n'avaient pas planifié de mourir. Il se sentait porté par une énergie incroyable. Il se voyait loin dans l'avenir. Ce qui l'attendait n'était que des épreuves auxquelles il pouvait se préparer, comme un sportif le fait pour un concours international. Il allait gagner.

La leucémie était tapie, quelque part, il la sentait, l'imaginait creuser dans sa moelle, mais il la repoussait, refusait d'y penser. — *Impossible de vivre au quotidien avec l'idée que tu es porteur d'une maladie qui peut te tuer*, avait-il répondu à son père qui s'inquiétait de le voir surjouer le bien-portant alors que la fatigue persistait et qu'il savait devoir reprendre la chimiothérapie. Il ne surjouait pas, il s'était mis sur une position leucémie *off*, et se réjouissait simplement de la présence de Camille. Il avait le besoin de vivre autre chose.

Ils descendirent au Wine Bar rue des Pigeons, derrière la place du Sablon, et tenu par une amie de ses parents, Paule, qu'il connaissait depuis sa petite enfance. Elle les invita, contente de revoir Ilya. Ils mangèrent un plat de saucisses de Toulouse aux lentilles vertes du Puy en Velay, accompagné d'un verre de Côte-Rôtie. Incroyablement bon!

Ils cheminèrent jusqu'à la rue des Éperonniers. Ils devaient se faufiler entre les terrasses des restaurants qui empiétaient sur le passage des piétons.

— Salut grand frère, cria une voix en provenance d'une des tables.

Raphaël était attablé avec Marc et quelques copains assoiffés, une bouteille de bière à la main. Comme toujours, Raphaël, s'en tenait au Coca-Cola. Ils allèrent les saluer. Ilya ne connaissait que Marc. Son crâne rasé détonnait en cette période où la mode était aux cheveux longs: coupe mulet, queue de rat, cheveux crêpés ou frisés, frange en pétard. — *Autant porter un panneau sur lequel il est inscrit – J'ai le cancer –*, avait dit Raph quelques jours auparavant.

Devant le regard gêné de ses amis, Raphaël présenta son frère comme un spécialiste de la mode qui travaillait pour une société de marketing chargée de repenser le look des hommes de demain.

— Ils pensent au look d'un Rocky sans les cheveux, tout en puissance, dit-il sur le ton de la confidence.

— ...

— Fort... non? reprit-il essayant d'accaparer leur attention.

— Il est magnifique, dit Camille en palpant les muscles d'Ilya et lui prenant le visage dans les mains, elle l'embrassa à pleine bouche. Je l'aime! cria-t-elle.

Ils ne passaient pas inaperçus.

— Il ne faut en parler à personne, reprit Raphaël assez haut pour que toutes les tables autour d'eux l'entendent.

Des clients avaient cessé de parler et les observaient du coin de l'œil. Jetant un regard aux alentours, Raphaël, annonça:

— La société travaille pour Armani.

Devant les regards étonnés, ils manquèrent de pouffer de rire.

— Demain, je me rase le crâne, renchérit Raphaël dont la tête bouclée faisait l'admiration de tous. — *Un ange sur terre*, disait la mère d'Emma qui avait été élevée chez les sœurs.

— Bonne idée, reprit Marc en chœur.

— D'accord, mais ne me cassez pas mon business, je vous citerai comme la deuxième vague.

— À quand la troisième? enchaîna Camille.

— On cherche les candidats, clôtura Raphaël, mystérieux.

Ils se levèrent calmement en saluant tout le monde et se dirigèrent d'un pas détendu vers la rue du Marché aux Fromages, dans laquelle ils s'engouffrèrent et s'écroulèrent d'un rire inextinguible, imaginant ce qui devait se passer dans la tête de ceux qui apparemment avaient cru en la véracité de la scène.

Dans les jours qui suivirent, Marc leur rapporta qu'il avait vu trois jeunes avec un look Rocky Balboa mâtiné de *Terminator* se promener dans les Galeries de la Reine et devant la Bourse, avec le crâne à nu, manifestement fraîchement rasés.

31

18 septembre-23 octobre 1984, lieux variés

Les jours passaient heureux, insouciants. Leucémie *off*. Chaque jour l'éloignait davantage d'une maladie dont il ne voulait plus entendre parler. Ils se rendirent à Familleureux voir sa mère entourée de ses cinq chiens. Daniel, son compagnon, était également présent. Il devait avoir du mal à trouver une place dans l'amas des souvenirs de sa mère et la présence palpable de son père à qui elle en voulait toujours de l'avoir quittée. Pauvre Daniel.

Ils en étaient restés à des banalités, le temps, les chiens, les difficultés de la vie, toutes choses qui lui permettaient de se maintenir à distance de ses soucis de santé. Surtout ne pas en parler. Faire — *comme si*, jouer au malade guéri. Le premier octobre, date prévue pour la reprise de son traitement, lui paraissait loin. Sa mère parlait avec volubilité et riait haut, heureuse de le voir. Elle souffla à son oreille, regardant Camille jouer avec les chiens — *Elle est sympathique... et très belle*. Il était heureux de la paix qui régnait entre eux. Quand il serait guéri, il s'occuperait d'elle.

Penser l'avenir ravivait ses doutes et ses craintes. Il savait qu'il devait se concentrer sur le présent et le vivre comme une éternité mais, quoi qu'il fasse pour l'évacuer, il arrivait un moment où la maladie le rattrapait et lui laissait entendre: *Tu ne peux rien planifier sans tenir compte de mon existence. Tu peux tenter de m'oublier, mais jusqu'à un certain point seulement.*

Ces jours de septembre furent des moments de pur bonheur. Ilya était en paix avec le monde. La présence de Camille, la force du sentiment amoureux qu'ils partageaient refoulaient la leucémie dans des zones de plus en plus lointaines. Amour rimait avec toujours et laissait entrevoir un temps infini.

Ils pensaient passer quelques jours à Fontenoille, mais souhaitaient assister le dimanche soir à un concert donné par le groupe Gangsters d'Amour à l'occasion des fêtes de Wallonie à Namur. Il adorait leur chanteur Jeff Bodart.

Ils trouvèrent une place dans le parking de l'hôtel de ville et descendirent vers la place Saint-Aubain par la rue de Fer. La foule était dense, bigarrée. Beaucoup portaient des vêtements de couleurs évoquant les spectacles du cirque, maquillés à outrance, une cannette de bière à la main. Les rues étaient étroites et les bâtiments semblaient effectivement dater des années soixante: deux ou trois étages, un toit plat et des grandes fenêtres à croisillons qui se ressemblaient toutes.

La place formait un rectangle dont un des longs côtés était occupé par la cathédrale mélangeant le baroque, le rococo et l'architecture classique. Le bâtiment avait un air joufflu, avec les bras du transept et l'abside en arrondi évoquant le style byzantin. Le podium était situé sur un des petits côtés du rectangle, devant les maisons bourgeoises des siècles passés. Les lampadaires étaient allumés, des techniciens circulaient affairés sur le podium, vérifiant les derniers raccords.

Ils décidèrent de s'installer le long des bâtiments de l'Administration Provinciale de Namur. Il avait envie d'un paquet de frites mayonnaise. Il n'en avait plus mangé depuis des mois. Des frites à manger avec les doigts.

— Ne bouge pas d'ici, dit-il à Camille, je reviens de suite.

Elle n'eut pas le temps de répondre. Il avait repéré une friterie un peu plus loin dans la rue Lelièvre. Il revint avec deux paquets. Il était étonné de la vitesse à laquelle il récupérait ses capacités physiques. Il n'était pas essoufflé malgré un pas rapide, aucun signe de fatigue.

Elle l'attendait, tournait la tête à gauche et à droite sans très bien savoir d'où il apparaîtrait. Son visage s'éclaira quand elle le vit. Ils se régalèrent. Ils mordaient dans la vie, attentifs au seul plaisir d'être ensemble, l'un pour l'autre. Ils essuyèrent leurs doigts sur le jeans d'Ilya. Il haussa les épaules en riant. La vie était belle et avait un parfum d'éternité.

La foule se faisait de plus en plus dense. La pénombre s'étalait. Quelques lampadaires s'allumèrent. Les musiciens arrivèrent sur scène sans regarder le public. Ils parlaient entre eux, installaient leur matériel, réglaient la hauteur du micro, faisaient vibrer les cymbales. Le saxo et la trompette s'étaient placés en retrait avec le batteur, les guitaristes vers l'avant-scène. Leur style de vêtement évoquait les années quarante, costume deux pièces, chemise blanche, cravate sombre, un borsalino vissé sur la tête. Certains avaient laissé tomber la veste et se tenaient debout en bras de chemise, larges bretelles apparentes soutenant un pantalon aux jambes larges. Rien à voir avec le look punk des chanteurs actuels, les cheveux en bataille, taillés au couteau dans la masse, des colliers, des vêtements rutilants, strass et rubis.

Les premières notes lâchées dans le public par les guitaristes s'étirèrent comme un long gémissement, rapidement soutenues par le frottement rythmé des balais sur la caisse claire. Jeff Bodart fit son entrée. Il avait le même look que ses partenaires, en bras de chemise, le feutre rejeté sur la nuque, les bretelles tranchant sur le blanc des chemises. Il s'approcha du micro et les premières mesures de *Meurtre à Hawaï* s'élevèrent, lentement d'abord et ensuite sur un rythme de plus en plus endiablé. Jeff Bodart dansait, bondissait d'un pied sur l'autre, avec des mouvements des jambes et des bras marquant le rythme. Les autres musiciens soutenaient la cadence de leurs instruments, mais aussi de la voix. La foule s'embrasa. L'énergie du chanteur et son enthousiasme étaient communicatifs, le public se balançait, calme ou tumultueux, comme le bruit des vagues sur *le corail au large de Hawaï*.

Les morceaux se suivirent, d'une qualité musicale inattendue: *SOS Barracuda*, *Bonnie and Clyde*, *Hey Baron Rouge*, *Panne De Secteur*, des rythmes entraînants, un tempo fougueux qui poussaient Ilya à danser. Ils atteignirent l'apogée avec *Coûte Que Coûte* chanté sur un rythme endiablé.

Tagadap!
La fin les moyens
La vérité pour danser
Coûte que coûte
Séduire surtout pas trahir
Coûte que coûte
Promettre et repartir
À jamais, à jamais, à jamais
Gangsters of love do never lie

Gangsters of love do never lie
Tagadap tagadap
Tagadap tagadap
Tagadap
Coûte que coûte

Il se laissait entraîner au rythme imposé par le chanteur. C'était de lui que la chanson parlait… *Gangsters of love do never lie*… dès qu'il entendait *Gangsters of love do never die*, il se reconnaissait, y percevait comme une prémonition… *never lie… never die.*
Ils repartirent au milieu de la foule, l'un contre l'autre.

Les feuilles crissaient sous leurs pas. Ils avaient quitté la route de Bouillon pour une balade dans la forêt de Muno. Les frondaisons des arbres viraient au jaune avec de longues traînées rougeâtres qui tranchaient sur la noirceur des plantations de sapin. Quelques vaches paissaient dans les prés vers Fontenoille. Il lui serrait la main.
— Je t'aime, dit-il à brûle-pourpoint.
Elle se pressa contre son flanc.
— Tu veux des champignons pour le repas de ce soir?
— Tu peux reconnaître les bons champignons de ceux qui te paralysent et te tuent en moins de vingt-quatre heures?
— Il suffit d'essayer.
— … et peut-être qu'on découvrirait le médicament contre la leucémie…
— Cesse d'y penser.
— Je n'y pense pas, les mots viennent tout seuls.
Elle s'arrêta et l'enserra, mettant sa tête sur sa poitrine. Elle entendait les battements sourds et réguliers de son cœur.
— Tu vas guérir… je le sais.
Elle toucha l'ourlet de sa lèvre inférieure et le caressa en un geste d'une intimité qui lui fit sentir combien elle était présente. Il frissonna.
— On peut essayer de trouver des bolets, ils sont presque tous bons.
— Bons ou pas?
— On trouve des bolets de Satan dans le coin, ils sont plus indigestes que toxiques. Il n'y a pas de problème. On peut aussi prendre

des girolles, elles se reconnaissent facilement, ce sont les plus délicates, je te montrerai…

Le feu de bois crépitait dans la cheminée et des escarbilles volaient à leurs pieds, sur le pavement. Un temps d'automne pluvieux s'annonçait. Ils étaient revenus au village avec une portion ridicule de champignons. Ils préparèrent les côtes de porc, la salade et les pommes de terre.

Thomas poussa la porte, un plat sous le bras.

— Chilly vous a préparé une tarte, claironna-t-il. Elle dit que vous pouvez passer quand vous voulez, elle est contente que tu ailles mieux. Les Dion et Astrid aussi. Tout le monde veut te voir.

Le lendemain ils firent le tour du village. Chilly les reçut avec un large sourire. Elle avait son allure de gitane, plus typée que jamais, ses cheveux roux tombant à la taille, une jupe flottant au ras du sol pour masquer la prothèse de sa jambe gauche. Elle avançait en pivotant le corps de gauche et de droite autour de sa prothèse.

— Alors tu es guéri? demanda-t-elle d'un ton enjoué.

Il n'eut pas le courage de se lancer dans de longues explications sur la nécessité de traitements ultérieurs. Il sourit, l'embrassa et se demanda comment on pouvait construire sa vie avec une poliomyélite et malgré tout avoir des enfants, les élever, travailler, avoir une vie sociale et amoureuse bien remplie. Elle ne parlait jamais de son handicap. La petite Chilly, la belle Chilly, si fragile dans ses vêtements qui recouvraient un corps martyrisé ne se plaignait jamais, riait aux éclats, dessinait des planches pour enfants, et sanctionnait toute manifestation de commisération par un *Hé oui!* qui mettait fin à toute tentative d'intrusion dans un territoire qu'elle jugeait inviolable.

— Cela a dû être difficile, dit-elle du ton de celle qui garde le souvenir de ses propres souffrances et de sa solitude, mais je vois que tu vas bien. La petite Camille t'accompagne, dit-elle en l'embrassant. Simon et Amir, je les ai eus au téléphone, ils t'embrassent…

Chilly parlait, parlait, elle occupait le temps de peur que quelqu'un n'abordât le seul sujet dont elle n'avait pas envie de parler: elle-même.

Les Dion, les Champluvier, les Fontaine, Astrid, ils virent tout le monde, un bonjour courtois, quelques mots sur la saison, la famille et, comme toujours, on évitait d'aborder le thème de la maladie. Peut-être plus qu'en ville, ici, le malade, celui atteint d'un cancer, portait malheur, il fallait l'éviter. Ils le considéraient guéri et dès lors ils n'avaient pas de problème.

Ils partirent chercher les vaches dans le champ de Dion qui donnait sur la rue de Nigely, dans la direction de Bouillon. Ils marchaient derrière les bovins qui se dispersaient sur la route. Ilya les rassemblait en touchant leur croupe avec l'extrémité d'un bâton. Ne pas leur faire peur, les guider. Camille se tenait prudemment à l'arrière.

— Elles ne me connaissent pas, dit-elle avec un rire forcé, pour justifier une attitude qu'elle jugeait elle-même trop prudente.

Ilya riait.

— Tu ne dois pas avoir peur, elles sont adorables, pacifiques et débordent d'affection et de lait. Avant la traite, elles sont particulièrement affectueuses. Tu peux les caresser... vas-y... il n'y a rien à craindre.

— Je préfère attendre qu'on soit à l'étable, dit-elle en ralentissant le pas.

André Dion arrivait au bas de la côte pour récupérer ses bêtes.

— Alors les citadins, on se met au vrai travail? Si vous voulez participer à la traite, vous êtes les bienvenus, la mère vous préparera un café et des biscuits.

— Moi je ne les touche pas, dit Camille, d'ailleurs je suis végétarienne.

— C'est vrai? demanda Ilya.

— Oui, à partir d'aujourd'hui.

— Ton papa a toujours son cheval? demanda André Dion.

— Non, répondit Ilya, ça fait bien deux ans qu'il l'a vendu.

— Gratte-ciel, non?

— Oui, c'est cela.

— C'était une belle époque quand vous veniez tous en vacances ici, avec Jacques et Suzon. On ne les voit presque plus non plus. Mais vous reviendrez en vacances quand vous aurez des petits, pas vrai?

— Mais évidemment, répondit Ilya en prenant Camille par la taille.

Il se sentait bien. La présence de Camille soulevait les espoirs les plus fous.

Le 27 septembre, le prélèvement de moelle était considéré en réponse complète, mais contenait peu de mitoses et la récupération était toujours insuffisante. Il fut décidé de reporter le traitement planifié après son anniversaire le 13 octobre.

32

5-22 octobre 1984, Uccle

Camille avait dû reprendre les cours.

— J'aurais aimé m'occuper de toi tout le temps, mais ce n'est pas possible. Tu es dans ma tête, dans mon cœur en permanence. Je n'arrive plus à étudier.

— Tu dois prendre patience, encore quelques semaines de traitement et de soucis et puis ce sera terminé. L'idée que tu es près de moi, même en pensée, me réconforte.

Un nouveau prélèvement au niveau de la crête iliaque confirma les résultats de la fin septembre. Satisfaisants, mais la récupération n'était pas totale avait dit le docteur Devischere. Ilya sentait qu'en réalité, elle n'était pas du tout satisfaite. Il l'observait pendant qu'elle scrutait les résultats. Elle n'en finissait pas de tourner la feuille en tous sens, sourcils froncés, cherchant à interpréter il ne savait quel chiffre. Il devait patienter.

Une moto pétaradait dans le trafic, une ambulance se glissait entre les voitures toutes sirènes hurlantes, la lumière bleue du gyrophare glissant, tremblante, sur le mur et le rideau de la cabine de déshabillage. Une infirmière passa la tête par l'entrebâillement de la porte.

— Vous auriez le dossier Depauw? demanda-t-elle sans autre forme de préambule.

— Non! répondit le docteur Devischere sans lever la tête.

La porte se referma avec un claquement sec. Le visage du docteur Devischere restait hermétique. Ilya n'arrivait pas à faire la différence entre des signes de concentration et des signes annonçant de mauvais résultats. Quoi qu'il en soit, ils ne pouvaient être totalement bons. Un résultat normal, pour un expert, devait avoir l'air normal au premier coup d'œil. Le téléphone sonna. Le docteur Devischere laissa sonner. La sonnerie était obsédante mais ne semblait pas la gêner. Il aurait voulu avoir un pavé dans la tête, ne pas réfléchir, ne pas essayer d'anticiper les réponses, cesser de vouloir comprendre et se laisser passivement aller aux évènements.

De toute façon, il voulait tout ou rien. Pas de demi-mesures. Il voulait s'en sortir guéri, pas juste deux ans de plus, même pas cinq ans. Il voulait toute la vie, le temps infini à l'horizon duquel la mort n'est pas encore envisageable.

La mort n'était rien, c'était l'idée de la mort qui était affolante. Pourquoi y pensait-il soudain?

La voix du docteur Devischere le sortit de ses réflexions. Le téléphone s'était arrêté de sonner.

— Tu es en rémission complète, dit-elle avec un sourire qui lui paraissait forcé, pas de signe d'évolution de la maladie, pas de blastes dans le sang périphérique ni dans la moelle.

Ilya sourit, sans être réellement rassuré.

— … mais je trouve que ta moelle ne récupère pas suffisamment vite et je préfère modifier le traitement… reprit le docteur Devischere.

— Ça veut dire quoi? demanda Ilya inquiet, pourquoi changer si la moelle est normale?

— J'ai du mal à te l'expliquer… si elle ne récupère pas, on peut craindre une récidive et je préfère prendre les devants.

Ilya ne comprenait plus… Moelle normale… récidive…

— … Oui, une moelle pauvre n'est pas un bon signe… même si parfois cela ne veut rien dire, elle en bafouillait et rougissait… fais-moi confiance… tout va bien se passer.

Que dire? Il sentait qu'il se tramait quelque chose. Elle reprit:

— L'idée c'est de considérer que ta moelle est actuellement en rémission complète. Nous allons donc en prélever environ un litre sous anesthésie générale et l'épurer pour éliminer les cellules malignes qui s'y trouveraient encore. Entre temps, on te donnera une chimiothérapie qui va détruire les cellules malades et te réinjecter la moelle qui a été épurée. Tu comprends?

Mais oui… il avait compris que tout était loin d'être parfait.

— S'il faut détruire ma moelle, pourquoi le prélèvement de cette même moelle est-il à moindre risque que celle dont il est issu?

— Parce que les cellules cancéreuses, si elles sont présentes, seront éliminées par le processus d'épuration.

— Je n'imagine pas que cela fonctionne à cent pour cent, dit-il de plus en plus irrité, et le risque de récidive est-il totalement éliminé?

— On l'espère, dit-elle après un moment d'hésitation.

Les médecins n'aimaient pas jouer au jeu de la vérité avec leurs malades et aimaient penser vrai ce qui n'était que probable.

Le fait de changer de traitement l'inquiétait. C'était, quoi qu'en dise le docteur Devischere, un signe défavorable. On allait recommencer une chimiothérapie à haute dose qui serait plus toxique que celles qu'il avait reçues. Il essayait d'imaginer comment il la supporterait. Des larmes gonflèrent ses yeux. Le 13 octobre était la date anniversaire de sa naissance. Vingt-trois ans. Il se demanda brusquement s'il serait là pour fêter ses vingt-quatre ans. Cette pensée le remplit d'une tristesse et d'une colère rarement ressenties. Il fut envahi par un sentiment d'injustice qui le submergea. Il en voulait au monde entier, à l'univers, à un Dieu qu'il n'avait jamais évoqué. Pourquoi? Pourquoi lui? L'essentiel de la colère se tournait vers son père, sa mère. Qu'avaient-ils fait? Sa vie défilait à toute vitesse et il cherchait parmi les bribes de souvenirs les éléments responsables de la leucémie. Il y avait souvent pensé. Il ne faisait que se culpabiliser et la considérait en général comme une punition pour s'être drogué, pour ne pas avoir réussi ses études et surtout ne pas avoir écouté son père. Il se retrouvait petit enfant perdu dans un monde magique.

Mais ce n'était pas possible. Et si tout cela était simplement lié au destin, cette part de fortune et d'infortune, de bonheur et de malheur, de temps de vie qui était alloué à chaque être humain et qui les marquait du sceau de l'inévitable? L'incontournable fatalité! L'idée que sa vie était prédéterminée le mettait de plus en plus en colère. Qu'avait-il fait pour mériter cela? Il ne pouvait mourir. Il jouait dans une pièce qui allait bien se terminer. Qui était le maître du jeu? Qui détenait son avenir entre ses mains? Dieu? Il n'en connaissait rien. Un concept sans contenu mais, en ce moment, une présence mystérieuse qui tenait sa vie entre ses mains.

Son cerveau tournait fou, — *je déconne*, pensait-il, . — *je dois me reprendre, revenir à la raison, tout va bien, on change juste la chimio*. Il revit le docteur Devischere le 15 octobre. Elle parlait curieusement. Elle d'habitude si franche et directe ne s'exprimait que par longues périphrases qui en clair signifiaient que, bien que sa moelle restât normale, elle voulait encore réfléchir au meilleur traitement possible. La colère ne tombait pas. La date d'hospitalisation fut fixée au 23 octobre.

Rentré à Saint-Hilaire, il tournait dans la pièce de séjour comme un animal en cage. La colère le submergeait. On lui cachait des choses. *Merde! Merde!* Des larmes gonflaient ses yeux et jaillirent à flots ininterrompus, il était secoué de longs sanglots et de temps en temps un feulement s'échappait de sa gorge, il aurait voulu hurler sans fin, s'annihiler dans un seul cri, et tout saccager autour de lui, jusqu'à l'épuisement. S'il disparaissait, tout ne devrait-il pas disparaître?

Il sentit la main de son père sur son épaule. Il s'écroula dans ses bras. Il n'en pouvait plus de cette incertitude, il voulait savoir. — *Guéri, terminé, oui ou merde?* Il ne pouvait plus supporter les longues attentes entre chaque traitement, les modifications de dernière minute parce que les choses n'évoluaient pas comme prévu.

— Que se passe-t-il? Pourquoi change-t-elle mon traitement? … explique-moi!

— … c'est normal, bredouilla-t-il, il arrive qu'on ait envie de changer d'approche…

— Merde! Merde! Sois clair! Je veux savoir ce qui se passe.

Emma tenta d'intervenir:

— Les médecins ont parfois des lubies qu'il ne faut pas essayer de comprendre…

— Merde! Merde! Vous vous foutez de ma gueule. Sois clair, Papa, tu m'avais promis d'être clair. Je refuse tous les traitements si je ne comprends pas.

Son père hésitait. Manifestement il avait des informations dont lui ne disposait pas. Emma devait également être au courant. Il ne supportait pas l'idée que des éléments essentiels de sa vie lui soient cachés alors qu'ils étaient connus par d'autres. Il acceptait encore l'idée que son père veuille le protéger, mais qu'Emma, parce qu'elle était médccin et l'amie de son père, puisse avoir une connaissance privilégiée sur ce qui arrivait à son corps lui paraissait insoutenable… Il en avait la nausée. Comment pouvait-elle détenir des informations sur sa vie que lui-même ne connaissait pas? Personne ne pouvait décider de ce qui adviendrait de sa vie.

Il passait par toutes les stades de colère, tristesse et désespoir confondus. Ils finirent par parler. Emma voulut prendre la parole, mais son père l'en empêcha.

— Martine pense que tu pourrais ne pas être en rémission complète. Il n'y a aucun signe objectif de la maladie, uniquement des paramètres qui évoluent moins bien que prévu.

Il s'exprimait d'un ton pompeux qui traduisait son malaise.

— Tu veux parler de ma moelle qui ne récupère pas bien? dit Ilya pour lui montrer qu'il avait aussi enregistré ces signes.

— Oui, c'est cela, elle préfère prendre les devants et t'administrer un traitement plus fort que prévu.

Ilya se demandait pourquoi le docteur Devischere ne lui avait pas parlé plus clairement. Il avait perçu sa peur de s'exprimer dans sa voix, un ton plus haut que d'habitude, le corps en retrait, le front moite, le regard fuyant, les pupilles dilatées. Avait-elle eu peur de faire face à son désespoir? Que ferait-il s'il apprenait qu'il n'y avait plus d'espoir? … — *Alors j'aimerais décider de ma fin*, pensa-t-il sans très bien visualiser ce que, dans la pratique, cela impliquerait.

Il ne tirerait rien d'autre de son père, il savait l'essentiel. Au-delà, il ne pourrait lui arracher que la projection de ses propres peurs et de ses fantasmes. Il ne voulait pas qu'Emma intervienne.

La fête d'anniversaire se résuma à quelques embrassades. On fit des cadeaux et on se promit de faire une grande fête quand tout cela serait fini. Son père et Emma lui avaient offert un pull Lacoste ras du cou et un stylo, Camille une écharpe et Raphaël un 33 tours de Joachim Kuhn, *Distance*. Il s'enferma dans sa chambre et se serra contre Camille. Il aurait voulu que le temps s'arrête.

— On risque de ne plus se toucher pendant quelque temps, dit Ilya.

— Je t'aime.

— Je t'aime aussi… la vie est curieuse, dit-il en poussant un soupir.

— C'est quoi la vie?

— C'est le goût de tes lèvres, maintenant, dit-il en mordillant sa lèvre inférieure.

Il avait mal dormi. Il s'était vu le bras percé de multiples aiguilles, perfusé par des liquides aux couleurs fluo. Il se colla contre le corps chaud de Camille qui le repoussa dans un demi-sommeil. Il faisait encore nuit. Il entendait le pas rapide de passants qui se rendaient probablement à la gare de Saint-Hilaire. Il se moula sur la croupe de Camille, s'imprégna de son odeur.

— Il faut se lever? demanda-t-elle à moitié endormie

— Mmmh! je voudrais que ce moment ne s'arrête jamais.

Elle se colla à lui. Il eut envie d'elle.

Son père l'attendait dans la cuisine.

— Tu veux un café?

— Non, juste un verre d'eau, je suis censé être à jeun pour le placement d'un cathéter. J'ai peur, tu resteras près de moi?

Son père lui caressa la joue.

— Mais évidemment, je serai là. C'est un cathéter de Hickman qui sera mis en place dans une veine du cou. Cela permettra de te nourrir plus facilement.

— Ça fait mal?

— Non, tu sens qu'on chipote[20] dans ton thorax, c'est une sensation particulière et que je trouve désagréable, mais le docteur Godeau en place régulièrement, tout se passera bien.

— Merci d'être avec moi.

— Tu n'imagines pas que je pourrais te laisser seul.

— Non, répondit Ilya d'une voix malgré tout hésitante.

Il se demandait toujours si son père l'aimait assez... s'il ferait tout pour lui... sans très bien savoir ce que voulait dire *tout*... au fond, il aurait voulu savoir s'il serait capable de donner sa vie pour son fils. Il comprit qu'il délirait, qu'il régressait au niveau du petit enfant qu'il avait été avec un père tout puissant.

---

20. En *Belgique*, fouiller dans quelque chose, farfouiller.

— Non, reprit-il encore d'une voix plus ferme, je sais que tu ne me laisseras jamais seul.

Ils rejoignirent l'Institut par l'Observatoire. La circulation était déjà dense, l'entrée des écoles était encombrée par les parents qui venaient déverser leurs enfants sur le bord du trottoir et par les élèves plus grands qui fumaient une dernière cigarette avant de rentrer dans l'enceinte de l'école. Ilya repéra un homme jeune, à peine sorti de l'adolescence, mais qu'il identifia à son regard vif et mobile comme un vendeur de haschich ou d'héroïne.

— Il y a toujours la même atmosphère à l'entrée des écoles, dit-il d'un air las, on se demande pourquoi la direction laisse faire.

— Ils laissent vraiment faire?

— S'il y a toujours des types à l'entrée des écoles, c'est que personne n'a envie de bouger. Lâcheté, indifférence, paresse… je n'en sais rien.

Ils arrivèrent en vue de la porte de Hal dont la tour, noircie par la pollution atmosphérique, s'élevait comme un vestige du passé médiéval, ceinturé par un flot incessant de voitures.

— Je te dépose à l'entrée et te rejoins dans la matinée. Préviens-moi, si tu es appelé plus tôt en salle d'opération.

Il fut tenté de rejoindre le septième étage à pied par la rampe, mais il fut essoufflé avant le premier palier. L'ascenseur le déposa à l'entrée du service. Il hésita et poussa la porte battante. Une odeur familière, mélange d'éther, d'alcool, de transpiration, de désinfectant et de restes de cuisine, l'accueillit comme les fragrances d'un parfum familier. Il frémit à l'idée de retrouver un milieu naturel, un chez lui d'homme malade, dont il n'arrivait plus à se départir et qui constituerait un environnement habituel.

— Salut Ilya, on t'attendait, on t'a mis dans la chambre 4.

Il était prédestiné à vivre ici, toujours, infiniment malade…

Le docteur Brandt le reçut et lui annonça d'emblée la mauvaise nouvelle. La dernière prise de sang révélait quinze pour cent de blastes. Sa leucémie, la leucémie récidivait, — *Sans aucun doute possible*, avait-elle ajouté au cas où il n'aurait pas compris.

Il fut d'abord sonné, comme un boxeur au bord du ring. Il devait reprendre son souffle. Le docteur Brandt continuait à parler, mais il n'entendait pas les mots qu'elle prononçait. Il savait que cela arriverait. Il en était certain. — *Même pas étonné*, se dit-il. Comment avait-il pu espérer? Il payait une dette. Il ne pourrait pas guérir simplement du premier coup. Il faudrait payer un prix. Le docteur Devischere l'avait déjà annoncé.

— Ai-je encore une chance de guérir? demanda-t-il abruptement.

— Oui, répondit-elle rapidement, consciente d'avoir renoué le contact avec Ilya. Mais oui, tu vas guérir.

— Combien de chances?

— C'est difficile à chiffrer, soixante, ... au moins cinquante pour cent de chances de guérison...

Elle mentait, tout son corps lui disait qu'elle mentait, elle clignait souvent des yeux, portait sa main aux commissures des lèvres, basculait d'un pied sur l'autre. Son corps, en l'absence de mots parlait. Peut-être devait-il considérer vingt, vingt-cinq pour cent de chance comme raisonnable. Enfin, il lui restait des chances, c'était cela l'essentiel.

— Que va-t-il se passer maintenant? J'imagine que le traitement va être totalement modifié?

— Pas vraiment, reprit-elle d'une voix maintenant plus assurée. Le plan initial était, de toute façon, de te donner une chimiothérapie pour te ramener en rémission complète, mais au lieu de transfuser ta propre moelle que l'on croyait en rémission, tu vas recevoir la moelle d'un donneur sain.

Il avait du mal à se concentrer et comprendre ce qu'elle disait. Il devait tenir.

— Papa a été prévenu? demanda-t-il.

— Le chef de service est en train de lui parler, tu veux que je lui demande de venir près de toi quand il aura terminé?

— Oui, s'il vous plaît, répondit-il d'une faible voix.

Elle partit chercher son père. Ilya restait allongé. Le monde avait basculé, il chavirait, le sol se défilait sous lui. L'image le télescopa. Il allait mourir. Il ne pourrait pas s'en tirer. Son père passa la porte, vint s'asseoir sur le bord du lit et lui prit la main qu'il serra avec force.

— J'ai peur, Papa..., je vais mourir...

200

Son père lui prit la main.

— Tu ne vas pas mourir, on va se battre, jour après jour sur tous les fronts, mais tu ne vas pas mourir. Tu dois me croire.

— C'est impossible que je m'en tire, regarde, pas une seule rémission depuis le début des traitements, ce n'est pas normal, je n'ai pas le temps de souffler, je n'ai pas le temps d'espérer.

— Je sais cela ne se passe pas comme prévu, mais tu ne peux pas raisonner de cette façon-là. Chaque traitement est une possibilité de guérison, chaque traitement peut remettre les compteurs à zéro. Guérir. Vivre comme si de rien n'était. Les chances sont loin d'être faibles et je te propose de ne penser à rien d'autre.

Ilya renifla et respira profondément.

— C'est vrai ce que tu me dis ? Tu ne me racontes pas des histoires ? Je ne veux pas de mensonge. Je n'imagine pas après tous ces échecs que je puisse guérir.

— Je pense que toi et moi devons continuer à vivre et nous concentrer sur la possibilité de vie et non sur les risques d'échec.

— Mais je ne décide pas de ce qui me passe par la tête.

— C'est un cap que tu donnes à tes pensées. Tu fais cela tout le temps sans t'en rendre compte. Même quand tu montes dans ta voiture, tu élimines mentalement la possibilité d'un accident. Tu n'y penses même pas. C'est la même chose pour l'évolution de ta… pardon… de la leucémie. Chaque jour qui passe, tu dois te concentrer sur les chances de guérir. Tu dois accepter la chimiothérapie, nous chercherons un donneur compatible et nous continuerons à te traiter jusqu'à ce que ta moelle soit à nouveau normale… Tu as tes chances. Je ne baisserai jamais les bras.

Ils restèrent l'un contre l'autre pendant un long moment. La porte s'ouvrit.

— On vous attend en salle d'opération.

La voix du chirurgien lui annonça tout ce qui allait se passer.

— Je désinfecte la peau… c'est un liquide un peu froid… je vais anesthésier l'endroit où je vais glisser le cathéter de Hickman[21]…

---

21. Cathéter veineux central que l'on insère sous la peau de la paroi thoracique pour l'introduire ensuite dans une large veine menant au cœur.

Son père lui tenait la main, heureux d'être au contact de sa peau. Le docteur Brandt lui avait annoncé qu'il pourrait rentrer chez lui jusqu'au lendemain matin. Ce sursis était comme un signe du ciel. Tout allait s'arranger. L'analyse sanguine était une erreur. Il était en rémission complète et la chimiothérapie qu'on allait lui donner serait la dernière avant sa guérison.

Son esprit se laissait aller à espérer l'impossible.

— Je vais introduire le cathéter, dit la voix du chirurgien.

Une longue aiguille se glissa sous la peau, il sentit les tissus se disloquer mais n'éprouvait aucune douleur, juste une pression, la sensation d'un corps étranger. La main de son père le rassurait, rien ne pouvait lui arriver. On lui colla un gros pansement compressif sur la peau.

— Voilà c'est terminé, dit la voix du chirurgien.

La civière roula sans à-coups vers le septième étage. L'ascenseur grimpa deux étages, des visiteurs, coincés, lui jetaient un regard gêné. La porte de sa chambre s'ouvrit et il se retrouva allongé dans le lit.

— Voilà une chose de faite, dit son père qui l'attendait dans sa chambre. Je vais terminer ma consultation, j'en ai pour deux heures et je reviens te chercher pour rentrer à la maison. Tu as une idée de ce que tu aimerais faire ce soir?

Il sourit mais ne répondit pas. Ce qu'il aurait désiré était impossible à obtenir: passer la soirée avec son père et Raphaël, parler de leur vie passée, sans Emma.

Il était resté dans sa chambre. Il n'avait pas faim. Il téléphona à Camille et lui fit part des péripéties du jour sans insister sur les aspects de la récidive qui péjoraient son avenir et les modifications de traitement que cela impliquait. Il ne voulait pas lui imposer une charge émotionnelle qu'elle n'avait pas à assumer. Le pansement collé sur le haut de sa poitrine, masquant le cathéter de Hickman était lourd et l'empêchait de respirer profondément.

Son père avait raison. C'était à lui de décider s'il vivrait pleutre ou courageux, terrifié ou combatif, désespéré ou confiant. Dans sa tête les options étaient disponibles. Il les visualisait maintenant comme des objets qu'il pouvait déplacer, examiner et ensuite reposer sur le présentoir. Il pouvait prendre l'un et laisser l'autre, mais il ne pouvait pas prendre les deux. Il devait choisir. Il s'était déjà rendu compte combien sa posture vis-à-vis de la maladie pouvait, non seulement influencer sa propre attitude et son ressenti mais, aussi, par un effet de contagion mystérieux, incitait tous ses proches, amis, médecins, personnel médical à manifester une attitude de support plus appropriée. S'il était déprimé, ils sombraient tous dans une dépression profonde qui les maintenait à distance, évitant le contact; s'il était combatif, ils manifestaient une énergie surprenante à l'encourager et à le soutenir.

Il avait du mal à récupérer après l'annonce de la récidive. — *Ce n'est pas possible… il y a une erreur quelque part… je vais me réveiller… c'est une farce…* Il rêvait de magie, imaginait toujours la maladie comme une punition. Il était aussi en colère. Il en voulait à ses parents de leur séparation. Était-ce possible que cette colère ait provoqué la leucémie? Il avait tout fait pour faire chier son père, s'opposer à ce qu'il pensait, à ce qu'il disait, aux messages qu'il voulait lui faire passer. Il n'avait pas développé n'importe quelle maladie: un cancer. L'idée qu'il voulait défier son père sur son terrain tournait en boucle dans sa tête. — *Papa, tire-moi d'affaire… essaye maintenant de me tirer d'affaire… montre-moi que tu m'aimes.*

Il avait compris qu'il lui restait des chances de guérison, mais que le traitement serait lourd. La chimiothérapie qu'on lui donnerait était de l'ara-C haute dose qui devrait l'amener en rémission complète et qui serait suivie par une chimiothérapie par voies intrathécale[22] et intraveineuse associée à une irradiation corporelle totale. Encore fallait-il trouver une moelle compatible. Raphaël n'étant qu'à demi compatible, un donneur HLA cent pour cent compatible devait être trouvé rapidement. En Europe, la seule banque de moelle se trouvait en Angleterre. L'hôpital ferait appel à eux. Il avait longuement parlé au docteur Brandt, mais tout ce qu'elle avait pu dire n'avait pas épuisé ses interrogations

---

22. *L'injection intrathécale* désigne en général plus particulièrement une injection sous l'arachnoïde (une des trois méninges).

sur ses chances de guérison? Il n'arrivait pas à croire le chiffre de soixante pour cent qu'elle avançait. Elle lui avait paru réticente à parler de pronostic, elle refusait les questions, s'égarait, parlait d'autre chose. Il finit par lui arracher que c'était soixante pour cent de chance pour les patients qui avaient été mis en rémission complète par la chimiothérapie. Il avait alors demandé quelles étaient ses chances de rémission complète avec l'ara-C à haute dose. — *Bonnes*, avait-elle dit.

Il s'était retrouvé à la case départ, conscient que la guérison était loin d'être garantie.

Il était aussi effrayé par la lourdeur du traitement. Il se souvenait de Julien dans l'autre flow pendant sa première cure. Un condensé de souffrance. Il lui avait fallu plusieurs semaines avant d'émerger. Il frissonna, tout son corps se rétracta à cette idée. Quel piège! Un traitement si lourd! Pour quelle probabilité de s'en sortir? Encore fallait-il qu'il ne meure pas des suites directes du traitement. Et si après ce long tunnel il n'était pas guéri? S'il n'avait gagné que deux ou trois ans, voire quelques mois? Cela valait-il la peine? Il n'avait pas de réponse. Il ne savait pas ce qu'il allait recevoir comme temps de vie. Et même s'il n'y avait qu'une chance sur mille qu'il soit guéri et même s'il ne vivait que quelques années, pouvait-il ici, maintenant, décider qu'il arrêtait tout traitement? Impossible de refuser. Il ne savait pas à quelle vitesse les blastes se multipliaient, mais comme sa moelle était encore normale moins de quatre semaines auparavant, il aurait pu calculer quand elle serait totalement envahie. Il n'osait faire le calcul. Peut-on vivre avec l'idée de sa mort annoncée? Il se souvint du *Dernier jour d'un condamné* de Victor Hugo. Il alla chercher le texte édité dans la collection Le Livre de Poche, dans la bibliothèque de son père et tomba dès la première page sur un des passages le plus émouvants: *Maintenant je suis captif. Mon corps est aux fers dans un cachot, mon esprit est en prison dans une idée. Une horrible, une sanglante, une implacable idée? Je n'ai plus qu'une pensée, qu'une conviction, qu'une certitude: condamné à mort!*

Comment refuser d'aller chercher cette petite chance de guérison, si infime soit-elle?

33

23 octobre-4 décembre 1984, Bruxelles, l'hôpital

L'eau et le vent fouettaient en tous sens les stores solaires extérieurs de sa chambre, en partie déchirés, claquant sous les coups de vent. Les premiers jours d'octobre avaient été ensoleillés, un été indien qu'il avait adoré. Il se revoyait à Fontenoille avec Camille. Il attendait la mise en route de la chimiothérapie. Le cathéter de Hickman avait été ouvert et branché sur une perfusion de sérum glucosé, en attente du traitement.

Il devait se comporter comme un combattant. Il savait ce qui l'attendait. Il devait combattre lui-même la maladie. Il avait lu que les patients qui survivaient au cancer, même quand ils étaient considérés comme incurables, semblaient être ceux qui avaient développé un très fort désir de vivre et qui appréciaient chaque jour pour ce qu'il apportait.

Ilya voulait se concentrer sur la relation qui se développait avec Camille. Il voulait combattre la maladie par la pensée. Visualiser les globules blancs et les combattre comme un chevalier, à larges coups d'épée, il se voyait les transpercer à coups de lance, il les visualisait se repliant apeurés sous la puissance de ses pensées. Il devait croire en sa force, penser la leucémie vaincue. Le vent qui soufflait dans les stores était à l'image de son souffle vital et de sa force. Il s'engageait à vivre. La mort n'était jamais une option. Il devait devenir l'animal qui dévore les cellules cancéreuses. Toutes les stratégies mentales se bousculaient dans sa tête et devaient renforcer la chimiothérapie qui allait débuter.

Au milieu de la matinée, on débuta le traitement de désensibilisation. La chimiothérapie à pleine dose reprit le lendemain matin. Les calmants qu'il avait reçus contre les nausées et les vomissements provoquaient une somnolence qui le coupait du monde, il vivait dans une atmosphère ouatée où, comme un voile déchiré, le temps, perdait toute cohérence. On le prépara pour le flow: prélèvement, bain de bouche, spray nasal, décontamination digestive. Le rituel habituel.

— Vous m'avez administré un truc qui me rend somnolent? finit-il par demander.

— Oui, on trouvait que tu posais trop de questions, répondit Edgard en riant, l'infirmier qui s'occupait de lui maintenant pour la troisième fois.

— Sans blague?

— Mais non, le docteur Brandt t'a fait administrer du largactil en espérant te faire passer cet épisode plus facilement, l'ara-C haute dose donne beaucoup d'effets secondaires.

— Je ne sais pas si je ne préfère pas être plus présent à ce qui se passe. J'ai l'impression de flotter au fond d'un puits. C'est comme si je rêvais ma mort.

— Pas de problème, je vais le signaler. Tu peux te tenir debout sur la serviette, je vais t'aider à te laver.

Il entra dans le flow le 26 octobre, au jour 4 postchimiothérapie. Il eut l'impression de rentrer chez lui. Il avait horreur de cette idée. Vivre dans une bulle… quelle horreur… — *Mais vivre*, pensa-t-il.

Il ne devait pas s'habituer à la maladie, il devait au contraire la combattre, la regarder en face. Pour la troisième fois, on referma symboliquement le flow avec les deux bandes jaunes adhésives croisées. Le moteur du flux laminaire ronronnait familièrement.

Il regarda autour de lui. Toujours le même univers avec vue sur toute la zone nord-ouest de Bruxelles. Au loin l'Atomium se détachait sur le ciel comme sur une carte postale. Plus près de lui, le haut noirâtre de la tour de la porte de Hal autour de laquelle volaient des corneilles passant du bâtiment aux faîtes des platanes tout proches. Lointain, le bruit étouffé, d'une sirène montait de la rue.

— Où est passé Julien? demanda-t-il en regardant le deuxième flow qui était vide.

— Il est rentré chez lui depuis longtemps, répondit Edgard, je crois qu'il va bien, la moelle de son frère a tenu.

Ces nouvelles l'encouragèrent. En fin de compte, on pouvait s'en sortir.

Le jour même de son transfert, la température était réapparue. 38,7°C. On recommença le jeu des hémocultures, des antibiotiques, des perfusions, des prises de sang malhabiles, des palpations incertaines, par des bras qui pénétraient dans le flow, engoncés dans les manchons et les gants qui les isolaient d'Ilya. Il se sentait dans *Vingt mille lieues sous la mer*, coincé au fond de l'océan, au bord d'un gouffre, près à sombrer sous le regard neutre, indifférent de médecins techniciens qui le tenaient, sans un mot, du bout de leurs doigts gantés.

Il fallut à nouveau transfuser des globules rouges, des plaquettes, trouver des donneurs compatibles. Il savait que des amis venaient, leurs parents, leurs familles. Une multitude de personnes touchées par son état s'étaient mobilisées dans l'ombre. Il ne savait pas quel sang coulait dans ses veines. Les amis qui venaient n'en parlaient pas. Il n'osait pas poser la question de peur de les mettre mal à l'aise si, par hasard, ils ne s'étaient pas proposés comme donneurs. Les amis passaient comme le vent, ils étaient moins nombreux que lors des hospitalisations précédentes, peut-être plus apeurés à l'idée que la maladie progressait. Ils n'en parlaient pas. Ilya n'aurait rien pu dire, rien expliquer. Recommencer à chaque fois la même litanie lui eût été impossible. Parler de quoi? De ses peurs? Ils s'enfuiraient probablement.

— C'est gentil d'être passé.

— Tu vas bien?

— Oui, merci pour le bouquin, je le ferai stériliser, il a l'air bien. Jean va bien?

— Oui, il ne va pas mal. Tu sais quand tu vas sortir?

— Encore trois ou quatre semaines.

— Les copains t'attendent, on fera une virée.

Il ne savait plus ce qu'était l'insouciance de faire une virée. Il était heureux qu'ils soient venus. Leur désir de le voir lui faisait chaud au cœur, mais il sentait qu'aujourd'hui, ils étaient dans des mondes différents.

— Oui, on fera une virée, merci d'être venu.

Au jour 8 postchimiothérapie, il développa une conjonctivite.

— Vous avez vu votre tête? lui dit l'infirmière chef lors de sa visite du matin, vos yeux sont rouges et gonflés comme des balles de ping-pong. Vous vous êtes regardé?

Non, il ne voulait pas se regarder et n'avait même pas pensé à prendre un miroir dans sa trousse de toilette. Il n'aimait pas sa tête, son crâne lisse, ses traits amaigris. Il préférait se voir dans les yeux de ceux qui l'aimaient: les yeux amoureux de Camille qui continuait à le trouver incroyablement beau et ceux bienveillants de son père ou ceux indifférents de son frère qui se foutait totalement de la tête qu'il pouvait avoir, ou encore ceux apeurés de sa mère, qui le mettaient mal à l'aise et lui donnaient une perspective inquiétante de son avenir. Peu importait, c'était sa réalité.

Rien ne se passait comme il le souhaitait, il avait mal partout, les yeux picotaient, tout le corps était parcouru de démangeaisons, il n'arrivait plus à se nourrir et avait perdu cinq kilos depuis le début du traitement. Les plats cuisinés par son père et qu'habituellement il adorait étaient sans goût, sans parfum et avaient la consistance du plâtre.

— *La perte du goût n'est que transitoire*, lui avait dit le docteur Brandt.

Tout devrait s'arranger et de toute façon il recevait, par le cathéter de Hickman, une nutrition parentérale qui était supposée lui donner la quantité d'énergie nécessaire pour la journée.

Ses pensées étaient accaparées par l'état de son corps. Selon les techniques de Simonton, il aurait dû se relâcher, profiter de chaque jour, se laisser aller, se détendre, penser aux causes de stress et tenter de les résoudre Il aurait voulu se concentrer sur les techniques de visualisation de globules blancs cancéreux et non cancéreux et les mettre en scène dans des combats dont les bons globules blancs sortiraient vainqueurs. La réalité le submergeait à chaque instant, la température, la conjonctivite, ses bras douloureux et la peur occupaient un espace mental qui paraissait réduit aux limites de sa maladie. Impossible de penser à autre chose.

Son père passait plusieurs fois par jour. Il aimait ces moments. Il avait l'impression de retrouver le papa de sa petite enfance, celui qui pouvait s'asseoir à côté d'eux, à même le sol, les prendre contre lui et laisser passer le temps en leur touchant une main, caressant une joue, repoussant une mèche de cheveux. Il y avait entre eux une voie largement ouverte d'amour, de mystère et de magie intransmissible par le langage. On était au-delà des mots. Raphaël était toujours présent dans ses souvenirs, ils étaient toujours deux, chacun occupant un de ses flancs, cherchant à attirer son attention aux dépens de l'autre. Il retrouvait à l'hôpital un père disponible, ouvert à toutes ses plaintes, et capable d'y répondre avec son cœur et toute son attention de professionnel. L'inverse de ce qui se passait quand ils étaient à Saint-Hilaire où il avait toujours le sentiment d'être de trop. Il avait besoin de son père comme d'un roc, sûr de lui quand il disait *Tu vas guérir!* Le toucher, c'était sentir son lien avec les tréfonds de la terre, le centre du monde, et quand le roc parlait, c'était l'univers qui s'exprimait.

— Vrai de vrai ? demanda Ilya à brûle-pourpoint, perdu dans ses pensées.

— Vrai de vrai, quoi ? répliqua son père.

— Je vais guérir ?

Son père comprit le cheminement de sa pensée.

— Mais oui, tu vas guérir.

Son ton était moins déterminé que lorsque le roc parlait dans son souvenir.

— Qu'est-ce que tu penses de Simonton ?

Son père était plutôt ouvert au concept, mais paraissait peu convaincu. Il avait promis de parcourir l'Index Medicus[23] en vue de trouver plus d'information.

— Je pense que c'est une bonne technique, répondit-il. Imaginer que le stress joue un rôle dans l'immunité n'est pas déraisonnable et les techniques qui tendent à le diminuer peuvent restaurer la confiance en soi, donner la sensation que l'on fait quelque chose contre la maladie, et encourager une attitude positive...

— Mais ? ...

— Il n'y a pas de preuve objective qu'une thérapie de ce type ait guéri ou amélioré des malades atteints d'un cancer... Il n'en reste pas moins que ce sont des informations difficiles à récolter et cela vaut

---

23. *L'Index Medicus* est une publication de la Bibliothèque américaine de médecine qui regroupait les tables des matières des principales revues biomédicales et de médecine.

certainement la peine d'essayer. Dès que tu seras sorti de la phase aiguë des traitements, on pourra essayer de trouver quelqu'un qui t'aide.

— Cela existe-t-il en Belgique?

— En principe, je vais me renseigner.

Jour 12 postchimiothérapie. Le ciel était gris. À partir de la salle des flows on devinait à peine les boules de l'Atomium à la limite des terres visibles. Il était 17 heures et la pénombre s'installait. Le vent soufflait en rafales. Malgré la température ambiante élevée, Ilya frissonna. Le bâtiment gémissait sous les bourrasques. Il était seul comme un capitaine sur la passerelle de son navire pris dans la tempête. La salle des flows résonnait lugubrement.

Son père et Raphaël venaient de le quitter. Son corps endolori ne lui laissait pas de répit. Il prit sa température, 38,3°C, juste en dessous des 38,5°C qui déclenchaient le processus des hémocultures et des prélèvements de sang à répétition. Un prélèvement au niveau du cathéter de Hickman était positif pour un staphylocoque. On avait adapté sa couverture antibiotique. Dans l'encadrement des fenêtres, à quelques mètres du flow, le vent secouait le faîte d'un platane qui s'agitait d'une manière chaotique. Une corneille s'agrippait désespérément à une branche périphérique et décrivait des mouvements d'une amplitude de plusieurs mètres avant de décider de se laisser glisser entre deux flux d'air jusqu'à la toiture de la porte de Hal. La nuit serait longue.

— Salut, il n'est pas trop tard?

C'était Camille, le corps timide, hésitante à aller plus avant, le sourire mutin, les yeux pétillants, interrogateurs. Elle paraissait perdue dans ce monde froid et aseptisé, le bleu de sa veste en cuir et l'orange de son écharpe contrastaient avec le blanc aseptisé de l'hôpital. — *La vie versus la mort*, se dit Ilya en la voyant, — *elle est belle comme un fruit exotique*.

— Je n'arrive pas trop tard?

— Tu as toujours ta place près de moi, dit-il, il n'y a pas de limite… S'il y avait de la place dans mon lit, je te garderais auprès de moi toute la nuit.

Elle sourit d'un air coquin.

— Tu me manques, dit-elle, je n'arrive plus à me concentrer à l'école et si je ne fais pas attention, je vais me faire péter[24].

Elle se laissa tomber sur une chaise. L'atmosphère dans la salle des flows était sinistre, un château perdu dans la tempête, la lumière de la salle était blafarde et les coins non éclairés recelaient des mystères inquiétants.

— Non, il n'y a pas de fantômes, s'esclaffa Ilya qui voyait ses yeux scruter la pénombre. Il n'y a personne.

— C'est toujours comme cela? demanda-t-elle.

— Pas aussi glauque, mais c'est le coin le plus haut et le plus avancé de l'hôpital, la journée on voit encore du monde, mais la nuit personne ne vient jusqu'ici hormis l'infirmière de garde.

— Pauvre amour, dit-elle, prête à le prendre dans ses bras.

Le sentiment de frustration était insupportable.

— Je suis tellement heureux que tu sois dans ma vie, dit Ilya avec ferveur, je voudrais tant te montrer combien je t'aime, par moment mon cœur me fait si mal… Je peux te lire un poème? Il n'attendit pas sa réponse:

La Fin de la Journée
Sous une lumière blafarde
Court, danse et se tord sans raison
La Vie, impudente et criarde.
Aussi, sitôt qu'à l'horizon
La nuit voluptueuse monte,
Apaisant tout, même la faim,
Effaçant tout, même la honte,
Le Poète se dit: «Enfin!
Mon esprit, comme mes vertèbres,
Invoque ardemment le repos;
Le cœur plein de songes funèbres,
Je vais me coucher sur le dos
Et me rouler dans vos rideaux,
O rafraîchissantes ténèbres!»

— Waw! C'est de toi?

---

24. Belgicisme, échouer aux examens.

— Non, dit-il c'est un poème de Baudelaire, *La fin de la journée*, je trouve qu'il faut bien une telle poésie pour se sortir de ce trou. Tu ne trouves pas?

— C'est vrai, mais je ne lis pas beaucoup de poésie, c'est grave?

— Mais non mon amour, si tu as aimé ce poème, si tu as trouvé cette poésie belle, c'est que tu la portes en toi.

— C'est important pour toi?

— Plus qu'important, la poésie me permet de survivre dans ce lieu, je suis aux portes de l'enfer, elle seule me tient constamment la main.

— Tu ne vas pas mourir? demanda-t-elle en sursautant.

— Non, ce n'est pas l'enfer des morts, c'est l'enfer des vivants la solitude, l'incompréhension, la douleur, le corps qui se délite, la crainte de mourir et l'espoir de vivre sans pouvoir dire, entre les deux, lequel est le plus pénible.

— Mais tu vas vivre? l'interrompit-elle.

— Évidemment que je vais vivre, je veux te retrouver, te prendre dans mes bras, me serrer contre toi. Au fond le pire dans mon enfer c'est de te voir en face de moi et de ne pouvoir te toucher... je vais rêver de toi. Sans le rêve il n'y a pas de poésie possible.

— Tu m'embrouilles.

— J'ai écrit un texte, dit-il en attrapant un paquet de feuilles A4 dans le tiroir de la table de nuit. J'espère que ce sera plus clair:

Le poème possède une dimension semblable au rêve, il permet la perception d'un nouvel univers détaché de la vie, de la réalité... Le rêve est un état fantastique qui nous permet de nous échapper du monde du réel pour pénétrer dans un monde tamisé où seules certaines sensations et idées peuvent pénétrer.

— Tu comprends mieux?

— Écris-moi un poème, dit-elle en toute ingénuité.

Il sourit en pensant au mouton du Petit Prince.

— Merci d'être là.

Elle repartit quand le vent se fut calmé. Un silence de cathédrale tomba sur la salle des flows. — *Comme dans un cimetière*, pensa-t-il. Il avait peur de la perdre. Un rayon laser vint brièvement éclairer le plafond. Le timbre amorti d'une sirène signala le passage d'une ambulance dans la rue des Faisans.

Comment expliquer cette solitude, ce sentiment d'être seul au plus profond de soi-même, face à l'adversité, face au destin…?

Des pas résonnèrent dans le couloir. Les plafonniers s'allumèrent. Un homme du service d'entretien venait vérifier l'étanchéité des fenêtres. L'infirmière de nuit le suivit de peu.

— Bonsoir, dit-elle sans un regard, je peux voir le thermomètre?

Ilya prit sa température et jeta un coup d'œil sur le repère, 37,8°C, avant de le déposer sur le plateau pivotant. Elle inscrivit le résultat sur la feuille adéquate, prit la tension artérielle d'Ilya qui avait spontanément fixé le manchon de l'appareil, prit son pouls et nota soigneusement les résultats. Pas un mot. Ilya la fixait, espérant déclencher une réaction, mais sans succès, elle restait concentrée, refusant le contact, le regard fixe et les lèvres pincées. Elle avait l'air épuisée.

Au jour 15 postchimiothérapie, il développa une douleur à l'œil gauche. On lui prescrivit de l'auréomycine. Au jour 18 postchimiothérapie, il ressentit une brûlure au niveau de la lèvre supérieure, il nota l'apparition d'une surélévation rêche qu'il perçut du bout de la langue, toute sa bouche était douloureuse au contact de la langue et des aliments.

— C'est un herpès, dit le docteur Devriendt, une jeune femme médecin stagiaire qui s'occupait de lui ce matin-là, il faudra vous administrer de l'acyclovir.

Le projet de greffe de moelle se précisait. La recherche d'un donneur HLA compatible se révélait plus difficile que prévu. Une première recherche n'avait rien donné. Les insulaires britanniques étaient définitivement différents du mélange des populations continentales. Il ne fallait pas désespérer, les recherches continuaient, avait dit le docteur Brandt.

Il ne voulait pas y penser. L'avenir se dessinait, mais non sans embûches.

Sa mère lui téléphonait tous les deux jours. Elle était bouleversée par ce qui lui arrivait et avait dû arrêter ses activités professionnelles parce qu'elle n'arrivait pas à gérer ses émotions et à se concentrer. Plusieurs fois elle repoussa sa venue. C'était la personne dont il se sentait aujourd'hui le plus proche, sûr de son amour et conscient de sa fragilité. Il avait enfin compris comment elle fonctionnait. Un peu comme une voiture qui ne disposerait que d'une marche arrière. Toutes les perceptions étaient différentes et il fallait systématiquement inverser le point de vue pour se rapprocher de sa réalité. Mais elle l'aimait et il ne voulait pas la bousculer.

— Ne t'inquiète pas, Maman, tout va bien, on s'occupe bien de moi, j'ai moins de problèmes que lors de la première hospitalisation, je vais bien, je sais que tu penses à moi et que je peux te téléphoner quand j'en ai besoin.

Il allait mieux. Plus de température, l'herpès régressait. Il avait besoin de temps à autre d'une transfusion. Il fallait attendre 500 polynucléaires pour pouvoir sortir.

Le deuxième flow avait été ouvert pour une jeune fille qui venait d'être greffée avec la moelle d'une sœur jumelle. Elle n'allait pas bien. Ilya participait à ce qu'elle vivait. L'idée de la greffe lui donnait froid dans le dos. Son père s'était renseigné sur les hôpitaux qui avaient le plus d'expérience dans les greffes de moelle. Seattle, aux États-Unis, sortait gagnant. Ils demandaient un dépôt de cinq millions de francs de garantie avant de commencer quoi que ce soit et dès que les coûts dépassaient cette somme, un autre dépôt, éventuellement adapté à la situation médicale du moment, était réclamé. — *Et si on n'avait plus de quoi payer?* avait demandé son père. — *Then you should simply pick up and leave*[25].

La vie dans le flow ronronnait. Changement de draps tous les matins, bain dans un bol dans lequel on lui versait l'eau distillée. La toilette se faisait en public.

— Tu ne te prends pas pour Louis XIV ? avait demandé Raphaël un matin où il assistait à la cérémonie.

— Ce n'est pas une raison pour rempiler, mais cela a un côté agréable de voir tout le monde à ta disposition. Je m'y habituerais bien.

— Tu sais combien de personnes étaient nécessaires au seizième siècle pour avoir un confort équivalent au nôtre, en termes de chauf-

---

25. Alors il ne vous reste plus qu'à prendre vos bagages et partir.

fage, accès à la nourriture, production d'eau chaude, fabrication des vêtements... ?

— Aucune idée.

— Trois cents personnes, ils avaient besoin de trois cents personnes pour produire un confort comparable au nôtre. Je me demande qui est à envier ?

Ilya ne releva pas, Raphaël trouvait toujours des dérivatifs pour éviter d'aborder les questions qui fâchaient. C'était un vrai stratège de l'évitement.

— J'ai été bouleversé par l'attitude de Maman, hier... je me dis que... nous aussi nous devons être un peu comme elle. Ce n'est pas possible qu'elle soit à ce point détraquée...

— ...

— Merde, réponds, dis quelque chose... tu as vécu avec elle plus longtemps que moi.

Raphaël ne se souvenait plus de rien. Rideau. Il n'y avait rien à voir. Mais il sentait le passé de sa mère, celui de son père diffuser sur sa propre vie.

— J'ai l'impression de porter leurs bagages.

— Qu'est-ce que tu veux dire ?

— Je ne sais pas, j'ai l'impression que ma vie n'est pas une page blanche dans un nouveau cahier, mais une page supplémentaire dans un vieux grimoire. Le passé me colle aux basques.

— C'est ça qui t'a ramené au seizième siècle ?

Il rit franchement.

— Non, je ne crois pas, mais tout est possible, je pense que nous continuons la vie d'autres qui étaient là avant nous... et ce que nous faisons serait une réaction à leur vie... et ils traînent aussi derrière eux un passé qu'ils ignorent...

— Waw... c'est fort... ça doit chauffer sous ton crâne, dit-il en riant, malgré tout impressionné par la réflexion.

— ... je ne sais pas ce que je dois en faire...

— On ne va tout de même pas traîner cette histoire toute notre vie ? Il faut déposer les bagages, les mettre en consigne quelque part et ranger le coupon de réception au fond d'un tiroir... et l'y oublier.

— Je ne sais pas... aujourd'hui je ne vois même pas quels sont ces bagages, ils pèsent sans forme, sans structure, je n'arriverais pas à les saisir.

Ilya réfléchit. L'idée que tout ce qui s'était passé dans sa vie n'était pas de sa faute aurait pu l'arranger, c'était au fond assez pratique: les responsables seraient son père, son grand-père, sa mère... et leur foutue histoire... pas lui. Mais, à la réflexion, ce n'était pas tout à fait juste. Même si les ressorts d'une décision étaient complexes et n'étaient pas toujours identifiables, il savait qu'il avait choisi. Il était certain qu'il avait lui-même décidé... d'arrêter ses études... de se droguer... de se comporter comme un salaud. Il n'avait jamais eu l'impression d'être totalement soumis à un destin... de toute façon sa vie changerait... elle avait déjà changé et après sa guérison c'est lui seul qui serait aux commandes de sa destinée.

— Je n'arrive pas à imaginer que depuis la nuit des temps, et ça fait au moins cent mille ans, chaque homme qui nait traîne les bagages de ses ancêtres. L'homme se serait arrêté d'exister, nous ne serions pas là. Il doit y avoir un moyen d'accéder à la consigne, de tout y déposer et être libre de recommencer une nouvelle histoire.

Raphaël ricana en haussant les épaules.

— Au fond, tu es un optimiste... je file, je serai en retard à l'hôpital militaire, j'assure le service jusqu'à 8 heures ce soir.

Et il lui envoya un baiser de la main avant de remettre son calot sur le côté de la tête d'un air martial.

Ils n'avaient pas trouvé de donneur compatible. Sa combinaison HLA, mélange de blanc bleu belge[26] et de Juif ashkénaze, était introuvable en Angleterre, il faudrait se rabattre sur la moelle semi-compatible de Raphaël. Il ne voulait pas y penser, une décision définitive serait prise avant sa sortie.

---

26. Le blanc bleu belge (BBB) est une race bovine belge destinée à la production de viande.

Jour 30 postchimiothérapie. Il se sentait en pleine forme, envahi par une vague d'optimisme qui lui venait des profondeurs. De la joie! Objectivement, si les effets secondaires de la chimiothérapie avaient régressé, les solutions pour la suite des traitements restaient en suspens. Pourtant, rien n'entamait la joie qu'il éprouvait et qui venait, lui semblait-il, de ce qu'il avait compris qu'il était un homme libre, maître de son destin. L'image qui lui venait en tête était celle du pilote d'avion au combat, seul maître à bord, personne pour prendre la relève, il pourrait être abattu en plein vol, mais il pouvait jusqu'au dernier moment combattre, décider, défier les étoiles, la pesanteur. Il se sentait léger même si la mort rôdait. Accepter ce qui est et ne pas subir, tenir, combattre, faire preuve d'inventivité, d'initiative. Il était aux commandes de sa vie. Son cœur allait éclater dans sa poitrine.

On fit exploser la bulle au jour 41 postchimiothérapie. Le flow se disloqua sous ses yeux comme un mauvais rêve. Ils étaient tous là, son père, Raphaël, Camille. Il put les embrasser, les toucher. Leur dire combien il était heureux de les retrouver.

Le docteur Brandt lui fit le plan des prochains jours.

— On refera un contrôle médullaire dans une semaine avec un caryotype et on commencera la cyclosporine en vue d'une greffe de la moelle de ton frère. Nous avons contacté le professeur Ray Powles au Royal Marsden Hospital à Londres, il est d'accord pour te prendre en charge.

— Papa est d'accord?

— Oui, nous en avons discuté, c'est le centre qui a la plus grande expérience de greffe de moelles semi-identiques de ce côté de l'Atlantique.

34

4-16 décembre 1984, Uccle

La vague d'optimisme qui l'avait porté à sa sortie de l'hôpital était venue mourir sur les pentes de Saint-Hilaire et les rives du quotidien. L'affection que tous lui portaient quand il était à l'hôpital semblait s'envoler au contact des vicissitudes du journalier, de la banalité. Pour tous, la vie avait repris son cours normal, et entre le travail, la cuisine, le nettoyage, l'occupation de la salle de bain et de la toilette, les sources d'irritation étaient nombreuses. Il se sentait indésirable, percevait des reproches pour des futilités, et sous-jacente à toute discussion, la rengaine du père abandonné par son méchant fils drogué. — *Je sais que j'ai fait des conneries*, pensait-il, *et je suis en train de les payer très cher*. Rien n'était explicite et il se demandait parfois s'il ne se faisait pas des idées. Son père lui avait même demandé de les ménager... Ce qu'il essayait de faire en restant seul dans sa chambre, en gardant par-devers lui ses problèmes et ses angoisses.

Et puis il s'en voulait, se demandait s'il n'interprétait pas, si tout cela n'était pas lié à la présence d'Emma qui se promenait dans la maison comme en territoire conquis, gérant, réglementant, totalement chez elle sur leur terrain, sur les lieux que lui, Raphaël et son père avaient investis. Il ne la supportait pas. L'ombre de sa mère planait. Pourquoi son père devait-il lui imposer une autre femme? Il était piégé. Impossible de partir dans l'état où il se trouvait. Il devait bien reconnaître qu'Emma s'occupait de lui avec une attention et une énergie sans faille, mais elle ne laissait aucune place à d'autres choix que les siens. Son côté intrusif était insupportable.

Malgré son amour débordant, Camille n'arrivait pas, à gommer ses problèmes. Finie la joie et l'espoir des derniers jours à l'hôpital. Il ne pouvait lui faire part de tous ses soucis, ses inquiétudes, ses obsessions. L'idée de la greffe l'affolait. Il repensait à Julien. Il devrait recevoir un conditionnement de chimiothérapie et de radiothérapie, qu'il imaginait être l'équivalent de la bombe atomique sur Hiroshima. Il allait être anéanti. Il ne voulait pas y penser, mais les images revenaient par vagues. Il revoyait le corps écrasé de Julien dans son flow, incapable de communiquer, infiniment seul. Comment partager de telles pensées? Il n'osait même pas en parler à son père.

Il devait décider de ce qu'il pouvait partager. Ne pas tout dire, de peur de les voir tous s'éloigner pour se protéger.

Un soir il avait entendu une conversation entre son père et Emma. Ils étaient allongés dans la chambre du deuxième. Il était environ trois heures de matin.

— Tu ne dors pas? disait son père.

— Non, répondit Emma.

— À quoi penses-tu?

— …

— Je me demande comment tout cela va finir, j'ai peur de ce qui l'attend, …

— J'ai peur aussi.

— …

— … tu ne dois pas m'en vouloir si à un moment donné, je pars… je pense que si c'est trop difficile… si mon émotion risque d'affecter le développement de notre enfant… je partirai me mettre à l'abri.

— …

Ilya pleura.

De son lit il entendait les voix dans la rue, toutes proches. Il se demandait si on l'entendait faire l'amour avec Camille ou si on pouvait suivre les conversations téléphoniques qu'il tenait parfois très tard avec elle ou d'autres amis. Une porte claqua. Une voiture démarra. Les effluves de mazout s'infiltrèrent par la fenêtre entrouverte. Quelques flocons de neige étaient tombés, évanescents sur les pavés de grès.

Il devait cesser de laisser son cerveau partir en roue libre. Il glissait en permanence de l'espoir fou au désespoir le plus total en se nourrissant uniquement de ses propres fantasmes. De — *Papa est extraordinaire* à — *c'est un salaud indifférent et égoïste* … Parfois des pensées folles, des bribes de phrases prenaient possession de sa raison. Obsédantes et presque toujours contradictoires. Il prenait souvent des notes la nuit, griffonnant sur des bouts de papier les questions qui tournaient en boucle dans sa tête : *mort égale résolution des problèmes... une fuite... la mort est la solution pour tout... une belle fin, ou encore : pourquoi la peur de guérir... qu'est-ce qu'il y aurait après la guérison qui me ferait peur de guérir ?*

Il ne voulait plus penser !

La fatigue ne se résolvait pas. Il était essoufflé après avoir monté les quelques marches pour rejoindre sa chambre. On avait réalisé sa ponction sternale la veille et il n'avait pas encore les résultats de sa prise de sang. Il devinait que sa moelle n'allait pas au mieux. Une bouffée de tristesse l'envahit. Il monta dans la chambre où son père préparait la leçon privée pour sa thèse.

— Tu arrives à travailler ? demanda-t-il, surpris de trouver son père penché sur ses notes.

Son père releva la tête et lui sourit.

— Tu as l'air content, reprit Ilya.

— Je le suis, tu es près de moi et c'est la chose la plus importante qui soit, dit-il en lui prenant la main.

Ilya s'écroula dans ses bras.

— J'ai peur, j'ai l'impression que tout va foirer, que je suis foutu, je me sens toujours si fatigué.

Son père lui prit le menton et le regarda dans les yeux.

— C'est normal que tu aies peur mais il faut tenir. De toute façon, ta fatigue, est due à ton hémoglobine basse, pas à cause d'une reprise éventuelle de la leucémie. Je demanderai à Catherine si tu ne peux pas être transfusé demain.

— Comment fais-tu pour paraître si calme ? J'ai l'impression de voir un général en manœuvre, tu travailles, tu cuisines, tu vois les malades, tu travailles à ta thèse... J'ai parfois l'impression que je ne compte pas. Que je fais partie, des choses que tu dois faire, dont tu es responsable mais qui ne te touchent pas vraiment. Tu vas avoir un enfant... alors... moi...

Il se força à sourire et Ilya ne vit pas la larme qui accrochait la lumière sur sa joue.

Tout le monde dormait encore. Il s'était réveillé à six heures. Impossible de dormir. Il avait jeté un coup d'œil dans la rue faiblement éclairée, une fine couche de neige s'était déposée sur le toit des voitures et, au sol, des traces de pneu luisaient sur le pavé. Il avait rêvé que les choses ne se passaient pas bien, que tout coinçait, les traitements avaient échoué, il était abattu par des fièvres terribles, aucune moelle ne pouvait lui être transfusée, il allait mourir, son père lui tendait la main, mais il n'arrivait pas à l'attraper. Camille s'était retournée, collée contre lui, avait poussé un soupir et s'était rendormie, en émettant un petit ronflement qui l'émouvait. Il devait s'en tirer, rien que pour elle. Le fait de ne pas pouvoir sortir, se distraire, voir des amis, aller au cinéma, au concert, augmentait le caractère obsessionnel de la situation. Malgré la transfusion de globules rouges, sa fatigue ne s'était guère améliorée. Il se demandait s'il était en rémission. Il descendit à la cuisine. La maison était toujours silencieuse. Il enclencha l'interrupteur, la petite cuisine s'illumina, il s'assura que le store de la fenêtre empêchait les passants éventuels de le voir et se prépara une tasse de café dans la Moka Express. Il huma avec délectation l'odeur de pur arabica brésilien du paquet qu'il venait d'ouvrir. Il aimait la caféine. Le nom sonnait un peu comme cocaïne dont elle mimait l'effet stimulant. Pour lui c'était suffisant. Il ne voulait plus toucher à la cocaïne ni à quoi que ce soit du genre. Il s'assit sur un haut tabouret. Le café était délicieux. Il se sentait bien. La fatigue ne se manifestait qu'à l'effort. Peut-être était-il bien en rémission? Un moment de bonheur. Son regard tomba sur une enveloppe rose posée sur le coin de la table. Il reconnut le style et l'écriture d'Emma. Elle était adressée à un ami, Gilles pour qui il avait beaucoup d'affection... — *Et si je lui ajoutais un petit mot?* se dit-il. Il se saisit de l'enveloppe, elle n'était pas cachetée, il sortit la lettre écrite sur un papier crème d'une petite écriture régulière. Il ne voulait pas lire la lettre, juste ajouter quelques mots d'amitié à la suite du texte d'Emma. Ses yeux balayaient machinalement l'écrit sans le voir, mais son regard fut irrésistiblement accroché par une phrase: *la leucémie d'Ilya évolue de plus en plus mal et je pense qu'il va malheureusement mourir d'ici peu… Gary est désespéré… j'essaye de le soutenir du mieux que je peux…* Il lut et relut la phrase, incapable de bouger, les yeux rivés sur le feuillet de papier, sentant une pression terrifiante lui écraser la poitrine. Il aurait voulu tout refermer, oublier, faire comme si cela n'existait pas, mais les mots le transperçaient, comme autant de flèches, *malheureusement mourir d'ici peu…* ils pénétraient sans qu'il puisse refuser le contact ni éviter le choc.

Il hurla. Un cri rauque d'animal blessé, un feulement qui se termina par des sanglots qu'il arrachait du fond de la poitrine. Raphaël était déjà là. Les autres suivirent. Raphaël prit son frère dans ses bras.

— Je vais mourir, hurlait Ilya, je vais mourir, c'est ce qu'elle écrit, je vais mourir. Son père jeta un coup d'œil à la lettre en se retournant vers Emma.

— Qu'est-ce qui t'a pris d'écrire un truc pareil?

— Je suis désolée mais c'est ma lettre, il n'avait pas à la lire.

— Tu sais que nous évitons tous de penser négativement. On sait ce qui risque d'arriver, mais on essaye d'envisager ce qui peut marcher.

— Ben oui, moi j'appelle un chat un chat.

— Et… quel intérêt d'informer Gilles de ce que tu peux penser de la situation d'Ilya? reprit-il. En quoi cela nous aide-t-il? Qu'est-ce que cela lui rapporte? Cela ne le regarde pas. Ce qui arrive à Ilya ne t'appartient pas, tu n'as pas le droit de le diffuser à ta guise.

Elle rejeta ses cheveux en arrière, tenta de refermer le décolleté de sa nuisette entrouverte, et baissa la tête.

— Désolée, c'est vrai, je n'aurais pas dû… je suis inquiète pour toi et… cela me faisait du bien de le partager avec un ami… désolée.

— C'est OK, reprit Ilya en essuyant les larmes qui avaient coulé sur le bord des lèvres, je sais que je suis foutu, mais je veux me battre, je veux y croire car si je me laisse aller, si je n'arrive pas à imaginer qu'il existe une chance de m'en tirer, si faible soit-elle, alors c'est compliqué de vivre en attendant que cela arrive. Ma tête ne sait rien construire dans cette attente sans espoir. Il n'y a plus que la fuite dans la folie. Disparaître, ne plus être présent à sa vie.

Il se tourna vers Camille qui pleurait dans un coin de la pièce.

— Je suis peiné de t'imposer cela, dit-il en la prenant dans ses bras, tu arrives à un mauvais moment de ma vie, mais je veux croire que je peux m'en sortir, que la moelle de Raphaël va me sauver.

Camille lui donnait une envie folle de vivre, de se projeter dans l'avenir, avoir des enfants, effacer toutes les conneries passées par une vie qui avait du sens. Elle était la preuve que c'était possible. Il l'aimait.

Il… ne pouvait pas l'abandonner maintenant que sa vie prenait une autre direction. *Il…* C'était la première fois qu'il pensait à un *Il*, à Dieu ? À un Dieu, à une force supérieure qui pourrait intervenir dans sa vie ? Non… C'était juste une façon de parler. Dieu, s'il existe, ne s'occupait pas des humains… Ni de quoi que ce soit d'autre.

Comme prévu, le 14 décembre il revit le docteur Brandt qui lui dit, les yeux baissés sur les résultats :

— On a trouvé vingt-huit pour cent de blastes anormaux dans ta moelle. Tu n'es pas en rémission… Je suis désolée, dit-elle finalement en le regardant.

35

17 décembre 1984-6 janvier 1985, Bruxelles, lieux divers

— Nous allons te donner une combinaison de d-methanesulfon-m-Anisidide (m-AMSA) en une perfusion d'une heure et 80 mg/m²/d'étoposide (VP-16) dans une perfusion de vingt-quatre heures, toutes deux pendant cinq jours, dit le docteur Brandt.

La complexité de l'énoncé du traitement exprimait à elle seule son malaise devant la succession des échecs successifs et sa difficulté à en parler avec Ilya. La mâchoire crispée, les lèvres pincées, tout son corps était déjà tendu vers la sortie.

— Une fois le traitement terminé, tu rentreras chez toi, ton père et Emma te surveilleront. Il y a finalement moins de risque de complication à domicile qu'à l'hôpital.

— Il y a une chance que cela fonctionne mieux cette fois-ci? demanda Ilya circonspect.

Le choc avait été terrible. La lettre d'Emma l'avait sidéré et maintenant on lui trouvait vingt-huit pour cent de blastes. Il n'en avait jamais eu autant. Il ne savait pas si le pourcentage d'envahissement avait une quelconque valeur pronostique. Probablement que c'était moins bon que deux ou trois pour cent. Les mauvaises nouvelles s'accumulaient. Il se sentait pris au piège. Il avait du mal à s'échapper de cette spirale qui tournoyait d'une mauvaise nouvelle à l'autre. Il n'osait même plus demander s'il avait des chances de rémission.

— L'équipe de Franco Cavalli à Lugano que ton Papa connaît bien, reprit-elle, a obtenu cinquante-six pour cent de réponses complètes chez des patients récidivants, comme toi, après anthracycline et ara-C.

Son cœur se mit à battre. Cinquante-six pour cent, c'est autant de chances que la fois précédente. Cela pourrait encore marcher? Il devrait en parler avec son père. Tout ce qu'avait écrit Emma pouvait-il être faux ? Il l'espérait tellement. Il avait du mal à se laisser prendre complètement submerger par l'idée de la mort. Il voulait vivre. Il ne voulait même plus discuter du prix à payer. Que ne donnerait-il pas pour cinq ans... pour deux ans... pour un an... quelques mois... quelques semaines. Vivre ! Qui pouvait le comprendre ? Vivre c'était d'abord y croire, ne pas se leurrer mais imaginer que c'était possible. — *Merci Docteur Brandt. Je ne sais pas si le chiffre cinquante-six pour cent de réponses complètes est vrai, mais je veux y croire. Plus, je ne vous aurais pas cru, mais cinquante-six est un chiffre tout à fait crédible... et un ami de mon père doit être fiable*, pensa-t-il.

Les cinq jours passèrent rapidement. Camille venait tous les soirs et se collait à lui dans le lit. Ils surveillaient les pas de l'infirmière et les claquements de portes et d'ustensiles divers qui annonçaient qu'elle approchait et qu'il était temps de reprendre une attitude digne, hors du lit. Tout le monde planait dans une vague d'optimisme surjouée, mais qui était nécessaire à leur survie. Son père passait tous les jours, il le sentait plus décontracté, plus convaincu que le traitement fonctionnerait. La date de défense privée de sa thèse devant les experts universitaires était prévue pour le 21 décembre et cela n'avait pas l'air de le préoccuper outre mesure.

— C'est un sujet que je travaille depuis tant d'années que je ne vois pas ce que quelques jours de travail en plus devraient changer à mes connaissances. Vingt minutes de présentation et ensuite le jeu des questions-réponses. Au fond, c'est moi l'expert, ils poseront des questions juste pour montrer qu'ils connaissent le sujet. Il n'y a pas de crainte à avoir.

Même le docteur Brandt fut pris dans l'ambiance générale et souriait largement dès son entrée dans la chambre. Elle avait du mal lorsqu'il fallait rapporter une mauvaise nouvelle mais, pour le reste, Ilya la trouvait extraordinaire.

— Et si je suis en réponse complète ? demanda-t-il traîtreusement.

— Tu pars chez le professeur Powles à Londres avec la moelle de ton frère dans les bagages, c'est eux qui prendront soin de toi. Je suis certaine que tu seras bien accompagné.

— Il n'y a pas de risque pour mon frère ? demanda-t-il inquiet.

— Quel risque? Que veux-tu dire?

— Je ne sais pas, un accident lors du prélèvement?

— Non, il est en bonne santé, il va reconstituer sa moelle en quelques jours... C'est sympathique, il m'a dit qu'il souhaitait qu'on prélève sa moelle, qu'il était prêt à courir tous les risques et voulait absolument que tu puisses la recevoir... Mais il n'y aura pas de problème.

Il reçut des médicaments destinés à décontaminer son tube digestif, les recommandations d'usage vis-à-vis des risques d'infection et on lui enseigna les procédures pour manipuler stérilement le cathéter de Hickman et effectuer les prélèvements sanguins que son père amènerait à l'hôpital.

Le 21 décembre, ce dernier ramena Ilya à Saint-Hilaire. Il avait défendu sa thèse avec succès devant un comité restreint d'experts. Il lui restait à préparer la soutenance publique pour la fin janvier.

Noël approchait et l'atmosphère générale était à la fête. Tous se préparaient. Son dernier Noël? C'était pénible de penser un évènement comme étant le dernier. Comment se passera le dernier jour, la dernière heure, la dernière minute? Impossible de concevoir quoi que ce soit comme dernier évènement. Il aurait voulu qu'on s'occupe de lui, mais personne ne semblait concerné par son problème, chacun poursuivait un objectif: les courses, la préparation du repas, l'achat d'un cadeau, le choix de vêtements. Ce climat de fête le rendait encore plus morose. Face à la tristesse de Camille, il devait faire bonne figure, sauver les apparences. Il avait un peu maigri, n'avait plus de cheveux, mais son apparence physique ne s'était guère modifiée. Il enfila son jeans, chaussa ses santiags parfaitement cirées, rutilantes et mis une chemise blanche. Qui aurait pu croire qu'il était malade? Comment un corps comme le sien arrêtait-il de fonctionner?

La pièce était illuminée, des bûches flambaient dans la cheminée, le sapin scintillait près de la baie vitrée. Julian avait apporté le champagne. Tout le monde était joyeux, on ne percevait aucun signe de morosité. Il devait s'arracher à ses pensées, sourire, s'esclaffer, rester dans le ton général. Tout le monde buvait sauf Raphaël.

— Sage comme une image, le petit, railla Ilya.

— Le petit, tu sais ce qu'il te dit?

— Il parle, le petit? insista-t-il.

La présence de Lydia l'aiguillonnait et Raphaël reprit, superbe:

— Au cas où tu ne serais pas au courant, je suis le volontaire pour te filer ma moelle et on m'a suggéré de ne pas boire, ce qui, pour moi, n'est pas difficile, mais tu as intérêt à me ménager, que dis-je, me respecter, tout le monde s'est défilé quand on a su que c'était toi qui avais besoin d'une moelle. Je pourrais encore réfléchir…

— Ta moelle? Je me demande d'ailleurs s'il n'y a pas un risque pour que je te ressemble.

— Non seulement tu vas me ressembler, mais mes cellules vont prendre possession de ton corps et de ton âme… Ha! ha! ha! ricana-t-il d'un air qui se voulait inquiétant.

— Stop, dit leur père, j'entends que vous rigolez, mais cela me paraît assez lugubre, laissez tomber. Joyeux Noël à tous, dit-il en levant son verre.

Julian avait ramené du brochet qu'il pêchait près des grands lacs du delta au sud-ouest des Pays-Bas, et qu'il préparait avec un beurre blanc. La saveur était délicieuse, tout le monde se détendait. Pris par l'ambiance, Ilya finit par se décontracter et, à force de sourire, près de Camille, il glissa dans un petit espace de bonheur. Raphaël avait ramené des masques à l'imitation de ceux de la commedia dell'arte où le bas du visage restait libre et le haut dessiné dans le détail, très coloré avec cheveux, chapeau, lunettes… L'effet était troublant.

Des bruits confus dans la servitude, des enfants passaient en criant devant la baie vitrée, certains se collaient le front à la vitre pour observer, surpris de rentrer de la sorte dans l'intimité d'une famille. Comme toujours, les Mabrouk passaient et repassaient pour glaner on ne savait quelle information.

— J'ai l'impression qu'ils ne se mettent à vivre que lorsque nous sommes là, dit Julian en s'esclaffant, on peut aller leur dire un mot.

— Ça ira, Julian, dit son père, j'ai un avocat qui règle l'affaire. Pour l'instant, je ne suis pas encore passé sur le mode guérilla urbaine, mais on ne sait jamais. Je te ferai signe dès que le conflit sera ouvert.

La distribution des cadeaux était toujours un moment excitant. Ils étaient souvent modestes, mais en assez grand nombre, des livres, des foulards et plein de petites fanfreluches. Camille prélevait au hasard un paquet qu'elle remettait au destinataire dont le nom était inscrit sur l'emballage. Des cris de joie, de surprise, lorsqu'une fois déballé, on découvrait le contenu du paquet. Le temps était suspendu. Ils jouaient la comédie du bonheur.

— Maman, les gens se font des cadeaux ! cria une voix enfantine de l'autre côté de la baie.

— Erwin, viens ici, tu n'es pas chez toi, répliqua une voix de femme.

Emma avait reçu un paquet plus conséquent, tout rond, emballé dans un papier d'un noir brillant qui jetait mille feux et accentuait le caractère mystérieux du contenu. Un chien en peluche adorable s'échappa du paquet et bondit sur les genoux d'Emma. Autour du cou, une grande enveloppe qui contenait un petit mot de son père et la carte chromosomique du bébé. Ce serait une fille. Cris de joie, rires, bonheur. Emma qui maintenant était bien ronde était radieuse et s'écrasa dans les bras de son père. Ilya se demanda un instant comment il pouvait vivre la mort possible de son fils et l'arrivée prochaine d'une fille.

— C'est quoi encore la schizophrénie ? Murmura-t-il à l'oreille de Camille.

— C'est chouette, lui répondit-elle.

Il avait du mal à imaginer une sœur. *C'est normal*, il n'avait pas eu le temps d'y penser. Jusqu'ici on en parlait peu. Il se rendait compte que le bébé était là, quelque part dans la tête de son père et d'Emma, ainsi que dans la sienne, mais pas encore dans leur vie. Ce chien en peluche était une première manifestation physique de sa présence.

Il reçut un couteau sicilien avec un manche en corne et une longue lame courbe, une chemise, un porte-mine Koh-I-Noor en métal noir et mine 0.5 mm. Son père lui offrit le dernier roman de Robert Merle, *La violente Amour*, qui faisait partie de sa fresque historique *Fortune de France*. Il feuilleta les premières pages à la recherche de la dédicace. Rien. Tous les feuillets étaient blancs, vides. La banquise. Il fit glisser deux ou trois fois les feuillets sur son pouce comme pour s'assurer qu'il n'y en avait pas deux qui, collant l'un à l'autre, auraient masqué la dédicace. Il surveillait son père du coin de l'œil. Souriant, baignant dans le projet de sa fille à venir, de bonne humeur, toujours prévenant, attentif, rassurant. Il lui était difficile de deviner ce qu'il pensait.

Il ne lui avait jamais donné un livre sans le dédicacer!

Au jour 12 postchimiothérapie, Ilya nota la présence de taches rouges, aux contours irréguliers, de deux ou trois millimètres de diamètre sur l'avant-bras gauche. Son père examina la lésion, prit sa température, qui était normale, et fit un examen physique complet.

— Viens, je t'emmène à l'hôpital, je crois que tu fais une infection.

— Tu es sûr?

— Je ne sais pas, il vaut mieux faire quelques examens

Les résultats de la prise de sang montraient une possibilité d'infection qui se manifestait par une élévation des produits de dégradation du fibrinogène qui étaient un indicateur de coagulation intravasculaire disséminée[27]. L'après-midi, la température était à peine élevée à 37,3°C. Il fut néanmoins décidé d'administrer de la ceftazidime par voie intra-veineuse trois fois par jour, sans attendre le résultat des cultures. Le docteur Brandt suggéra à Ilya de gérer lui-même la préparation des antibiotiques et les perfusions.

La vie s'organisa autrement. Il vivait comme à l'hôpital, se prome-nait relié à un pied à perfusion et portait un masque de protection fa-ciale. Il s'était organisé un coin stérile dans sa chambre où il préparait les perfusions au fur et à mesure de ses besoins.

Tous les jours, pendant quelques heures, des amis passaient. On aurait dit qu'ils avaient décidé de ne pas le laisser seul, mais les conversations étaient de plus en plus limitées. Il attendait le verdict. Était-il en rémis-sion? La situation actuelle ne l'encourageait pas à espérer, mais — *ce n'est qu'une complication de la chimiothérapie*, avait dit son père.

---

27. Activation pathologique de la coagulation (formation de caillots san-guins) qui peut apparaît dans de nombreuses maladies dont la leucémie aiguë myéloblastique et les infections bactériennes ou virales.

Camille ne disait rien, silencieuse, sa seule présence était comme un baume, et il se persuadait que la chimio allait éradiquer la maladie et que la greffe de moelle de son frère allait le guérir.

La vie reprenait son cours.

Raphaël revenait tous les soirs après sa prestation à l'hôpital militaire, se changeait et repartait aussitôt rejoindre Lydia. Il avait décidé que tout était arrangé, qu'il allait donner sa moelle et son frère serait guéri. La possibilité d'offrir sa moelle le rendait heureux comme il ne l'avait peut-être jamais été depuis la séparation de ses parents. La rédemption. Il ne savait pas bien ce que cet acte rachèterait, peut-être toutes les bêtises qu'il avait faites, toutes les pensées qui auraient pu s'échapper de sa tête...

Sa mère passait une ou deux fois par semaine, quand elle était assurée que son père n'était pas là et quand les chiens ne posaient pas de problèmes. De fait, quand elle allait suffisamment bien pour faire face à son enfant qu'elle imaginait mort. Dans ses yeux, Ilya ne percevait aucun espoir, rien que la certitude de sa mort et la réserve de larmes qu'elle était prête à déverser.

Les relations avec son père restaient empreintes de gentillesse, mais hormis quelques moments privilégiés, marquées d'une certaine retenue. Il lui en voulait de ne pas recréer leur relation de complicité ancienne.

Un dimanche midi, tout le monde était là, attendant qu'il descende prendre le repas. Il était dans sa chambre en train de préparer sa leçon publique. Le soleil d'hiver éclairait le jardin. Les Mabrouk en profitaient pour intensifier les passages d'enfants, d'amis, le regard attiré vers la pièce de séjour et ses mystères.

— Nahilaaa! Range ton vélo.

Ilya râlait qu'il ne soit pas déjà auprès d'eux. Il fallut encore l'appeler trois fois. Il descendit assez joyeux, satisfait de l'état d'avancement de son travail. Ilya ne comprenait pas qu'il puisse ainsi se concentrer sur son travail et mettre de côté les problèmes auxquels lui, son fils, faisait face. Son humeur attestait, au fond, du peu de cas qu'il faisait de ses problèmes.

La conversation à table tournait autour de sa leçon, du temps qui lui était imparti pour résumer son travail, des thèses annexes, de la façon dont il pensait structurer sa présentation.

— Quel est le sujet de ta leçon? demanda Raphaël sur un ton intéressé.

Faux cul, pensa Ilya, *tu t'en fous*.

— La chimiothérapie des cancers digestifs, répondit son père, étonné de la question.

Il ne parlait généralement pas de son travail avec un tel luxe de détails, mais il était pris par l'excitation suscitée par l'aboutissement de plusieurs années de recherche. Ilya bouillonnait, il aurait voulu s'enfuir, loin, tout de suite. Raphaël et Emma écoutaient toujours son père comme s'il s'agissait du messie. Les cons!

Quand, à la fin du repas, son père lui demanda de bien vouloir l'aider à débarrasser la table, Ilya explosa sans un mot et remonta dans sa chambre en claquant la porte. Après quelques minutes, il l'entendit regagner son bureau au deuxième étage. Ilya grimpa péniblement l'escalier en colimaçon vers le deuxième étage, tirant derrière lui le pied à perfusion. Son père tourna légèrement la tête, se demandant pourquoi Ilya venait le voir au lieu de l'appeler du premier étage.

Ilya l'agressa d'emblée:

— Tu es vraiment un égoïste… tu ne penses qu'à toi… ta thèse…ta leçon publique… comme si tu avais découvert le traitement contre le cancer.

— …

— D'ailleurs, tu ne connais rien… vous ne connaissez rien…vous êtes incapable de me donner un traitement qui fonctionne…

Son père ne savait que dire abasourdi, surpris par la violence des propos. Il essaya de trouver des mots raisonnables mais comprenant qu'aucun ne pourrait le toucher tant qu'il était dans cet état.

— Mais cela va fonctionner…patience

Ilya n'attendait qu'un mot pour enchaîner, furieux.

— J'aurais aimé quitter la maison si j'en avais eu la possibilité.

Son père restait bouche bée.

— ...Tu ne m'aimes pas, hurla-t-il, tu ne t'occupes de moi que par devoir.

Les larmes lui brouillaient les yeux, il tournait comme un forcené autour de son père toujours assis, ébahi, incapable de prononcer une parole.

Raphaël les avait rejoints et Emma restait en bas de l'escalier, inquiète mais n'osant pas intervenir.

Il jeta le livre de Robert Merle sur le bureau.

— Tu m'as offert un livre sans dédicace... Tu n'as jamais fait cela auparavant. Chaque livre était accompagné d'un petit mot, toujours, tu m'écrivais toujours... Rien... Pourquoi?

Ilya connaissait la réponse... il devait lui dire qu'il regrettait, ...il devait demander pardon. — *Il ne comprenait rien ce con, il ne voyait pas où le conduisaient les échecs des traitements successifs. Il espérait... sans fin... il devrait pourtant comprendre.*

— Je vais mourir et tu vas rester avec l'impression d'avoir eu un mauvais fils.

Il sanglotait. Il ne comprenait pas pourquoi il pleurait, sur quoi portait sa colère: la maladie, sa vie ratée, son père qui lui paraissait si loin, la mort inéluctable qui se rapprochait. Il devait lui demander pardon. Il sentait que c'était le verrou qui bloquait tous les épanchements, tous les gestes. Les mots étaient indispensables. Il les lança comme une bouée à la mer.

— Je te demande pardon pour tout ce que j'ai fait.

Les mots étaient trop simples pour traduire la profondeur du gouffre qui l'habitait. Ils eurent néanmoins l'effet d'une catharsis. Les murailles s'effondrèrent. Il était libéré, ils étaient tous libérés et pleuraient dans les bras l'un de l'autre.

— Pardon! Pardon! murmura-t-il encore.

Il avait tellement de regrets, il aurait tant voulu tout recommencer, remonter le temps, refaire d'autres choix. Raphaël s'était collé à eux. Ils étaient restés agglutinés pendant quelques minutes à reprendre leur souffle, à se sentir, se retrouver.

Le réveillon de l'an s'était mal passé, trop de monde, trop peu de contacts authentiques, un brouhaha indescriptible pour une fête dont il ne comprenait plus le sens. Camille l'avait quitté tôt. À 5 heures 15, le premier janvier 1985, il lui écrivit une lettre:

[…] *on était près l'un de l'autre, physiquement, dans la même pièce mais je ne te sentais pas proche de moi. Peut-être est-ce moi qui déconne, peut-être fais-je trop attention à toi? Je ne sais quoi penser de cette soirée, j'avais l'impression que tu ne voulais pas être près de moi, comme si tu me fuyais […]. Cette sale impression de ne pas être à ma place dans cette fête […]. Je te veux juste quand, toi, tu en a envie, pas nécessairement tous les jours, tu as le reste de ta vie et je le sais […] tu me rends heureux […] Je n'ai rien à te demander […] Je t'aime, je t'embrasse, je t'adore.*

Début janvier, il se rendit à la consultation du docteur Devischere.

— Tu dois savoir qu'il n'y a rien à faire, dit-elle de façon abrupte, que rien ne pourra te guérir…

Il lui fallut se répéter la phrase plusieurs fois pour qu'il l'entende, la comprenne et pour qu'elle s'ancre dans sa conscience. Il la regarda ahuri, pétrifié, ne sachant trop s'il gardait cette information dans sa mémoire ou s'il la repoussait dans son inconscient.

Il allait mourir.

Tout son corps n'était qu'une crispation, un retrait sur lui-même. Replié dans sa coquille, il refusait tout contact avec l'extérieur. En lui la vie était bien présente, c'était dehors que la mort le traquait. S'il cessait de regarder à l'extérieur, de bouger, de parler, de respirer, il ne se passerait rien. Il n'entendit plus la suite de la conversation. Il voulait s'enfermer dans sa forteresse. *Rien ne pourra me guérir.* Ces cinq mots lui revenaient obsessionnellement en tête, se projetaient devant lui comme sur un écran lumineux. Impossible de vivre comme cela, il était mécaniquement coincé, rouages bloqués. Un long sifflement lui perça le tympan. Le bruit venait de l'intérieur du crâne.

Un taxi le ramena à Saint-Hilaire.

Il se précipita dans sa chambre et se poussa, s'écrasa, dans un des coins comme pour disparaître dans l'épaisseur de la brique. Il n'arrivait pas à se relâcher, à revenir dans le monde, la pression montait, le sifflement dans la tête devenait intolérable. Il dévala les escaliers. Son père et Emma étaient assis, juchés sur les tabourets de la cuisine.

— Je ne peux pas guérir, Martine m'a dit que je ne pourrai pas guérir.

Il tomba en sanglots dans les bras de son père, les larmes dégoulinaient le long de ses joues, ses jambes ne le portaient plus, il s'affala sur le sol, entraînant son père dans sa chute, grattant le sol de ses pieds, s'agrippant à ses épaules.

— Je vais mourir, Papa, je vais mourir.

Une rage folle, destructrice, montait en lui, un typhon qui allait tout balayer sur son passage. S'il avait été en haut d'une tour, il se serait précipité au sol, s'il avait eu une arme, il se serait fait sauter la tête. Il était furieux contre le destin, contre lui-même, furieux de s'être mis dans cette situation et de ne pas pouvoir réagir d'une manière adéquate pour guérir. Collé au sol, dans la moiteur des bras de son père, la main d'Emma sur la nuque, il se détendit doucement. Plus calme, vidé, sans force, il respira profondément.

Ils se relevèrent, s'installèrent autour de la table. Emma prépara du café. Son père tenta une explication.

— Je ne sais pas ce qui s'est passé dans la tête de Martine… elle doit se tromper… il est difficile pour un médecin d'être toujours adéquat. Tu comprends bien que si les médecins envisagent une greffe, c'est qu'il y a un espoir. Personne n'envisagerait un traitement aussi lourd avec la certitude d'un échec.

Ilya restait silencieux, tête baissée. Il poursuivit:

— Le docteur Devischere est une femme très sensible qui s'implique totalement dans sa relation avec ses malades et il lui arrive de déprimer, de perdre toute confiance en ce qu'elle fait et d'avoir, sur une situation, une appréciation tout à fait erronée et pessimiste.

Il fit une pause pour s'assurer qu'Ilya l'écoutait.

— Il faut être réaliste, mais nous devons nous concentrer sur les chances de guérison et en faire des agrandissements que nous gardons en nous pour nous aider à vivre.

Tout doucement Ilya se calma, son corps s'était remis à fonctionner, le sifflement dans la tête s'était arrêté. Il s'endormit affalé sur la table de la cuisine. Son père le recouvrit d'un plaid.

36

7-13 janvier 1985, Uccle

Ce dernier épisode avait annihilé ses espoirs de guérison. Il avait compris que la mort était imminente, mais, paradoxalement, après le premier choc, il se sentit prêt à livrer des batailles supplémentaires sans bien se rendre compte de ce qui l'attendait. Le danger aiguisait ses sens, décuplait ses forces. Il était tout le temps à l'affût, s'attendant à chaque instant à recevoir une mauvaise nouvelle, où à ressentir un nouveau symptôme. John Wayne dans *Fort Alamo*, Georges Raft dans *La dernière charge*. La mort ne faisait pas peur au héros. Sa tête était le siège de multiples batailles. Il savait qu'il allait mourir et, en même temps, espérait. — *Il y aura encore des coups durs, mais finalement ça va fonctionner, la moelle de Raphaël va me sauver*. Il soutenait ceux qui l'entouraient, il les encourageait, essayait de leur masquer la triste réalité. Il ne jouait pas. Montrer sa peur de la mort s'était lui laisser le champ libre, lui faire comprendre qu'elle avait gagné.

Il ne cherchait plus désespérément dans le passé la source de ce qui lui arrivait, il acceptait *sa* maladie comme un phénomène naturel, un *pas de chance* auquel il devait faire face comme on accepte la tornade un jour de vacances. De jeune homme, il était devenu adulte, et même le patriarche, celui qui avait compris le secret de la vie parce que la mort imminente était son seul horizon. La vie réduite à l'immédiat se construisait et se vivait au rythme des battements de son cœur. Elle n'était pas sujétion, mais liberté, action, innovation, création même du temps. Toute pensée au-delà du présent, toute projection apeurée de l'avenir l'amputait de ce qui lui restait de vie. Agir maintenant, ne rien anticiper étaient devenus la consigne.

Il ne voyait plus son père comme l'autorité, celui qui sait, celui qui prend en charge. Ils avaient inversé les rôles. Il ne criait plus — *Papa, tire-moi d'affaire*, il ne ressentait plus ses bouffées d'angoisse qui l'empêchaient de respirer. Il était devenu un homme fort. Il entretenait son cathéter de Hickman, gérait ses médicaments, encourageait Camille à étudier, l'aidait dans ses cours et soutenait sa mère au téléphone presque chaque jour, rassurait son père sur sa capacité à tenir le coup, essayait de pousser Raphaël à lâcher tout ce qu'il avait sur le cœur et à entrer dans la vie en combattant.

La nuit, parfois, son cerveau prenait des libertés et se perdait dans des rêves fous de guérison. Entre conscience et rêve, le demi-sommeil, l'entraînait parfois dans des zones dont il revenait meurtri. Il ne voulait plus imaginer l'impossible, mais utiliser sa raison pour l'aider à revenir dans la réalité. L'avenir ne pouvait exister que dans la seconde qui suit. Au-delà, il entrait dans des territoires où régnait la fiction, entre *Le magicien d'Oz* et *Terminator*, la magie bienveillante et l'incohérence violente. Il se voyait dévoré par ses cellules cancéreuses. Alors il ouvrait un livre, se perdait dans la vie fictive des autres et retrouvait un certain bonheur de vivre.

Les jours qui suivirent furent calmes. C'était comme s'il avait ouvert les vannes de l'amour. Rien n'était changé dans les habitudes de la maison, mais il se sentait plus proche de tous. Son père passait une bonne partie du temps en sa compagnie. Guérir ou mourir, Ilya aurait voulu savoir. Cela lui aurait peut-être rendu ces moments plus acceptables. Son père voulait se concentrer sur la plus infime chance de guérison et la greffe en était une.

— Si les médecins pensent que cela va marcher, il faut y croire, répétait-il.

Espérer lui faisait mal. De l'espoir au désespoir, il n'y avait que l'épaisseur d'une syllabe. Il finissait par préférer la position pessimiste du — *rien ne pourra te guérir...*, plus tolérable que le fol espoir. Sa raison était sa seule arme et sa seule ligne de défense.

Il tentait de ne pas penser à l'avenir et aurait aimé apaiser le passé. Son père travaillait assis derrière son bureau, lui lisait le dernier

Robert Merle, allongé sur le lit.

— Tu as compris ce qui s'est passé entre nous ?

La question surprit son père qui se retourna, mais ne répondit pas.

— Pourquoi me suis-je tellement battu contre toi ? reprit-il.

— Contre moi ?

— Et contre Maman aussi.

— À toi de me le dire.

— Ça a été tellement vite, j'étais tellement en colère.

— Colère... contre moi ?

— ... et contre Maman.

— Mais on t'aimait.

— ... je n'ai pas eu cette impression... Maman ne m'aimait pas et toi tu ne t'occupais que de ta vie, de ton travail, de tes amours, le cheval, les voyages...

— Stop ! Ce n'est pas juste, l'interrompit-il irrité... cela ne s'est pas passé comme cela, je t'ai aimé, je vous ai aimés, plus que tout.

Les images de son enfance se bousculaient dans sa mémoire. Il ne savait plus. C'est évident que son père l'avait aimé et que sa mère aussi l'avait aimé, à sa façon...

— Et la séparation... ? dit-il en débridant une autre plaie.

— ...

— Tu ne dis rien ?

— Je sais... je ne pouvais plus rester... j'ai tout fait pour compenser... essayer de reconstruire un foyer... avec toi et Raphaël... je pensais y être arrivé et puis... tu as commencé à devenir impalpable. Je n'ai pas compris, mais je n'imaginais pas que tu puisses me duper, je ne comprenais pas ce qui se passait alors que nous étions si proches.

— J'étais en colère... je te haïssais.

— À cause de la séparation ?

— Oui et d'autres choses... le fait d'avoir menti à propos d'Opa, omis de nous dire que nous avions un autre grand-père.

— Pourquoi ne m'en as-tu pas parlé ?

— Je pense que je t'avais montré ma colère, mais tu n'as rien vu, rien compris.

Son père lui avait expliqué qu'il avait l'impression qu'ils n'avaient pas vécu la même vie. De tous les évènements qui constituaient une existence, chacun en avait amplifié d'une façon démesurée certains qui étaient perçus comme insignifiants par l'autre. Son père avait bien compris que la séparation avait été douloureuse pour ses enfants mais il ne s'était pas rendu compte à quel point elle avait été destructrice. Pour lui elle avait été libération, pour ses enfants elle avait été enfermement, bouleversement, déstructuration. L'édifice qui figurait leur vie s'écroulait.

À propos du silence autour de la mort de son grand-père à Auschwitz, son père n'avait rien planifié, il ne pouvait simplement pas en parler et l'avait, des années durant, mis de côté, ne faisant que rêver, à peine conscient, de son retour. Il n'imaginait pas que, dans les faits, l'effacement de son père de leur quotidien, affecterait ses enfants.

— Je pense que j'ai été stupide, dit-il, je n'ai rien compris.

Ils restèrent silencieux. Ilya s'était levé et déambulait dans la pièce.

— C'est comme si nous étions des… étrangers, dit-il en cherchant le mot juste.

— Non, corrigea son père, des passagers d'un même véhicule qui voient défiler les mêmes paysages dont ils gardent en mémoire des fragments différents.

— Pouvons-nous imaginer un voyage commun? Des zones de souvenirs et de bonheurs communs?

— Je pense, on prendra le temps de se retrouver…

Ilya vint se serrer contre lui.

Camille avait repris les cours et était moins présente à la montagne de Saint-Hilaire. Il avait insisté pour qu'elle n'en rate aucun.

— Tu dois réussir, c'est important… ton avenir… tu comprends.

— Tu me parles comme mon père, dit-elle en riant, c'est drôle.

— Ce n'est pas juste?

— Si, mais c'est le ton que tu utilises… paternel… le vieux sage.

— Je suis un vieux sage.

Elle était moins présente et, la nuit, il lui écrivait de longues lettres :

Je t'aime, j'ai tant à te dire, à te montrer, à te faire sentir […] J'ai peur que tu ne m'attendes pas […] Quand je vois que tu as mal, je me demande si j'ai le droit de t'embarquer dans cette histoire, dans ce combat. Car à chaque pas, cela peut être une nouvelle amertume, un nouveau prix à payer; une nouvelle douleur […] Je t'aime à la folie.

37

14-24 janvier 1985, Bruxelles, lieux divers

La prise de sang du 14 janvier révélait trente-six pour cent de blastes. Le professeur Powles du Royal Marsden avait refusé de greffer Ilya s'il n'était pas en rémission complète. Son père lui avait téléphoné pour essayer de comprendre ses raisons. Sa réponse fut sans ambiguïté :

— Tous les malades traités alors qu'ils n'étaient pas en rémission complète étaient décédés dans des conditions très désagréables.

Le Fred Huchinson Cancer Research Center à Seattle était également réticent à prendre en charge un malade dans ces conditions et se disait même incapable d'établir une estimation de coûts en raison du caractère aléatoire des symptômes de rejet. Le service d'hématologie de l'Institut Jules Bordet avait dit être prêt à tenter la greffe en situation de non-rémission complète si une autre solution n'était pas accessible.

Ilya n'avait pas eu le temps de pleurer ce nouveau coup du sort. Il devait prendre une décision rapide. Les chances d'une greffe étaient nulles. Il était mort !

Entreprendre un traitement qui n'avait jamais été appliqué était une décision difficile pour tous. Son père voulait se convaincre que la guérison était encore possible. Il était face à un échec qu'il ne pouvait assumer. Ilya aurait voulu le croire, mais son espoir était aussi sa souffrance. Il voulait vivre, se débarrasser de la leucémie, même si ce n'était que pour quelques mois. Il voulait épuiser toutes les chances, prendre tous les risques. Les réactions de rejet pourraient être insupportables. Il voulait que, le cas échéant, son père l'empêche de souffrir. Il n'osait mettre des mots sur la nature de cette aide, — *mais au-delà d'une certaine limite, je voudrais que Papa me protège*, pensait-il.

— Tu m'aideras à mourir si la situation devient incontrôlable? parvint-il à dire.

Il savait que malgré tout l'amour qu'il lui portait, son désir de le voir vivre, son père ne le laisserait pas souffrir inutilement, il ferait le nécessaire pour abréger sa vie.

— ... Oui... je t'aime... tu ne dois pas t'inquiéter, répondit-il d'un ton triste mais néanmoins déterminé.

— Alors on peut tenter la greffe avec Raphaël, enchaîna Ilya sans hésitation.

La porte de la servitude claqua avec violence. Les Mabrouk se rappelaient à leur bon souvenir. Ils avaient laissé un message exigeant que la neige dans le passage soit déblayée pour qu'eux et leurs visiteurs puissent circuler en toute sécurité.

Son père haussa les épaules en souriant malgré les circonstances.

— Je finirai par gagner...

— Au fond, tu es un optimiste, répondit Ilya en se rappelant que Raphaël lui avait attribué la même qualité. Si tu veux, je peux leur faire la peau... Comme de toute façon je ne m'en sortirai pas, ils ne pourront pas me poursuivre...

— Tu es un con, dit son père en le prenant dans ses bras.

Ils pleurèrent à s'en étouffer, à bras-le-corps.

Le docteur Brandt, au nom du service d'hématologie, marqua son accord pour une greffe semi-identique sans qu'il soit en rémission complète. Ils voulaient encore discuter certains points du traitement: l'opportunité de commencer la ciclosporine rapidement, la nécessité et la possibilité de dépléter la moelle de Raphaël de ses lymphocytes T pour réduire les réactions de rejet et, finalement, le conditionnement radio-chimiothérapique qui précéderait la greffe. L'ensemble du processus pourrait prendre une quinzaine de jours et le traitement pourrait commencer début février.

Le 16 janvier on débuta la ciclosporine, la décontamination digestive et la prophylaxie antifungique. Il se sentait moins bien, submergé par des sensations de froid dans les extrémités. Dans les jours qui suivirent, les tests de coagulation commencèrent à s'altérer. Il écrivait dans une lettre à Camille:

[…] des jours comme aujourd'hui, je ne sais plus me contrôler telle-ment la peur est grande. J'en ai marre de souffrir (moralement) et par-fois je me sens si fragile! […] Il suffit parfois de si peu de choses pour que tout chavire, je le sais et c'est terriblement angoissant. Mais je sais aussi que j'aurai la force d'aller jusqu'au bout, je finirai bien par gagner. Je suis au fond du trou, je m'y attendais, je le savais avant de commen-cer le traitement, … mais c'est quand même dur.

J'ai encore beaucoup de force en moi et tu m'en donnes. Je t'aime comme ce n'est pas croyable.

Raphaël était assis, penaud, sur une chaise Thonet dans un coin de la cuisine. Perché sur un tabouret, Ilya, le dominait de toute sa hau-teur et essayait vainement de se réchauffer les mains autour d'une tasse de thé.

Raphaël se sentait de plus en plus mal. Peu enclin à se poser trop de questions, il lui semblait que donner sa moelle était ce qu'il devait faire. L'impression d'une dette, d'un compte qui se règlerait. Rien de clair dans sa tête, juste des sensations auxquelles il tentait de s'accrocher.

— Quand nous étions petits, dit Ilya, j'aurais voulu que tu disparaisses pour que je sois le seul à bénéficier de l'amour de Maman et de Papa.

Raphaël se tortillait, mal à l'aise sur la chaise.

— Tu imagines, si mon vœu s'était accompli, je n'aurais même pas de petit frère semi-identique pour me refiler sa moelle.

— Tu aurais pu trouver quelqu'un d'autre...

— Arrête Raph, Je sais que tu t'imagines être responsable de ce qui m'arrive. Tu n'y es pour rien. Tout ce que nous avons dans la tête, ce sont des fantasmes, des images, des projections que nous traînons toute notre vie.

Raphaël le regarda, un sourire triste aux lèvres.

— Tu vas t'en tirer? demanda-t-il.

— J'y crois!

— Vraiment? insista-t-il encore.

— Vraiment! Pourquoi?

— Je t'ai raconté l'impression que nous vivions la suite d'une histoire qui n'était pas la nôtre?

— Tu es encore là-dedans?

— Nous vivons des trucs tellement fous. Il nous arrive des choses qui n'arrivent pas aux personnes normales.

— ...

— J'ai l'impression d'être en guerre et qu'on nous tire dessus. La guerre que Papa a vécue, c'est nous qui la continuons.

Ilya vint s'asseoir près de lui sur le carrelage.

— La guerre est finie, tout est dans ta tête, tu dois prendre ces idées noires, tu les agrippes, tu les soulèves et tu les déposes sur la table et puis tu les regardes et les balayes d'un geste de la main, dit-il en accompagnant chaque mot du geste approprié. J'ai besoin d'un Raph en bonne forme pour le jour où on prélèvera sa moelle pour me la donner. Ne me transmets pas les conneries que tu as en tête.

À deux, la solitude devenait plus supportable. Ils passèrent beaucoup de temps à parler, à écouter leurs silences, à guetter leurs regards. Ils écoutaient, *Scenes In The City*, de Branford Marsalis une musique qui donnait envie de bouger, danser, respirer, bref, de vivre. Le temps aurait dû s'arrêter là, belle au bois dormant, il se serait réveillé guéri, Raph à ses côtés à la fois plus vieux, plus sage et inchangé, éternellement jeune, éternellement beau. Son père terminait ses soirées auprès d'eux, plus détendu, comme s'il était certain du succès des traitements. Aucune ombre sur son visage. Ses fils étaient près de lui.

Emma les couvait tous d'un regard affectueux. La grossesse lui allait bien, elle était belle mais surtout plus tendre et plus douce. Elle s'asseyait près d'eux jusqu'à ce que tombant de sommeil, elle les embrassait avant de monter se coucher. Le bébé était de plus en plus présent. Le bébé était une *elle*. Il fallait lui donner un prénom. Ils firent un concours et établirent la liste des prénoms possibles: Arielle, Aurore, Raaphaëlla... Ils n'étaient pas arrivés à un accord. Pour lui, il l'appellerait Arielle. C'était un prénom qui le faisait rêver par sa douceur et la tendresse qu'il éveillait.

L'idée de sa naissance le ramenait à celle de sa mort. La verrait-il? Vivrait-il encore les quatre mois qui les séparaient de sa naissance?

Mais évidemment qu'il vivrait. La tendance était à l'optimisme. Il se sentait porté par tous et voulait tous les porter. Surtout ne décourager personne, ne pas montrer ses doutes, arriver à la greffe confiant, souriant, détendu, conquérant et vainqueur.

Un homme est un homme, il est fait de peurs et d'égoïsme, de courage et de faiblesse, de logique et d'incohérence... Il prenait des notes, essayait de rassembler ses idées, plongeait dans la poésie, cherchait les mots. *Par moments mon cœur me fait si mal, je suis empli de tristesse.*

Emilie lui avait dit:
— Je prierai pour toi.
— Merci, avait-il répondu, en se demandant où il pouvait bien être, ce Dieu que tant de monde vénérait et dont on attendait protection, santé et prospérité.
Dieu ne lui avait pas fait signe, aucune trace. Il n'était jamais venu l'effleurer, même pas dans les moments de grand désespoir. Personne. *Il n'y a personne au numéro que vous appelez*, disait une voix monocorde au téléphone quand on formait un mauvais numéro d'appel. Aurait-il dû espérer plus, croire qu'*Il* pouvait tout? Peut-être aurait-il dû aller chercher au-delà de sa raison. Il n'y était pas arrivé. Pour lui Dieu n'existait pas, même pas comme hypothèse. C'était dommage car le chemin eût été plus facile... Il réfléchit encore... il n'en était même pas certain.

Son père était devenu un lieu de paix. Sa confiance en l'avenir l'aidait à surmonter les angoisses. Ils avaient pu reparler de cette longue faille dans leur relation, le besoin d'exister, la colère, l'absence de confiance réciproque. Tout allait s'arranger.

... Ce sentiment qui m'envahissait, l'inquiétude était devenue angoisse. La même attente d'on ne sait quel malheur, quelle douleur, mais à coup sûr un malheur qui détruit, une douleur qui fait souffrir.

— Tu veux un témesta pour dormir? avait-il demandé.

Il ne voulait rien prendre, aucun calmant, il valait mieux rester conscient, regarder le temps qui passait même si l'angoisse avait tendance à se faire plus prégnante.

— Non, répondit-il d'une voix déterminée.

Il hésita.

— ... Tu veux de l'héroïne?

Ilya s'esclaffa.

— Tu veux rire, c'est de l'histoire ancienne, je ne veux plus rien, juste vivre avec ma tête... merci quand même.

Le pourcentage de blastes augmentait chaque jour, vingt et un pour cent le 21 janvier, quatre-vingt-et-un pour cent le 22, quatre-vingt-trois pour cent le 23. La greffe était urgente.

Au cours des derniers jours la fatigue était insupportable et le clouait au sol. La nuit, un chatouillis au fond de la gorge le fit tousser d'une manière répétitive, incontrôlable. Son père l'amena à l'hôpital. La température s'éleva brutalement à 39°C. Il avait de plus en plus de mal à respirer. Son père lui caressait la main, lui parlait tout doucement. Les difficultés respiratoires s'accentuaient, la toux survenait par saccades irrépressibles. En début d'après-midi, après un accès de toux plus prolongé et plus violent, un jet de sang s'échappa de sa bouche. Dans sa cage thoracique, il percevait comme le mouvement et le bruit d'un ruissellement d'eau. On l'amena faire une bronchoscopie.

Sa respiration était hoquetante, le tube descendait par une narine vers les bronches. Quelques secondes et l'examen était terminé. Une éternité!

Il avait une infection pulmonaire, c'est elle qui était responsable de l'hémorragie. On l'endormirait et on mettrait en place une ventilation assistée. Quand l'infection serait jugulée, on le réveillerait.

Le pourcentage de blastes dans le sang était de nonante-trois pour cent.

Il regarda son père dans les yeux.

On l'emmena aux soins intensifs, l'anesthésiste préparait ses produits, il y avait beaucoup de monde. Il se sentait au spectacle, au centre de la scène. Il repensa à Camille, — *il y a eu des moments où j'étais même heureux*. Son père lui serrait la main. Il sentit la brûlure dans le bras. Il voyait son père comme dans un brouillard, des larmes sur ses joues. *Pourquoi pleures-tu, Papa?*

Épilogue

Arielle naquit le 19 avril 1985 à 11 heures 30. Ce même jour, on réveilla Ilya après trois mois d'anesthésie. Il était en rémission complète.

Après avoir été mis sous ventilation assistée, on ne l'avait plus réveillé. Une fois l'infection jugulée, on avait décidé de le maintenir sous narcose et de lui administrer une chimiothérapie et une irradiation corporelle totale avant de lui greffer la moelle de son frère. La toxicité fut importante, tous les paramètres vitaux s'étaient déréglés et par trois fois il dut bénéficier de manœuvres de réanimation cardiaque. La fonction rénale déjà perturbée par les traitements antérieurs se détériora totalement et il fallut pratiquer plusieurs dialyses rénales. Sa fonction hépatique s'était effondrée, il présenta des troubles de la coagulation et saigna de manière diffuse. Il persistait toujours une lueur d'espoir et les médecins continuaient, persuadés, avec le temps qui s'écoulait, qu'ils réussiraient.

Ilya, endormi totalement, n'avait aucune conscience de ce qui se passait autour de lui. Après cinquante-trois jours, tout se calma progressivement. Les fonctions hépatiques et rénales, les globules blancs, les plaquettes et les globules rouges se normalisèrent. Il fut décidé de ne le réveiller que si deux prélèvements successifs de moelle, à trente jours d'intervalle, s'étaient normalisés. On ne voulait pas le ramener à la vie pour lui annoncer qu'on avait échoué et qu'il devrait à nouveau jouer la scène de sa mort.

Moelle normale, absence de blastes anormaux, caryotype normal. Ilya se réveilla trois heures après la naissance de sa sœur.

Remerciements

Tous mes remerciements vont à ma compagne Ann Vandevelde qui a été ma première lectrice à se lancer à l'assaut d'un texte fruste, mal dégrossi, plein de fragments inutiles qu'elle m'a aidé à déblayer avec un instinct infaillible de marathonienne de la lecture. Sa joie de vivre, son enthousiasme et sa confiance m'ont soutenu tout au long de ce projet.

À Marie Denys pour les corrections du premier manuscrit. À Emmanuel Hollander, Frank Sweijd, Laure de Gramont, Michèle Morret-Rauis et Macha Bongard pour avoir été mes lecteurs cobayes et s'être confrontés aux répétitions, rabâchages et ritournelles diverses. Michèle s'est assurée de la cohérence des aspects médicaux, Macha, ma spécialiste du décryptage des âmes, m'a aidé à affiner les aspects relationnels de mes protagonistes.

À Annick Biard, ma graphiste pour sa patience à revoir et mettre en forme les versions successives du tapuscrit, en veillant au maximum à remédier aux 'zouilles', ces réalités typographiques étranges issues de son univers et qui perturbent la structure des mots et des phrases.